徳間文庫

山田正紀・超絶ミステリコレクション#4

囮捜査官 北見志穂3

荒川嬰児誘拐

山田正紀

徳間書店

囮捜査官
北見志穂3
荒川嬰児誘拐

目次

NTS

CONTE

本書の舞台

荒川周辺とクィーンメリッサ号なぎさコース航路

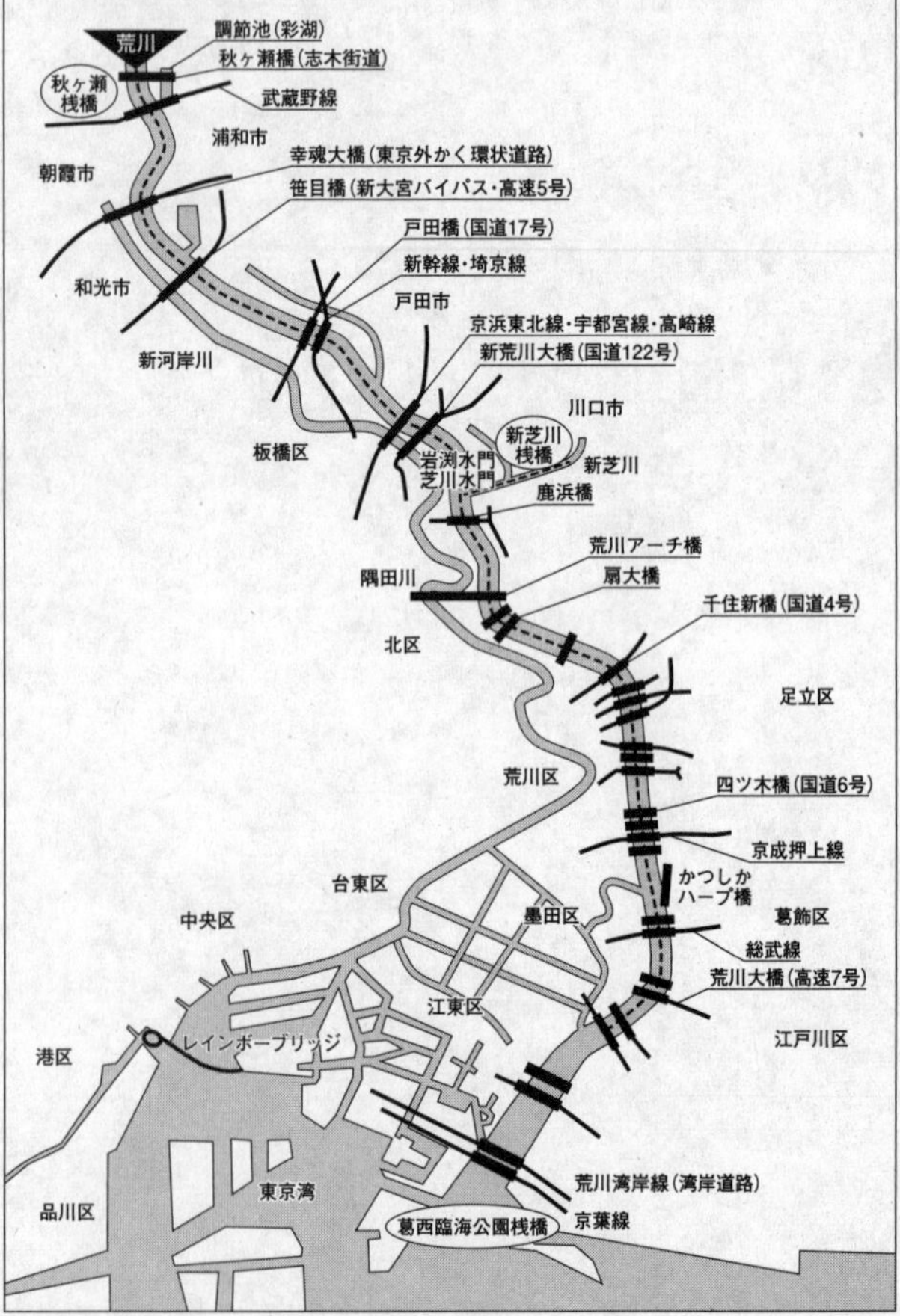
荒川
調節池(彩湖)
秋ヶ瀬橋(志木街道)
秋ヶ瀬
桟橋
武蔵野線
浦和市
幸魂大橋(東京外かく環状道路)
朝霞市
笹目橋(新大宮バイパス・高速5号)
戸田橋(国道17号)
新幹線・埼京線
和光市
戸田市
京浜東北線・宇都宮線・高崎線
新荒川大橋(国道122号)
新河岸川
川口市
新芝川
桟橋
板橋区
岩渕水門
芝川水門
新芝川
鹿浜橋
荒川アーチ橋
隅田川
扇大橋
千住新橋(国道4号)
北区
足立区
荒川区
四ツ木橋(国道6号)
京成押上線
台東区
かつしか
ハープ橋
中央区
墨田区
葛飾区
総武線
荒川大橋(高速7号)
江東区
レインボーブリッジ
港区
江戸川区
荒川湾岸線(湾岸道路)
東京湾
品川区
葛西臨海公園桟橋
京葉線

SHIHO

囮捜査官　北見志穂3

荒川嬰児誘拐

KITAM

プロローグ

母親の胎内を血が流れる。

その音を覚えている。

そういうと人は嘘だと笑う。

どうして笑うのだろう？

八カ月から九カ月の胎児は、肝臓、腎臓、消化器系などがそろい、産毛やしわが少なくなり、女子の大陰唇、男子の睾丸もほぼ完成する。

身長四十センチから四十六センチ、体重は一五〇〇グラムから二三〇〇グラム――

つまり胎児はすでにひとりの人間になっている。

そうであればその記憶が成人したわたしに残っていたとしても不思議はないだろう。

覚えているのは母親の胎内を流れる血の音だけではない。

モーツァルトのピアノ曲を聞いたのを覚えている。もちろん、そのときのわたしが知っているはずはないが、それはピアノ協奏曲第二十三番だったようだ。胎教音楽だとすれば七五デシベル前後の音量だったろう。超音波装置《ドップラー》の記録によれば二十三番を聞かされたときのわたしは心搏数《しんぱくすう》が一〇ｂｐｍ前後下降したらしい。気持ちがより安定した。明らかに胎児だったわたしは二十三番を気にいったのだ。

だが、もうひとりのわたしはブラームスを気にいっていたらしい。

もうひとりのわたし——一卵性双生児の妹は。

一卵性双胎は、ひとつの卵子とひとつの精子が受精し、発育していく過程でふたつに分かれ、それぞれべつの胎児として成長したものなのだという。

つまり妹はわたしとおなじ卵子、おなじ精子を分かつ、ふたりでひとりの人間ということなのだろう。

その妹がブラームスを聞いたのをはっきり覚えている。その印象的な冒頭が記憶にこびりついて残っている。これも最近になってからわたしが曲名を調べた。ヴァイオリン協奏曲ニ長調・作品77だ。

記憶が混乱している。

母親の胎内でモーツァルトのピアノ協奏曲二十三番を聞いたのはわたしだ。それではブラームスのヴァイオリン協奏曲を聞いたのは誰なのか？　妹か。妹だとしたらどうしてその記憶がわたしに残されているのか。一卵性双生児の記憶はたがいに共有されるのだろうか。わたしは妹なのか。妹はわたしなのか……

わたしはつい最近になるまで自分に双子の妹がいたことを知らなかった。いた？　そう、わたしはいたと過去形をつかった。妹はすでに死んでいる。というより、言葉の正確な意味でこの世に一度として存在したことがなかった。

わたしたちは一卵性双生児だった。わたしは生まれ、いまもこうして生きているが、妹はついに生まれることがなかった。

一卵性双胎であることが確認されたのち、いつのまにか妹は母の胎内から消えてしまったのだ。

一卵性双胎の一方が育ちきれずに途中で消滅してしまうのは例のないことではないのだという。

しかし、ここで疑問なのは、わたしにブラームスのヴァイオリン協奏曲を聞いた妹の記憶が残されているというそのことだ。

一卵性双生児のふたりの胎児が、どうしてひとりはモーツァルトを記憶にとどめ、もうひとりはブラームスを記憶にとどめていなければならないのか？　愚かしい固定観念といわれればそれまでだが、それはほとんど〝神話〟のようにわたしのなかに深く根をおろしていて、理性ではどうにも否定しようのないことなのだ。

前述したように、胎児が人間としてかたちをなすのは八カ月から九カ月だが、脳に関していえば、妊娠三、四カ月で、ほぼ形成を終えている。しかし、音楽を聞いて記憶にとどめるには、やはり妊娠七カ月ぐらいには、月が満ちていなければならないのではないか。

つまり、妹に（わたしに？）ブラームスのヴァイオリン協奏曲を聞いた記憶があるのだとしたら、少なくとも妊娠七カ月の胎児にはなっていたはずで、すでに胎内から自然消滅するという段階は過ぎてしまっている。

厳密にいえば胎内にあるかぎりはふたりの胎児を姉とも妹とも判断できない。が、わたしは彼女のことを自分の妹だったとそう考えるようにしている。

妹はいた。

しかし母の胎内から消えてしまった。

わたしに妹の記憶を残して。

子宮は鶏卵大の大きさだ。

妊娠すると、ホルモンの影響を受けて、子宮筋の緊張がゆるんで柔らかくなる。

八カ月から九カ月になると、子宮は最も大きくなり、その上部はみぞおちに達して、妊婦は反り身の姿勢になってしまう。

このとき子宮の重さは正常時の二十倍にまでなる。

しかし——

どんなに大きくなるといっても人間の体内でのことだ。たかが知れている。妹は子宮という狭い空間から忽然と消えてしまった。

一卵性双生児の一方が、子宮内から自然に消滅してしまうのはめずらしいことではないという。けれども、その記憶が、もう一人の胎児に残されているのだとしたら、これはやはり非常にめずらしい——というか、はっきり「異常」なことではないだろうか。

その「異常」という意味あいにおいて、これは世界最小の密室消失事件といってもいいのではないか。

妹がどこに消えてしまったのかわたしはそのことをよく考える。

そのことを考えているうちに、ふとブラームスのヴァイオリン協奏曲が聞こえてくるような錯覚にかられる。

どこからか切なく激しいヴァイオリンの調べが聞こえてくるのだ。

そして、妹がわたしなのか、わたしが妹なのか、そんな狂おしくあられもない思いにかられ、気持ちは千々に乱れるのだった。

ここにいるわたしは誰なのだろう？

誘拐　午前八時三十分

1

六月十二日、火曜日。

気象庁が梅雨入りを宣言して五日め、前日まで雨が降りつづけたが、今日は朝から晴れている。

強い日射しだ。

窓のカーテンが朝陽《あさひ》を透かし布地をぼんやり浮かびあがらせていた。

まぶしい。

午前七時――

北見志穂《きたみしほ》はソファから起きあがる。昨夜は二時間の仮眠しかとっていない。頭の芯がどんよりよどんで重い。洗面室にいって手早くブラッシングする。これでもう二日、シャワーをあびていない。体が臭うのではないかとそのことが気にかかる。

応接室に戻る。カーペットのうえでもぞもぞと人影がうごめいている。男たちが起きだしてきた。

「………」

カーテンをわずかに開けて、外の様子をうかがった。

一台のセダンがゆっくりと家のまえを通過していった。

運転をしている男は何気ないふうを装っているが、その視線を怠りなく周囲に走らせているはずだ。

機動捜査隊の覆面パトカーだ。

この一帯には十二台の覆面パトカーが配備され、あるいはパトロールし、あるいは待機している。

北区・赤羽の住宅街だった。

小豆沢《あずさわ》通りに面して環八通りに近い。

閑静な住宅街でいつもは車もめったに入ってこない。

それだけに警視庁・機動捜査隊三隊は苦戦を強いられている。静かな住宅街に十二台もの覆面パトカーを目だたないように配備するのは至難の業《わざ》だった。

昨日までの雨が路面に残ってアスファルトを光らせている。ギラギラと網膜に突き刺さってくるような光だ。

それがまぶしくて目を瞬《しばたた》かせる。

目が痛い。

疲れているし、このところ、ろくに眠っていない。

「…………」

目を閉じて鼻梁《びりょう》のつけ根を指で揉むようにした。

閉じた瞼《まぶた》の裏を赤い光が走った。

ふと母親の胎内はこんなものではなかったかという思いがよぎった。

——わたしはそれを双子の妹と一緒に見ているはずだ……

体の深いところで何か渦巻きのようなものが回転しているのを感じた。その渦巻きに自分がフッと引き込まれていくような、そんな酩酊感を覚えた。

「おい、窓から離れろ」

背後から井原《いはら》の声が聞こえてきた。声はいらだっていた。

「誰かに見られたらどうするんだ」

「…………」

カーテンを閉じて窓から離れた。

井原のいうことは正しい。

今回の犯人は異常に用心深く頭もいい。

岸上《きしがみ》家を見張っていたとしてもふしぎはない。そのことがあるから機動捜査隊も慎重に覆面パトカーを走らせている。

もっとも、これだけ頭のいい犯人だ。警察が態勢をかためて岸上家に待機していることなどあらかじめわかっているはずだ。犯人の一連の動きにはむしろ警察を嘲弄《ちょうろう》しているようなところがある。

警視庁・捜査一課六係の井原主任が不機嫌なのは疲れているからだ。疲れていて、犯人にいいように手玉にとられているという怒りが鬱積《うっせき》している。

岸上家には井原を班長とする七人の「被害者対策班」がつめている。班長以下捜査一課員三名、所轄署刑事課員一名、「直近追尾班」二名、それに特別被害者部の北見志穂の七人だ。

自動録音機、電話増幅機、傍受用イヤホンを持ち込んで、隣家に協力をあおいで、電話の逆探知設備も施設した。

誘拐事件が起こったとき、犯人から電話がかかるのを想定し、被害者宅にこうした設備を用意するのは捜査の常道だ。

が、この犯人にかぎっては、こうした準備が何の役にもたたない。警察の準備はすべて徒労にすぎない。

そのことがなおさら井原をいらだたせている。発情期の雄ネコのように怒りっぽく不機嫌にしている。

しかし——

おそらく井原がいらだっているのはそのせいばかりではない。

井原は特被部の囮捜査官、北見志穂をどこまで信じていいかわからず、そのことに焦燥感を覚えている。

井原主任とはこれまで二度、一緒に仕事をしている。釘のように不屈の刑事であり、志穂が女だからといって、また特被部の囮捜査官だからといって、そんなことで偏見を持つような人物ではない。井原が志穂に不信の念を持っているのはそれなりに理由のあることなのだ。

そのことで志穂は井原に対して憤る気持ちにはなれない。憤るどころか倒錯した共感めいたものさえ覚えている。

——わたしを疑って当然だわ。

それというのも、やっかいなことに、志穂自身が自分のことを信じきれずにいるからなのだ。

——わたしの双子の妹。

窓から離れて椅子にすわった。

これでもう五日、応接室に七人の人間が寝泊まりしている。

誘拐事件はあくまでも極秘のうちに捜査を進めなければならない。たんに犯人に見られるのを恐れるばかりではなく、マスコミや近所の人間の目も避けなければならない。

誘拐事件に関しては、マスコミとは報道協定が結ばれるのが常道だが、今回は事件が発生してからあまりに進展がなさすぎる。

被害者の生命尊重を第一に考え、報道をひかえ、取材活動をひかえるのが、誘拐事件の報道協定だが、新聞記者に報道を禁じるのは競走馬に走るのを禁じるようなものだ。

警視庁の記者クラブでも何も報道できないことに不満の声が高まりつつある。

そろそろ抜け駆け報道のことを心配しなければならない時期にさしかかっていた。

そのこともあって、被害者宅を出入りするのも、深夜、闇にまぎれて、ひっそりとしなければならない。

そのことが岸上家に待機している七人の「被害者対策班」員を消耗させていた。

誘拐事件の場合、人質をとられていて、警察はうかつに捜査を進めることができない。どうしても犯人からの連絡を待つ、という受け身の捜査になりがちで、そのことがなおさら捜査員たちの焦燥感をかりたてているのだ。

刑事たちにコンビニの弁当が配られる。

岸上家では食事の支度を申し出たのだが、急に食料の買い出し量が増えては、犯人に警察官が待機しているのを疑われることにもなりかねない。

――そこまで用心することはないのではないか。

そんな意見もあったが、この誘拐犯人にかぎっては、慎重なうえにも慎重に対処すべきだという声が大勢をしめた。

結局、刑事のひとりが家を抜け出して、コッソリとコンビニの弁当を買ってくることになった。

三食、コンビニの弁当は飽きるが、それを誘拐犯人に対する怒りに変えて、なんとか喉に流し込んでやるしかない。

「わからねえな――」

もごもごと弁当を食べながら、一課の刑事がうめくようにいった。

「どうして今日なんだ? どうして犯人は今日まで待たなければならなかったんだ? 昨日《きのう》でも、一昨日《おととい》でもよかったはずじゃないか」

「これだけ頭のいい犯人だ。当然、警察が岸上さんの家で待機していることも知ってるだろう――」

べつの一課の刑事が応じる。

「犯人はおれたちが待ちつづけてくたびれるのを待ってるんじゃないか」

「そうだとしたら警察を舐《な》めてますね。ちくしょう、犯人の思いどおりにはさせない」

と、これは所轄の刑事がいう。

そんな必要はないのだが会話はひそひそと囁《ささや》くように低い声でかわされる。

黙ってろ、と井原がさえぎった。

「どちらにしろ今日にはかたがつく。かたをつけてやる。犯人に振りまわされるのも今日が最後だろう」

井原の声もやはり低くいらだっていた。

――ほんとうにそうだろうか。

志穂はそのことを疑問に感じた。

ほんとうに今日ですべてかたがつくのだろうか？

この誘拐犯人には、たんに用心深くて利口だというだけではなく、なにか不気味に底知れないところがある。なにを考えているのかその本心が読みとれないのだ。

身代金を受け取りに現れ、たやすく捕えられるような、そんな無様な失敗をおかすとは思えない。

昨日は激しい雨が降りつづけ、今日は一転して晴れている。天気予報によれば温度は三十度を超えて上昇するという。湿気もあり、おそらく、ムシムシと不快な一日になるだろう。

——不快で、そして長い一日になる。

志穂ははっきりとそう予感した。

長い、長い一日になる……

2

七時四十分——

応接室の電話が鳴った。

刑事たちは一斉に腰を浮かせる。

しかし電話には出ない。電話に出るのは犯人から禁じられている。

電話のベルが何回か鳴って切れる。

それが何度も繰り返される。

それをひたすら聞いている刑事たちの顔には脂汗がこびりついていた。

気がつくと、いつのまにか岸上家の人たちが応接室に来ていた。

若い父親、その両親の三人だ。

誘拐された赤ん坊の母親は産婦人科に入院したままだ。出産して二週間、心身ともに衰弱しきっている。胃潰瘍などの持病もあり、とても誘拐犯との交渉に耐えられる体調ではない、とこれは警察が判断した。

三人ともやつれはてている。

とりわけ父親の顔はげっそりと頬が落ちくぼんでまるでどくろだ。おそらく、この何日間か、ほとんど寝ていないのだろう。父親になってわずか数日でその子供を誘拐されてしまった。眠れるはずがない。

子供を誘拐された家族の表情を見るたびに刑事たちは自分たちの無力さを思い知らされる気になる。歯ぎしりする思いだが、どうすることもできない。

電話が鳴りつづける。

これは犯人からの電話だ。

誘拐された赤ん坊の父親、その祖父、祖母にとっては、この鳴りつづける電話の音は、まるで拷問のように神経を切りきざんで聞こえるのではないか。

それがわかっていながら刑事たちは電話を取ることもできないのだ。

ただ、ひたすら電話が鳴りつづけるのに耐えているほかはない。

そして受話器を取らないかぎり、どんなにＮＴＴが協力してくれても、それを逆探知するのは不可能なのだ。

チン、とベルの音を残して、ついに電話が切れた。

応接室に張りつめた静寂がしんときわだって鼓膜に鋭く突き刺さってきた。

「ナンバーは書きとめたか」

井原がなにか喉にからんだような声でそういう。

はい、と一課員が返事をし、プッシュホンのナンバーを押す。

電話のベルの回数がそのまま電話番号を告げる合図になっている。三回、ベルが鳴って切れれば、それは三という意味だ。それが繰り返されて電話番号になる。

「電話番号です。持ち主を教えてください。三二六×・二×××――」

刑事が急《せ》き込んだようにＮＴＴの職員に電話番号を告げる。

通常、ＮＴＴでは電話番号から持ち主の名を教えるサービスはしていないが、しかるべき手続きを取って、正式に協力をあおげば、そのかぎりではない。腹立たしいのは、犯人がそこまで見込んで、すべてを計画していることだ。

いまごろはＮＴＴの職員が電話番号の持ち主の名前と住所を所轄で待機している専

従捜査員に告げているはずだ。

　専従捜査員はその持ち主の名を最寄りの交番に連絡している。交番の警官はすぐさまその家に急行することになっている。

「ちくしょう――」

　電話を切った刑事が吐き捨てるようにつぶやいた。

「ふざけた話だ」

　まったく、ふざけた話だ。そのふざけていることが腹立たしい。

　犯人からの連絡の電話がありながら、被害者宅で待機している刑事たちは、ただひたすら待ちつづけるほかはないのだ。

　その無力さがたまらない。

　十分も待たなかった。

　所轄署から電話があった。

　井原が電話増幅機のスイッチを入れた。

　すぐに声が聞こえてきた。

　留守番電話のテープの声だ。

　――はい、井上です。ただいま留守にしております。ピーッ、という発信音が聞こえたら、お名前、電話番号、ご用件をお話しください。よろしくお願いします。

発信音が聞こえた。

そしてテープに録音された犯人の声が聞こえてきた。

若い女の声だ。

——八時三十分ごろに岸上さんのお宅にタクシーが到着します。北見志穂さんは一億円を持ってそのタクシーに乗ってください。運転手にはあらかじめ行き先を告げてあります。タクシーのなかでは何も質問しないようにしてください……

それだけだ。

午前七時三十二分、というメッセージの声が聞こえ、留守録はとぎれる。

「………」

志穂は唇を噛んだ。

見知らぬ誘拐犯が自分の名を口にするのを聞くのはひどく神経にさわることだ。なにか暴漢に凌辱でもされたようなおぞましい不快感を覚える。

刑事たちの視線が一斉に自分にそそがれるのを感じる。

その視線のうちに、どうして犯人はおまえの名を知っているのだ、という疑惑がこめられている。その無言の非難をひしひしと肌に感じざるをえない。

志穂は囮捜査官だ。

以前、バラバラ殺人事件の犯人を射殺したときにも、ついにその姓名は伏せられ、マスコミに明らかにされなかった。

誘拐犯人が志穂の名を知っているのはありえないことなのだ。

そのありえないことが現に起こっている。

どうして犯人が志穂の名を知っていて、身代金の運搬に指定してきたのか？

それは志穂自身にもわからないことだ。

刑事たちが疑惑の目を向けてくるのは当然だが、志穂にはその疑惑を晴らすすべがない。

ただ唇を噛んで、ひたすら疑惑に耐えるしかない。

——妹なら……

ちらりとそんな考えが頭をよぎる。

——そう、もしかして、わたしの双子の妹なら。

なにを馬鹿なことを考えているのか、わたしには双子の妹はいない。すぐさまそれを頭のなかで否定する。この世のどこにも双子の妹なんかいないはずなのだ。

いずれにせよ刑事たちが志穂に疑惑の目を向けてきたのはほんの一瞬のことだ。

「よし、動け」

井原が命じて刑事たちが一斉に動く。

いまは八時——

タクシーが迎えに来るという八時三十分まではもうほんのわずかな時間しかない。

ここは犯人のいいなりになって動くしかないのだ。

犯人は被害者宅に電話をかけてこようとはしない。

まったく関係のない家に電話をかけ、その留守番電話に要求を吹き込む。

そして、その家の電話番号を、岸上家の電話のベルを鳴らすことで、捜査陣に知らせてくるのだった。

要するに、犯人のやることは、でたらめに手当たり次第に電話をかけ、留守番電話がセットされているのに当たれば、それが誰の電話であろうとおかまいなしに自分の要求を吹き込んでやればそれでいいのだ。

電話のベルの回数で、その電話番号を告げられた警察は、すぐさまＮＴＴに連絡し、電話の持ち主を突きとめて、留守番テープに吹き込まれた犯人の要求を聞く……

こんな狡猾な方法は聞いたことがない。

これなら警察が電話を逆探知することは絶対に不可能だ。

犯人自身にも直前まで自分がどこに電話するのかわかっていない。

そればかりかこれが犯罪を構成するかどうかさえ微妙なところがある。犯人が電話をかけるのは誘拐には無関係な相手で、そこには身代金を要求する、要求される、という関係が成立していない。

もっとも東京地検では、犯人が子供を誘拐し身代金を要求している、というのはまぎれもない事実なのだから、たとえ電話をかける相手が事件と無関係ではあっても、――身代金目的誘拐、同要求。の犯罪を構成しているという見解を打ちだしている。

いずれにせよ、このことに関しては、よしんば犯人が捕えられたとしても、その法解釈をめぐって法廷で激しく争われることになるだろう。

そこまで考えて動いているのだとしたら、この誘拐犯の知力はあなどれない。狡猾というよりほとんど天才的といっていいところがある。よほど慎重に対応しないと捜査員たちは取りかえしのつかない失敗をおかすことになるにちがいない。

井原は志穂の顔を見て、

「頼むぞ」

そう念を押すようにいった。

そのこわばった表情に、志穂を信用しようとして信用しきれずにいる、苦しいジレンマが滲《にじ》んでいた。

「…………」

志穂はうなずいて立ちあがった。

おそらく志穂の表情もこわばっている。ジレンマに苦しんでいるのは志穂も同じことなのだ。

捜査員たちに信用されていないのだとしたら、志穂はこれから誰に頼ることもできずに、たったひとりで誘拐犯と対決しなければならないことになるのだった。

3

タクシーは八時三十分ごろ、岸上家の家のまえにとまった。

運転手が窓から顔を覗かせ、

「北見志穂さんですか」

家のまえで待っていた志穂にそう声をかけてきた。

ええ、と志穂がうなずくと、

「乗ってください」

運転手はタクシーのドアを開けた。

初老の、いかにも人のよさそうな運転手だ。凶悪な誘拐事件とかかわりのありそうな人物ではない。おそらく、どこで客を拾うのか、どこまで乗せていくのか、ただ、それを聞かされているだけなのだろう。

犯人が配車係に電話で連絡し、配車係は無線でそれをタクシーの運転手に連絡している。要するに事件とは無関係だ。

こんなときでなければ、タクシーの運転手にも事情を聞くところだが、いまはそんな時間はない。

志穂はボストンバッグを小脇に抱きかかえながらタクシーに乗り込んだ。

ボストンバッグはズッシリと重い。

重くて当然だ。このなかにはひとりの人間の命が詰まっている。

一千万円の札束が十個、計一億もの現金が入っているのだ。

誘拐犯人の要求した身代金がすなわち一億なのだった。

誘拐された赤ん坊の祖父、岸上恭三《きょうぞう》は一代で財を築いた人物で、浦和で電気部品の工場を経営している。資産家として知られた人物だが、それでも一億というまとまった現金を用意するには、汗をかいて銀行を駆けずりまわらなければならなかった。

岸上恭三にとっては誘拐された赤ん坊は初孫に当たる。その誕生を誰よりも喜んだのがこの人物で、それがわずか一週間で暗転し、身代金の調達に苦しむことになろうとは、夢にも考えていなかったことだろう。

結局、赤羽の自宅を担保にし、取り引き銀行から一億の融資を受けた。

これまでに三度、犯人は自分の要求を（無関係な人間の）留守番電話のテープに吹き込んでいる。一億円を要求したのは最初の電話だが、

――つづき番号の新札は受け取らない。

　そのときにそう宣告している。

　その結果、二十人の捜査員が半日を費やして、一万枚もの一万円札の番号を書きとめなければならなかった。

つづき番号でないかぎり、犯人が一万円札を使用して、それが発見される可能性はほとんどない。人はめったなことでは札の番号など確かめようとはしないものだ。

ただ被疑者が検挙された場合、その人間が記録された番号の一万円札を持っていれば、それは法廷で重要な証拠として認められるはずだ。

そのわずかな可能性に望みをたくし、所轄の女性警官まで動員して、一万円札の番号を記録させた。

もちろん捜査本部としても、ただ一万円札の番号を書きとめるだけで、ほかに何もせずに、手をこまねいていたわけではない。

所轄署に捜査本部を設置すれば、捜査員や新聞記者などの出入りから、誘拐犯に捜査の動きを覚られる恐れがある。

そのことが考慮され、捜査本部は警視庁に設置された。

刑事部長を本部長においた二百人あまりの大捜査陣が敷かれた。

警視庁・捜査一課六係を本部の中枢にすえて、所轄の刑事課員が総動員された。

さらに機動捜査隊と自動車警ら隊に赤ん坊の写真が配られ、不審車の発見、職務質問の励行が指示された。

もっとも、生後二週間の女の子というだけで、名前さえつけられていない新生児の写真がどれだけ捜査の役にたつか、はなはだ疑問ではあったのだが。

埼玉、神奈川県警にも協力を要請し、犯人が車で逃走した場合にそなえて、特殊犯係と機動捜査隊を待機させた。

犯人が留守番電話に吹き込んだ声も徹底的に調べられることになった。

警視庁・科捜研の音声研究室では、これらテープに録音された声を肉声に修正し、それを周波数分析装置《ソナグラフ》にかけ声紋を取りだした。そして後続母音（ア）の音を構成する三つの音声周波数成分《フォルマント》を分析して、これがすべて同一人物の声であることを証明した。

それだけではない。

声の基本周波数からその人間のおよその身長を割り出すことができる。また声帯の動きや、口腔内の動かし方などで、その年齢を推定することも可能だ。

その結果、

——年齢二十三歳から二十八歳まで、身長百六十センチ強、入れ歯、および歯の矯正などはしていない。

という犯人像が浮かんできた。

もっとも捜査本部も、電話をかけてくる女性が真犯人《ホンボシ》であるかどうか、そのことに疑問を持っていた。

——これだけ用意周到な誘拐犯罪を若い女性が単独で実行できるだろうか？

そんな疑問がある。

現在、最新式の電話交換機では最初から逆探知が可能なように設計されている。最新式とまではいかなくても、それがデジタル式電話であれば、おなじ管轄内ならおよそ一分、どこの公衆電話からかけているかという発信元を確認するのにも三分もあればいい。

身代金目的の誘拐においては、身代金の受け渡しのときではなく、電話の逆探知によって犯人が検挙されるのがほとんどだった。

じつに誘拐事件検挙数の九五パーセントまでが、逆探知によって、犯人の居場所が確認されたり、公衆電話で電話をかけているところを現行犯逮捕されているのだ。

今回の誘拐犯は、まったく無関係の人間の留守番電話テープに要求を吹き込むことで、警察の逆探知を不可能にしている。

このことからだけでも犯人の慎重さは十分にうかがえるのだが、その慎重さはそれだけにはとどまらない。

電話を切ったときには、中継された電話局の交換機が次々と切れていって、リセット・パルスと呼ばれる信号が発信される。

何度か電話がかけられたとき、このリセット・パルスから、それがおなじ電話局管轄内から発信されたものであるかどうか、そのことを確認することができる。

この犯人は三度ともにまったく違う電話局管轄から電話を入れていた。

この一事をもってしてもこれが若い女性の単独犯行であるとは考えにくかった。

要するに、これまで捜査本部は誘拐犯の人物像をしぼりきれずにいるのだ。

つまり――

その人物像を特定しきれないまま、犯人に要求されるままに、志穂は一億円の現金を携えて、タクシーに乗り込まなければならないのだった。

これが志穂にとって危険をともなう仕事であることはいうまでもない。犯人はもしかしたら人の命などどなんとも思わない凶暴な人間であるかもしれないのだ。

が、どんなに危険をともなう仕事であっても、生後二週間の赤ん坊を人質にとられているかぎり、犯人のいいなりになって動くしかないのだった。

タクシーが発進した。

環八通りを抜けて、首都高5号線に沿うようにして走り、荒川を渡る。

そして新大宮バイパスに入り北上した。

——どこに向かうの？

志穂はそう運転手に聞きたかったが、赤ん坊が人質にとられているのを考えると、めったなことは質問できない。

この運転手が誘拐の共犯者である可能性はまずないが、わずか一パーセントの可能性でも残っているかぎり、不用意な質問をすることはひかえなければならない。

荒川を渡るとき、

「今日は絶好の釣り日和なんだよね。雨が降って川は増水してるし、潮も高いしねえ。入れ食いでいくらでも釣れるよ。こんなときに仕事をしてるなんて利口じゃないよ」

運転手が明るい声でいった。

いまの志穂には運転手のその屈託のなさがなんとも耐えられないものに感じられた。

窓にちらちらと朝日がまばゆい。

また目の底が痛んでくるのを覚えた。涙が滲んできた。

タクシーは戸田市に入り、どうやら浦和市に向かっているようだった。

誘拐　午前九時

1

新大宮バイパスから左に折れる。

志木街道に入った。

「…………」

志穂はタクシーの窓から背後に視線を走らせる。

覆面パトカーが三十メートルほど後ろについている。ときおり、関係のない車があいだに入ってくるが、覆面パトカーの運転手は追尾に長《た》けていて、それでタクシーを見失うようなことはない。

前方を走っているのは、「直近追尾班」員が運転手を装った偽装タクシーだ。

窓から確かめることはできないが、自動車警ら隊の覆面パトカーも、タクシーに前後して、何台か走っているはずだ。

それだけではない。

志穂は胸ポケットに超小型のワイヤレス・マイクを忍ばせているのだ。

百メートル四方の範囲で、傍受可能なワイヤレス・マイクで、直近追尾班員がこれをイヤホーン・コードで受信、本部にリレー送信することになっている。

つまり誘拐犯人を捕えるために万全の準備がととのえられているのだった。

しかし――

それでも志穂は不安の念を胸から拭いきれずにいた。

この誘拐犯人にはどこか得体の知れないところがある。なにを考えているのか底の知れないところがあるのだ。

よしんば身代金を渡したところで、それでおとなしく赤ん坊を返すとは思えない。どんなに捜査本部が万全の準備をととのえても、この犯人はそれをやすやすと乗り越えてしまうのではないか。

志穂にはそんな不安があるのだが、不安はそればかりではない。

留守番電話に要求を吹き込んでいる女は真犯人ではない。少なくとも主犯ではない。

捜査本部ではそう考えている人間が多い。

これほど用意周到な誘拐犯が、不用意に自分の声をテープに残すのはあまりに不自然だからだ。

――それでは真犯人は誰なのか？

そのことを考えると、なにか頭部の一点をキリキリと錐《きり》でえぐられるような、激しい痛みを覚えるのだ。

心の奥底深く、意識と無意識が接するその暗い深淵に、それはわたしの双子の妹ではないか、ひっそりとそうつぶやく声が聞こえるような気がするのだった。

志穂に双子の妹などいない。生きた妹も死んだ妹もいない。この世に存在しない妹がどうして赤ん坊をさらうことができるのか。強迫観念としてもそれはあまりにも愚かしい妄想ではないか。しかし……

いないはずの双子の妹が志穂をおびやかしてやまないのだ。わたしの双子の妹がこの誘拐事件の真犯人ではないか。その根強い不安感が志穂の存在を根底から揺るがし、戦慄させずにはおかないのだった。

――まぶしい。

志穂は目を瞬かせた。

窓をかすめ去るアスファルトの路面が、朝陽をあびてギラギラと光っている。そのハレーションのように何重にも滲んだ光のなかに、フッと自分の意識が溶けていきそうになるのを感じる。

喉が痛い。

軽い喉頭炎だと診断された。疲れが蓄積しているからだろう。一日に三回、医師からもらった薬を食後に服用しているのだが、今朝は飲むのを忘れていた。

いまは喉頭炎の薬どころではないのだが、飲まなかったのを思い出すと、そのことが妙に気持ちに引っかかる。

薬を飲もうにも、タクシーのなかでは水がない。

しかし——

すでにタクシーは志木街道を抜け、荒川を渡って、その土手のうえに入り込んでいる。

運転手はタクシーをとめた。

「こちらです」

「こちらって——」

志穂は途方にくれた。

「ここでどうすればいいの？」

「さあ、わたしはただ秋ヶ瀬桟橋までお乗せしろっていわれただけで」

「えぇ、ここがそうなんですけどね。ここまで乗せてくれといわれただけで、あとのことはわたしにはわかりません」

「秋ヶ瀬桟橋？」

「……………」

嘘をいっている顔ではなかった。

ここで運転手と押し問答していてもらちがあかない。

料金を払ってタクシーをおりた。

だだっ広い場所だ。

ゆるやかな傾斜をなして土手があり、眼下に荒川が光っていた。川をはさんで秋ヶ瀬橋があり、武蔵野線の鉄橋があった。

荒川に背を向けて遊園地の切符もぎりのような小さな小屋がある。窓は閉まっていて、そのうえに「なぎさコース」、「さくら草コース（周遊コース）」と記された表示が出ている。なかに人がいるようだが、何の切符を売っているのかはわからない。

それ以外にあるものといえば、土手の片面にある駐車場、対岸の倉庫らしい白い建物ぐらいなものだ。

志穂は時間を確かめた。

八時五十五分――

――ここで犯人は身代金を受け取ろうというのか。

こ、ん、な、ところで。ここはただもう見晴らしがよく、身をさえぎるものは何もない。これでは捜査員たちも志穂に近づきようがない。

「…………」

反射的にボストンバッグをギュッと抱きしめた。

一億円。一万円札が一万枚でその重さはおよそ十キロ、それにバッグ自体の重さが加わって、ボストンバッグはかなり重い。

赤ん坊の祖父、岸上恭三が自宅を担保にして、銀行から借りたカネだ。

岸上恭三は一代で財を築いた立志伝中の人物だが、それでも一億円の現金を右から左に動かすのはむずかしかった。

銀行の支店長に事情を話すことができないからなおさらのことだ。どんなに口どめしても、誘拐事件のことを人に話せば、その噂はあっという間に拡がってしまう。そして、いったん噂が広まれば、物見高いヤジ馬が被害者の家をとり囲みかねないのが、いまの日本という国なのだ。

つまり岸上恭三は、ろくに事情も話さずに一億円の大金を銀行から借りなければならなかったわけで、その苦労は並大抵なものではなかったろう。

そのことを考えれば、この一億円をたやすく誘拐犯に渡すわけにはいかない。少なくとも赤ん坊の無事な姿を確認するまでは絶対に渡せない。

今回の誘拐事件では、犯人が一方的に無関係な人間の留守番電話に要求を吹き込んでくるだけで、被害者にはまったく交渉の余地がない。

いや、よしんば交渉が可能だとしても、誘拐されたのが生後二週間の新生児とあっては、その声を電話で聞いて無事を確認するというわけにはいかない。

生後二週間の新生児――

顔を覚えられる心配がなく、犯人にとってこんなに安全な人質はいない。それと同時にこんなにあつかいにくい人質もいない。この世に人間の赤ん坊ぐらい、手間のかかる、やっかいな生き物はいないのだ。

捜査本部がなにより心配しているのは、すでに犯人が人質の赤ん坊を殺しているのではないか、ということだ。

赤ん坊の無事を確認しないかぎり、絶対に身代金を渡してはならない。

それが捜査本部の上層部の方針だが、最初から交渉する気のない犯人を相手にし、この方針をつらぬくのが困難であることはいうまでもない。

志穂の責任は重大だ。

どんなに困難であってもそれをやり遂げるほかはない。

しかし――

このだだっ広い荒川の土手で犯人はこれから何をしようというのだろう？　犯人はどう動いてくるつもりなのか。

「…………」

志穂がまわりを見まわしたそのとき、ふいに背後から声をかけられた。

若い女の声だ。

振り返り、その女の顔を見た。

知らない女だ。

「失礼ですけど、北見志穂さんですか」

とその知らない女がいった。

このとき八時五十七分——

2

覆面パトカー一台が秋ヶ瀬栈橋からやや離れた土手にとまり、もう一台が武蔵野線鉄橋付近にとまって、さらにもう一台が対岸の17号バイパスに待機している。

別動隊捜査員、十数人も秋ヶ瀬栈橋を中心にし、散歩をよそおって、荒川土手に散った。

タクシーを偽装した車だけが秋ヶ瀬桟橋の土手にある駐車場に入っていく。

もちろんタクシーの運転手に扮した「直近追尾班」員が車からおりることはない。志穂のほうを見てもならない。客待ちをしているのを装って、ただ運転席で待機している。

それぞれの覆面パトカーから「直近追尾班」がおりて現場に向かう。

特殊犯係刑事二名、スリ係・女性警官二名、体力にすぐれた機動捜査隊員、交通巡視員がそれぞれ一名ずつ――

刑事と女性警官はそれぞれペアを組んで、アベックを装い、何気ないふうで志穂に近づいている。男ふたりはやや離れたところでタバコをくゆらしている。

イヤホーン・コードを隠すのに都合がいいということから、スリ係・女性警官ふたりには、ロングヘアの女性が選ばれている。

女性警官ふたりの髪に隠されたイヤホーン・コードは、志穂が胸ポケットに忍ばせているワイヤレス・マイクの音をすべて拾ってくれるはずだった。

八時五十七分――

「こちら高木です」

覆面パトカーのなかで待機している井原主任のもとに「直近追尾班」の機動捜査隊員から連絡が入った。

「北見捜査官に若い女性が接近、声をかけました」

「なに、犯人か」

「いや、そうではないようです」

その声がヒソヒソと低いのは、背広の襟に携帯電話を隠し、話しているからだろう。

「女は『荒川定期航路』の切符売り場から出てきました。そこで働いている女性ではないかと思われます。どうやらなにか切符を手渡しているようです」

「状況をわかりやすく説明しろ。どういうことなんだ？」

井原の声がいらだった。

「ちょっと待ってください――」

数秒、連絡がとぎれた。

志穂が直接、胸ポケットのワイヤレス・マイクに状況を説明することができれば、それに越したことはないのだが、犯人がどこで見ているのかわからない以上、そんなあからさまな真似はできない。

志穂が誰かと話しているのを、女性警官がイヤホーン・コードで傍受し、それをまたべつの捜査員に中継するという迂遠《うえん》な手段をとらざるをえない。

そのことが井原をいらだたせる。わずか数秒、いまの井原には、その時間がほとんど永遠にも匹敵する長さに思われるのだろう。

「どうやら北見捜査官の名で『荒川定期航路』の搭乗が予約されていたということのようです――」

また機動捜査隊員の声が聞こえてきた。

「あらかじめ誘拐犯が予約しておいたものと思われます。北見捜査官がひとり、切符売り場のまえに立っていたので、切符売り場の女性が気をきかせて声をかけた。どうもそういうことらしいです」

「要するにその若い女は事件には無関係だということか」

「はい、そう思われます。確認しますか」

「馬鹿、どこで犯人が見ているかわからないんだぞ。そんなことができるか。確認するのはあとでいい」

「はい」

「それよりなんていった？　『荒川定期航路』か？　何だ、それは。荒川にそんなものがあるのか」

「はあ、あるらしいです。『なぎさコース』と『さくら草コース』があるらしいです」

「だからそれは何だというんだ？」

「はあ、それは自分にもよくわからないのですが――」

「…………」

それが可能なら井原は怒りのあまり携帯電話を握りつぶしていたろう。そのとき所轄の捜査員がこういってくれなければ、なんの罪もない機動捜査隊員を怒鳴りちらしていたにちがいない。

「妻の実家が浦和でしてね。わたしもこのあたりのことはよく知っているんですが、『荒川定期航路』というのは、秋ヶ瀬から新芝川をへて、葛西臨海公園まで荒川をクルーズする定期便のことですよ。午後には葛西臨海公園から逆のコースをたどって秋ヶ瀬桟橋に戻ってくるはずです。毎日、運行しているんじゃないかな」

「そんなものがあるのか」

井原は捜査員の顔を見た。

「ええ、あるんです」

「北見捜査官の名で切符を予約しておいたということは、犯人はその船のなかで身代金の受け渡しを考えているということか」

「そういうことじゃないでしょうか」

「埼玉県警に連絡しろ。浦和署から応援を頼むんだ。応援は多いほうがいい。荒川ぞいにその船を監視するんだ――」

井原は部下にそういい、あらためて携帯電話を持ちなおすと、

「特殊犯係刑事、女性警官のふたりに船に乗るようにそういえ。犯人は船のなかにい

る。赤ん坊もいるかもしれない。アベックを装って北見捜査官を見張るようにそういえ」

「それが――」

機動捜査隊員の声に苦渋が滲んだ。

「われわれは船に乗ることができないんですよ」

若い女は愛想がよかった。切符を差しだしながら、

「お急ぎください。船は九時きっかりに桟橋を出ます」

「あのう、これはどういうことでしょう？」

志穂はあっけにとられた。

「北見志穂さんでいらっしゃいますね」

「はい、そうですが」

「ですから北見さんのお名前で『なぎさコース』の切符が予約されているんです。急いでください」

女は切符売り場に戻っていった。

「……」

それでは誘拐犯は志穂の名で「なぎさコース」とかの船便を予約しておいたのか。

「なぎさコース」がどんなものだか知らないが、どうやら犯人は船のなかで身代金と赤ん坊を交換する計画でいるらしい。

あれこれ迷っている余裕はない。

切符売りの女は船は九時きっかりに出航するとそういった。

その船に乗り遅れれば、身代金を奪うのに失敗した犯人は、ためらわず赤ん坊を始末するのではないか。

——犯人は……そう、わたしの双子の妹は……

志穂は土手をおりた。

土手のうえからは見えなかったが、そこに栈橋があった。

そして、これも土手のうえからは見えなかったことだが、その栈橋に一隻の船が横づけされ、すでに大勢の人が乗り込んでいた。

そんなに大きい船ではない。おそらく総トン数五〇トン、全長三〇メートル足らずというところだろう。船体のほとんどをパノラマ窓に覆われた客室が占める、純白の、瀟洒《しょうしゃ》といっていい船だ。

まさか荒川にこんな船便があるとは思ってもいなかったことだ。

志穂はそのことに驚いたが、それよりさらに驚かされたのは、その乗客の多さだ。見たところ満席のようだった。

誘拐犯が志穂の名で切符を予約したのは何も慎重を期してのことばかりではなかったらしい。この乗船状況では予約をしなければ船に乗ることはできないだろう。

それにもうひとつ、出航ぎりぎりの時刻まで迎えのタクシーをよこさず、どこに行くのか告げようとしなかったのも、犯人の周到な計画のうちに入っていた。

これだけ、ぎりぎり時間が迫られていたのでは、志穂と一緒に捜査員が同乗しようとしても、もう船は満席で、切符を買うことができない。

警察官の身分を明かせば、むりにでも船に乗り込むことはできるだろうが、そんなことをすれば、その人間が捜査員であることがたやすく犯人にわかってしまう。

誘拐犯はそこまで計算していたのか？　もちろん、していた。

頭のいい犯人だ。この犯人はどこまでも頭がいい。

そして――

どうやら志穂はここで「直近追尾班」員たちと切り離されることになるようだ。この頭のいい犯人とたったひとりで対決しなければならないらしい。

ボストンバッグを抱えて、船に乗り込むとき、

――寒い。

背筋に悪寒が走るのを感じた。

こんなに天気がよく、絶好の船びよりだというのに、体が小刻みに震えるのを覚え

ていた。

3

クィーンメリッサ一世号。

総トン数四八トン、全長二七メートル、乗客数九十九人——

朝九時に秋ヶ瀬栈橋を出て、途中、新芝川栈橋で停泊し、十一時三十五分に葛西臨海公園に到着する。午後の便は、三時三十分に葛西臨海公園を出発、おなじく新芝川栈橋に停泊し六時五分に秋ヶ瀬栈橋にいたる。

所要時間二時間三十五分……

埼玉県では、浦和市、戸田市、朝霞市、和光市、川口市にまたがり、東京都では板橋区、北区、足立区、葛飾区、墨田区、江戸川区、江東区とまたがって航行する。

パンフレットによれば、

——クィーンメリッサ一世号は日本で初めてつくられた本格的リバー客船《クルーズ》であり、一級河川荒川を定期航行した第一号の船。

ということだ。

しかし……

「なにがリバー・クルーズだ」

井原は髪を掻《か》きむしりたい思いだ。

警察にとって、このリバー・クルーズぐらい始末におえないものはない。どう追尾し、見張ればいいか、その適切な手段が見当たらないのだ。

秋ヶ瀬桟橋から葛西臨海公園まで、荒川は蛇行し、非常に長い。川筋の公園だけでも、秋ヶ瀬公園、戸田公園、舟戸公園、堀切菖蒲園、仙台堀川公園など数カ所を数え、そのほか水門、調整池、下水処理場などがあまた散在している。どんなに警視庁、埼玉県警の警察官を動員しても、それを荒川全域にあまねく待機させるのは不可能だ。そんなことをすれば、誘拐犯を警戒させてしまうことになる。舟を出して、追跡させることも考えたが、クィーンメリッサ号に犯人が乗っている可能性を思えば、あまり表だった動きはとらないほうがいいだろう。

機動捜査隊の協力をあおいで、何台かの車を出動させ、荒川にそった道路を、クィーンメリッサ号に並走させてはどうか？　そんな意見も出たが、疾走する車のなかから、誘拐犯の動きを的確にとらえることができるとは思えない。

つまり、事実上、警察がクィーンメリッサ号を監視する手段はないということだ。

クィーンメリッサ号の航行時間はわずかに二時間三十五分しかない。もしかしたら犯人は終点の葛西臨海公園で行動を起こすつもりかもしれないが、それにしても時間が限られていることに変わりはない。警察が何をどう手配するにしても絶対的に時間が不足しているのだ。

捜査本部はまさか誘拐犯が水路を利用しようなどとは考えてもいなかった。誘拐犯は先手をとり、警察は後手、後手に回らざるをえない。

志穂は胸ポケットにワイヤレス・マイクを忍ばせているが、それも周囲百メートル以内にイヤホーン・コードを持った人間がいなければ何の役にもたたないのだ。

もちろん志穂は携帯電話を持っている。

しかし犯人がクィーンメリッサ号に同乗している可能性を考えれば、その携帯電話を不用意に使うことはできない。

クィーンメリッサ号には船内電話が装備されているが、犯人に見られる可能性があるかぎり、それもやはりうかつに使用することはできないのだ。

要するに、あれほど万全の準備をととのえ、二百人もの捜査員を動員したというのに、志穂と警察との連携はたやすく切られてしまったことになる。

犯人との交渉はすべて志穂の裁断にゆだねられることになるのだった。

――なんてこった。

井原は自分たちの無能さにほぞを嚙んでいた。

その一方で胸の片隅にこんな疑問がわだかまっていたことは否めない。

――これはみんな北見志穂がたくらんだことではないのか。すべては志穂の計画したことではなかったか……

これまで北見捜査官とは二度ほど捜査をともにしている。囮捜査官の存在そのものには、いまだに釈然としないものを覚えるが、志穂の有能さに疑問を抱いたことはない。過去二回の事件はいずれも難事件で、志穂がいなければ、解決は望めなかった。が、今回の事件は、これまでの事件とはかなり性質が異なっているようだ。今回の事件には、志穂自身がその本質に深く関わっているような、そんな兆候が見え隠れしているのだ。

それをどう理解していいのかわからないまま、いつしか井原の胸には志穂に対するこんな疑惑が根ざしていたのだった。

――あのことでは北見志穂は警察のことを恨んでいるはずだ。警察に復讐したいと考えたとしてもふしぎはない。

この誘拐事件そのものが志穂の警察に対する復讐の手段として仕組まれたものではないだろうか……

が、いまの井原にはその疑問に沈潜しているだけの余裕はなかった。

志穂がクィーンメリッサ号に乗って事態は急変したのだ。その的確な対応をせまられていた。いまはとりあえず、人質の赤ん坊を取り返し、誘拐犯を逮捕するのに全力をそがなければならない。事件の背景を考えるのはそれから先のことだった。

覆面パトカーを秋ヶ瀬桟橋に急行させながら、無線マイクを握りっぱなしだった。埼玉県警の協力を要請し、捜査本部の一課長の指示をあおいで、懸命に事態の対処にとりくんでいた。

埼玉県警の捜査員を動員し、その一方で機動捜査隊、自動車警ら隊の覆面パトカーを出動させ、可能なかぎりクィーンメリッサ号の追尾に努めることにした。

誘拐犯はクィーンメリッサ号に乗っているのか？

乗っているとしたらどこでどう動いてくるのか？

それを見きわめることが事件を解決する鍵になるはずだった。

秋ヶ瀬桟橋には思いがけない人物が待っていた。

特別被害者部の袴田《はかまだ》刑事だ。

北見志穂の相棒で、囮捜査をするときには、いつも護衛にまわる人物だ。

各署の防犯課をたらい回しにされ、ようやく本庁勤務になったと思ったら、特被部に出向になってしまった。その経歴を考えても、いまだに巡査部長どまりであることを考えても、刑事としてはあまり有能な人物とはいえそうにない。

井原は警部補だから、階級のことだけをいえば、袴田よりも上になる。

が、袴田が五十近い年齢で、はるかに年上ということもあってか、井原はなんとなくこの袴田という人物が苦手だった。

今回の事件では、志穂に護衛をつけるわけにはいかず、袴田は捜査本部に編入されていない。

その袴田がこんなところで何をしているのだろう?

「よう」

袴田は右手をあげ声をかけてきた。

「ああ――」

井原は仏頂面《ぶっちょうづら》でうなずいた。

いまの井原は忙しい。こんなときに袴田の相手なんかしていられない。

敏感にそれを読みとったのか、

「忙しいのはわかってる。じゃまするつもりはねえよ。ちょっと北見捜査官に会って話をしなければならないことがあっただけなんだよ――」

袴田は機嫌をとるようにそういい、顔をしかめた。

「もっとも、どうも間にあわなかったようだがな」

現在、九時二十分――

志穂はボストンバッグを膝に載せて椅子にすわっていた。

クィーンメリッサ号の客室は細長い。椅子が二脚ずつ、ふたつの通路をはさんで、三列にならんでいるが、それがすべて満席だ。

客室の後尾には、テーブルと椅子があり、そこにカラオケのセットが用意されていて、出航して間もないというのに、もうマイクの取りあいが始まっている。

前部に売店があり、そこで酒やつまみを買うことができるらしい。

ほかの客はすべてパノラマ窓に目を向け、荒川の風景を楽しんでいるようだが、もちろん志穂にそんな心のゆとりはない。

——この客のなかに誘拐犯がまぎれ込んでいるのではないか。

そう考えると、それだけでじっとり掌が汗ばんできて、とてもクルーズを楽しむ心境になどなれるものではない。

が、客たちは誰もかれもが屈託なげで、そのなかの誰が誘拐犯なのか、それを見きわめることはとうていできそうにない。

赤ん坊を抱いている若い母親もいる。

——もしかしたら誘拐された岸上家の赤ちゃんではないだろうか？

そう考え、そしてそんな目で見るからか、幸せそうな若い母親が、そのじつ、卑劣で陰険な思いを胸に秘めているようにも見え、つい無意識のうちに睨《にら》みつけたりする。

要するに、志穂は疑心暗鬼にかられ、緊張のきわみのなかで、ひっそりと冷たい汗をかいているのだった。

もっとも犯人は二度めの電話のとき、六月九日土曜日のA新聞を持ってこい、と命じている。三日遅れの新聞を持ってこい、というのは、要するにそれを目印にするつもりなのだろう。つまり志穂のほうで犯人を探す必要はないわけだ。

三日遅れの新聞を広げはしたが、もちろん、それはポーズだけのことで、とても新聞記事を読む気になどなれない。

ただ、目のなかで何の意味もなさない活字が躍っているだけだった。

若い女の声で船内アナウンスが聞こえてきた。

——乗客の北見志穂様、乗客の北見志穂様、お電話が入っています。いらっしゃいましたら、船内電話をお取りください。

誘拐　午前十時十分

1

ボストンバッグを持って電話ブースに向かった。

電話ブースは客室から甲板に通じる通路にある。

テレホンカード専用の電話だ。

ブースに入って、外してある受話器を取った。

「はい、北見です――」

一瞬、間があり、若い女の声が聞こえてきた。

「一億円は用意した?」

女はいきなりそういった。

「………」

この誘拐事件に関わって志穂はふたりの女の声を電話で聞いている。ひとりは留守番電話に要求を吹き込んでくる女、もうひとりは志穂の双子の妹と称する女だった。

これは妹の声ではない。留守番電話に要求を吹き込んでくる女のほうだった。テープの声ではなく初めて肉声を聞いた。

「どうしたの？」

女の声がややいらだった。

「用意したの？　しないの？」

はい、と志穂はうなずいた。

「一億円は用意しました」

「船が新芝川桟橋に近づいた時点でそれを客室のゴミ箱に捨てて」

「はい？」

志穂は自分の耳を疑った。

「十時十分に船は新芝川桟橋にとまるわ。十時ぐらいがいいわね——」

女は冷静に言葉をつづけた。

「一億円を客室のゴミ箱に捨てるのよ。新聞は用意してきたわね」

「はい」

「それを一億円にかぶせて人目に触れないようにするの。土曜日の新聞はふだんよりページ数が多い。一億円を隠すぐらいはかんたんにできるはずよ。わかった？」

「………」

志穂は唇を嚙むほかはない。

ここでも犯人は警察の上手をいって巧妙だった。古新聞を用意させるのを、たんなる目印だと思わせ、じつはその目的はほかにあったのだ。

「どうなの？　わかったの」

「一億円を捨てるんですか」

「いうとおりにしたほうがいいわ」

「わかった――」

志穂はうなずいた。

「十時ぐらい、新芝川桟橋に近づいた時点で一億円をゴミ箱に捨てる。新聞紙をかぶせて人の目につかないようにする……それでいいんですね」

女の言葉を復唱するのは、何も確実を期すためばかりではない。胸ポケットのワイヤレス・マイクを通し、捜査員たちに女の要求を伝えたいからだ。イヤホーン・コードを隠した捜査員が船に同乗しているのを期待してのことだった。

「船が新芝川桟橋に近づいてからよ。そのことを忘れないで」

　女は電話を切ろうとした。志穂は急いで、待って、と女を制した。

「赤ん坊はどこにいるの？」

「…………」

「赤ん坊の無事を確認するまではお金を渡すわけにはいかないわ」

「心配はいらない。赤ん坊は無事よ」

「確認したいの。それを確認するまではお金は渡せない」

　志穂は食いさがった。

　誘拐犯がどうやって身代金を受け取るつもりなのかはわからない。が、いずれにせよ、赤ん坊の生存を確認せずに身代金を渡すのは論外だった。そんなことはできない。何としても赤ん坊の無事だけは確認しなければならないのだ。

「もうすぐ船が戸田橋にさしかかるわ」

「とだ……」

「国道17号線の戸田橋。戸田橋のすぐ下、船から見て左手に公園がある。その公園で赤ん坊を見せるわ」

「国道17号線の戸田橋。そのすぐ下、船から見て左手の公園で赤ん坊を見せる」

「そしたら一億円をゴミ箱に入れなさい」

「待って——」

志穂は叫んだ。

が、そのときにはもう女は電話を切っていた。

ただ、ツーッ、という終話信号音が聞こえているだけだった。

2

志穂は電話を切った。

ためらった。いや、ためらわなかった。

志穂の任務の第一は、誘拐犯に身代金を渡すことではなく、赤ん坊の無事を確認することなのだ。

船内に誘拐犯の仲間がいて志穂のことを見張っているかもしれない。警察に連絡するのが知れたら犯人を刺激することになる。そんなことをしなくても、イヤホーン・コードを隠し持った捜査員が船に同乗していれば、志穂が復唱した声を聞いているはずだ。

しかし……

ためらわなかった。

電話機にテレホンカードを入れ、井原の携帯電話の番号を押した。

「ああ」

吼《ほ》えるような声が返ってきた。井原もかなりいらだっているらしい。

「北見です。犯人は戸田橋の公園で赤ん坊を見せるそうです。身代金は新芝川桟橋に近づいたら船内のゴミ箱に捨てろとそういわれました」

「戸田橋の公園、新芝川桟橋——」

井原が復唱するのを確かめて、すぐに電話を切った。

電話ブースから飛びだした。

そこに制服を着たクィーンメリッサ号の乗員がいた。あっ、と声をあげたのは、いきなり志穂が電話ブースから飛びだしてきたのに驚いたからだろう。

そんな乗員に、

「戸田橋は近いですか」

噛みつくように聞いた。

「もうすぐです。もうすぐ——」

志穂の勢いに気押《けお》されたのか、乗員は口ごもるように答えた。

「…………」

志穂は礼もいわなかった。

通路に甲板に通じる短い階段がある。そこを一気に駆けのぼった。

甲板といってもそんなに広くない。手すりがあり、二段ほど高くなって小さなデッキがある。浮輪、ロープ、ブイ、縄梯子《なわばしご》などの備品が収められている。人が二、三人たたずんで、川風に吹かれていた。

船の前方を見た。

そこに橋がかかっている。

初夏の日射しをあび、川はきらきらとさざ波をきらめかせ、橋を黒いシルエットに沈めていた。

あれが戸田橋か。

「………」

手すりから身を乗り出すようにして橋を見つめた。

クィーンメリッサ号はゆっくりと橋に近づいていく。

川に映えるまばゆい光に目の奥がチカチカと痛んだ。視野狭窄を起こしたようにフッと風景が暗転するのを覚えた。一瞬、意識がとぎれそうになる。体がふわりと揺れた。

――またた!

頭が沈んだ。上半身が折れて手すりを乗り越えそうになった。

頭のなかで悲鳴をあげた。

とっさに手すりを握りしめた。

手が痛くなるまでギュッと握りしめる。

手すりの鉄の感触でかろうじて意識を保った。

全身に冷たい汗をかいていた。

このところ、こんなことがしばしばある。

体調が万全ではない。

疲労が極限まで達している。肉体的にも精神的にもぎりぎり底をついている。

歩いていて立ちくらみを起こす。公園のベンチにへたり込んで、しばらく気を失っていたこともある。体がいつも鉛を飲んだように重い。頭の芯に鈍痛がある。

しかし、いまはもちろん気を失ってなんかいられない。そんな場合ではないのだ。

――しっかりしなさい、志穂！

懸命に自分をはげました。

――がんばるのよ。

そして川波に映える光に必死に視線を凝らす。

光はギラギラとまばゆい。

目の底が焼きつけられる。

まるで太陽の燃えあがるコロナだ。

その燃えあがる陽光のなかに、
戸田橋の黒いシルエット、ネガのように陰陽の逆転した河原の風景、ゆらゆらと揺れる釣り船、そして——

女、だ。

河原と土手がつらなった川岸の公園にひとりの女が立っている。

女は片手に赤ん坊を抱いていた。もう一方の手をちぎれんばかりに振っていた。

それに応じて懸命に手を振った。

相手が誘拐犯であるということを忘れていた。

ただ、ひたすら手を振りつづけた。

——泉《いずみ》ちゃん！

胸のなかで赤ん坊の名を叫んだ。

実際には、赤ん坊は生後数日で誘拐され、まだ名前がつけられていない。

が、父親から、泉という名前に決まっていた、と聞いた。

志穂はなんとしても泉ちゃんを助けなければならない。

クィーンメリッサ号が戸田橋をくぐり、女の姿が見えなくなった。

身をひるがえし客室に急いだ。

乗船したときに客室のラックから荒川の河川地図を取っている。

その地図によれば、戸田橋をくぐってしばらくすると、すぐそこに京浜東北線、宇都宮線、高崎線共通の鉄橋がある。そして、その鉄橋とほとんど接するようにして新荒川大橋がある。

新荒川大橋を通過すれば、岩渕水門、芝川水門とつらなっている。

そこが犯人の指定した新芝川桟橋だ。

何台もの覆面パトカーが国道17号線、国道122号線を疾走していた。

埼玉県警の機動捜査隊、自動車警ら隊の覆面パトカーだ。

所轄系《SW》無線、方面系無線のふたつの無線が鳴りつづけていた。

——誘拐犯人は赤ん坊とともに戸田公園にいる模様。関係車両はただちに現場に急行してください。被疑者の緊急逮捕、赤ん坊の保護に全力をそそいでください。くりかえします。誘拐犯人は赤ん坊とともに戸田公園にいる模様。関係車両は……

真っ先に現場に到着したのは浦和署の覆面パトカーだった。

そのとき十時——

機動捜査隊員たちが車から飛びだして公園に突入していった。

「まず赤ん坊だ。女はいい。赤ん坊を保護するんだ！」

隊員たちの血相が変わっていた。

女の姿はすぐに見つかった。

女は赤ん坊を抱いて公園を歩いていた。

自分に向かって突進してくる屈強な男たちの姿を見て、女はその場に立ちすくんだ。

女の腕のなかで赤ん坊がキャッキャッと嬉しげに笑った。


そのとき井原の乗った覆面パトカーも現場に急行していた。

袴田も同乗している。

「人質さえ取り戻せばこちらのもんだ。これで事件は解決だ。身代金を取りにきたときに犯人を逮捕できる――」

井原は興奮していた。興奮しすぎていて、袴田がつぶやいた声を聞きとれなかったようだ。

「ほんとうにそうなのかな……」

袴田はこうつぶやいたのだ。

「これだけの犯人にしてはあまりにあっけなさすぎないか」

3

船が新芝川桟橋に近づこうとしている。
新芝川桟橋で停泊する。
それまでに一億円を客室のゴミ箱に捨てなければならない。
ゴミ箱は客室と甲板をむすぶ通路、トイレの横手にあった。
ポリバケツ状の大きなゴミ箱だ。
幸い、通路には誰もいない。
ゴミ箱の蓋《ふた》を開けた。
なかに黒いビニール袋が張られている。
底のほうに新聞紙や紙クズなどが溜まっていた。
「…………」
周囲に視線を走らせる。
通路には誰も出てこない。カラオケの歌声が聞こえてくる。歌は『天城越え』だ。
声はいいが、音程が狂っていた。
ボストンバッグのジッパーを開ける。

ゴミ箱の底に一千万円の束をどさどさと落とし込んだ。

一千万円の札束は厚さが九センチ、それが十個、かなりの分量になる。

大きなゴミ箱だが、それでも札束で半分ぐらいまで埋まった。

そのうえに新聞紙をかぶせて札束を隠した。

すぐに通路を離れた。

客室の自分の席に戻り、へたり込むように腰をおろした。

動悸が荒い。

全身しびれたように感触がない。微熱があるのかもしれない。汗ばんだ顔が火のように熱かった。

顔をあおむけて、目を閉じ、椅子にぐったりと沈んだ。

——こんなことでいいんだろうか。

ふと、そんな不安が胸をよぎった。

一億円をゴミ箱に捨てるというのはたしかに意表をついている。が、意表をつきすぎていて、あまりに単純すぎないか？　これまでの誘拐犯の慎重さとそぐわない気がして、なにか腑に落ちないものを感じる。ぴったりと胸になじまないのだ。

この誘拐事件そのものに、どこかとんでもない陥穽《かんせい》がひそんでいるように感じる。

犯人の意のままに操られているような、そんなきわどいものを感じるのだ。

――そんなことはない。

頭のなかで首を振った。

おそらく、そんなふうに感じるのは、志穂がこの誘拐犯のことを過大評価しすぎているからだろう。このところ体調が優れず、そのことで気力を失っているせいもあるのではないか。

忘れていた喉の痛みが戻ってきた。

とうとう今朝は喉頭炎の薬を飲むことができなかった。

クィーンメリッサ号は十一時三十五分に葛西臨海公園に着く。食事をしたい心境ではない。が、無理にでもなにか喉に流し込んで、薬を飲んだほうがいい。

赤ん坊の無事は確かめたし、これで犯人を逮捕することができれば、食欲も出てくるのではないだろうか。

志穂はそう胸のなかでつぶやいたが、自分でもその言葉を本気では信じていなかった。

目を開け、パノラマ窓から外を見た。

船は水門をくぐった。

どうやらこれが芝川水門であるらしい。

新芝川桟橋の入口だ。

文字どおり桟橋があるだけで、たいした設備があるわけではない。

小舟が何艘《そう》かもやわれていた。

船が桟橋に近づいた。

かすかな衝撃があり、船がとまるのを感じた。

客室がざわついた。

何人かの客はここで船を降りる。

「……………」

降りていく客たちの姿を目で追った。

誘拐犯の仲間が船に乗っていて、新芝川桟橋で降りるのか？　それとも逆に新芝川桟橋で船に乗り込んでくるのか？　いずれにしろ新芝川桟橋でゴミ箱の一億円を回収するつもりでいることは間違いない。

が、警察はいつまでも犯人の思いどおりにはさせておかない。

赤ん坊の無事は確認した。おそらく、すでに保護しているだろう。

人質さえ保護すれば、あとは犯人を逮捕するのに何の支障もない。一億円を持った人間をその場で緊急逮捕するだけだ。

犯人が逮捕されるところを自分の目で見てみたいという思いはある。

しかし、

――このまま、ここにジッとしていたほうがいい。

そう自分にいい聞かせ、我慢することにした。

もし犯人が船に同乗していれば、志穂が座席から立ったら、警戒するだろう。

犯人に逃げられる危険を犯すよりは、このまま座席にジッとしていたほうがいい。

志穂がそう思い決めたそのときだった。

「あのう――」

背後から声をかけられた。

そこに制服姿の乗務員が立っていた。

あのう、と男は口ごもり、

「女房のお知り合いでしょうか」

「は？」

志穂は男の顔をまじまじと見つめた。

この男は何をいってるんだろう？　何のことだかさっぱりわからない。

「いや、さっき甲板であなたが女房に手を振っているのを見たもんですから、それでお知り合いかとそう思ったんですが」

「………」

「女房はいつも戸田公園に赤ん坊を連れてくるんですよ。赤ん坊には日の光が必要だってそういいましてね」

「………」

「ぼくがいつもこの船に勤務しているもんですからね。戸田公園で手を振りあうことにしてるんです。そしたら甲板であなたも手を振っていたもんだから、それで女房のお知り合いかとそう思いまして――」

男は言葉をとぎらした。

そして二、三歩、あとずさった。

おそらく志穂が蒼白になるのを見て仰天したのだろう。

が、もうその男のことなどにかまってはいられない。犯人に見られるのを警戒してもいられない。それどころではないのだ。

携帯電話を出して、井原の電話番号を押した。

井原が電話に出たとたん、

「だまされたわ。赤ん坊は別人よ。犯人を逮捕しないで。逮捕しちゃいけない！」

志穂はほとんどそう叫んでいた。

そのときクィーンメリッサ号が出航の汽笛を鳴らした。

その汽笛の音が、志穂の頭のなかで、二カ月まえ自分が撃った銃声に重なって響いたように感じられた。
二カ月まえ、志穂はひとりの殺人犯を射殺している。
おそらく、そのときからこの悪夢は始まったのだ、とそう思った。
二カ月まえ、そして二週間まえ――

司法精神鑑定　二週間前

1

いつもそのことを思いだす。

昼にはふいに目のまえが暗くなる。夜には夢に見る。

男が電動ノコギリを振りかざし突進してくる。その体に銃弾をたたき込む。五発、全弾をたたき込んで、男を殺す。男は床に倒れる。ゆっくりと床に血が拡がっていく。その血の色が生なましく赤い。電動ノコギリの回転音だけがいつまでも聞こえている……

そして志穂は悲鳴をあげる。悲鳴は余韻も残さずにプツリと切れる。あとには凍りついた静寂だけが残る。死の静寂だ。

北見志穂は警視庁・科学捜査研究所（科捜研）特別被害者部に属している。みなし公務員という異例の資格で、司法巡査に準じる身分だが、人はそんな名称で志穂を呼ばない。

特被部・囮捜査官――

女性を被害者とする犯罪を対象にして囮捜査を断行するのが囮捜査官なのだった。

日本では囮捜査はまだ完全に合法捜査とは見なされていない。

もっとも覚醒剤、麻薬事犯に関しては、

――徹底的に捜査しその犯罪の根源を絶滅しなければならない。（東京高判昭二七・六・二）

という観点から、

――覚醒剤などの取引に関与していると目ぼしをつけた者に近づき、覚醒剤などの入手を申込み、それに応じて取引が行われるときその関係者を逮捕するいわゆる囮捜査の方法を利用することも一定の限度で容認される。（東京高判昭六〇・一〇・一八）

とされ、囮捜査の必要性が高いことが指摘されている。

しかし、その一方で、

――刑罰権行使は誠実で適正であるべきなのに国家が犯罪を行う手助けをしておきながら被告人を処罰することが許されるのか。

という問題もある。

現に、警視庁・科捜研が特被部（特別被害者部）を設立した後も、主に東京地検の刑事部検事を中心にして囮捜査を違法視する声が根強く残っている。

ドイツでは、囮捜査は人間の尊厳を侵害するものと見なされている。さらに国家が人格を尊重する責務をつくしていない、とも見なされ、この二点から法治国家原理違反とされているのだ。

東京地検の反対論者たちは、このドイツの見解を採択し、囮捜査を憲法違反と見なしているらしい。

刑事手続きにおいて、本来、司法が解明しなければならないのは、たんに被告人が処罰を受けるのに十分な条件を満たしているかどうかだけではない。それと同時に、国家が処罰することを不相当とする事情がないかどうかも解明されなければならないのだ。

国家（警察）が犯罪を行う手助けをしておきながら、その被告人を処罰するのは、国民の刑罰権と司法権への信頼を失わせることになるのではないか。

東京地検の検事たちが囮捜査の無制限の実施を危惧するのも当然のことであった。

が――

ここに司法関係者も検事たちも見過ごしている問題点がある。

つまり、ときに囮捜査は囮捜査官の精神の荒廃を招くことがある、ということだ。どんなに言葉をつくろっても、囮捜査が人をだまし、罠《わな》にかける行為であることは否めない。そのことが囮捜査官の精神を酸のように蝕《むしば》まずにはおかないのだ。

ましてや北見志穂は必要にせまられてのこととはいえ犯人を射殺している。

必要にせまられて――

そう、そのことに疑問の余地はない。

無残に女を殺し、その遺体をバラバラに切断した犯人だ。その犯人が電動ノコギリを振りかざし志穂に向かってきた。相棒の袴田刑事は犯人に重傷を負わされ、失神していた……

文句なしの正当防衛だ。志穂に犯人を撃ち殺す以外にどんな選択肢もなかった。

しかし、そのあと、警察・検察関係者は、この事実を糊塗《こと》するのに、たいへんな苦労を強いられることになった。

従来、日本では、薬物事件などで囮捜査によって検挙された事案であっても、その経緯が明らかにされることはほとんどない。

公判の過程で、捜査協力者・情報提供者の介在、さらに囮捜査の可能性が薄々ほのめかされることはあっても、ついに事件の背景は不明のまま終わることが多かった。

が、犯人が射殺されたとあっては、これまでのように囮捜査の事実をすべてうやむやにするのは至難の業だった。

日本の警察組織では女性刑事の数は極端に少ない。そして、その数少ない女性刑事は拳銃の携帯を許されていない。

犯人を射殺したのが囮捜査官で、しかも女性であったということが、なおさら関係者の困惑を深めることになった。

なにも志穂が拳銃を携帯していたわけではない。相棒の袴田刑事が携帯していた拳銃を使った。それも生命の危機に瀕してやむをえず使用したのだ。

しかし、日本の警察は徹底してピラミッド型の官僚組織であり、官僚組織の例にもれず情報公開をなにより嫌う。

捜査の経緯や、正当防衛だったという事情などはすべて等閑に付され、ただ事実を糊塗することにのみ関係者の精力が費やされることになったのだ。

その結果、犯人が射殺されたという事実のみが明かされ、その経緯はついに曖昧のままに終わったが、そのことに志穂の心は蝕まれずにはいられなかった。

よしんば相手が凶暴な殺人犯であり、また正当防衛であっても、ひとりの人間を殺してしまったのだ、という事実の重みに変わりはない。

そのいわば心の呵責《かしゃく》がなおさら志穂の精神を不安定なものにした。

犯人を射殺したあと眠れない日々がつづいた。

一日中、頭がどんよりと重く、悲観的な思いばかりが胸をよぎった。

志穂はしだいに瘦《や》せていった。

瘦せて、そして顔は蒼白になっていった。

2

志穂の「容疑者射殺」を調査するのに際し、警視庁は、警務部監察室ではなしに、刑事部の「高速道路バラバラ殺人事件」の担当係ではなしに、べつの係の刑事を充てた。

その刑事は真っ先に司法鑑定の手つづきをとった。

司法鑑定とは、裁判官や検察官が、被疑者および被告人の精神鑑定を専門家に依頼することを指す。

志穂は犯罪を犯したわけではない。被疑者でもなければ被告人でもない。

残忍な殺人犯人に追いつめられてやむをえず相手を射殺したのだ。

それなのに担当官が司法鑑定の手つづきをとったということは、犯人を射殺したのを、すべて志穂の精神状態に起因する行為として片づけようという意図が働いたからにちがいない。

司法鑑定をいいわたす担当官の顔を呆然と見つめながら、

――わたしは何も間違ったことはしていないのに。わたしは何も悪いことはしていないのに……

志穂は胸のなかでそう悲痛な声をあげていた。

「わたしはあのとき正常でした」

そう担当官に抗議した。

「もちろん、きみは正常だったろう。しかし状況があまりに異常すぎた。どんなに正常な人間でも、あの異常な状況では、多少、神経に異常をきたすこともあるんじゃないか」

「そんなことはありません。わたしはあのとき十分に責任能力を持っていました。心《しん》神耗弱《しんこうじゃく》でもなければ心神喪失でもありません」

「そうか。きみは大学で心理学を専攻していたんだったな――」

担当官は苦い顔をし、

「いずれにしろ司法精神鑑定を受けてもらうことは決定されたことなんだ。いまさら覆すことはできんよ」

「どうしてわかっていただけないんですか。あれは完全に正当防衛だったんです。ああする以外に方法はなかったんです。袴田刑事にあのときの状況を聞いてくださればわかります――」

「むろん袴田刑事はきみをかばうよ。相棒だからな。かばうに決まってる」

「…………」

「だが、袴田刑事の証言には何の説得力もないんだ。聞いたところでどうしようもない。なにしろ袴田刑事はあのとき気を失っていたんだからな」

「…………」

志穂は唇を噛んでその場を引き下がるしかなかった。

志穂が通常の警察官であれば当局もこれほど冷淡な措置はとらなかったろう。むしろ身内意識が働いて、総力をあげて志穂をかばおうとしたにちがいない。

しかし、志穂は厳密には警察官ではなく、たんなるみなし公務員、囮捜査官でしかないのだ。

警察内部に積極的に志穂をかばおうとする人間はひとりもいなかった。

志穂の精神鑑定を依頼されたのは、徳永朝彦《とくながともひこ》教授だった。

徳永はＫ大医学部精神医学教室の主任教授をつとめ、鑑定人としてのキャリアも十分に積んでいた。

五十三歳、小柄で、当たりのやわらかい、精神科医というより、なにか画家か音楽家を連想させるような人物だ。

いや、画家か音楽家を連想させるのは、要するにこの人物に生活感というものが一切ないからだろう。どんな職業も連想させず、たんに現実離れしていた。

六日間にわたる精神鑑定ののち、

——北見志穂は犯人を射殺した当時、心神耗弱や心神喪失の状態になく、十分に責任能力があった。

徳永はそんな結論を出した。

要するに、衝動性の昂進、抑制力の減弱、現実見当能力の低下など、心神耗弱にともなうどんな症状も見られなかったのだ。

つまり志穂は犯人を射殺したとき、(殺人犯に対する当然の恐怖はべつにして)十分な判断能力を持っていた。

これは逆にいえば志穂の正当防衛が完全に立証されたことを意味している。

志穂は精神鑑定の結果に救われた思いがした。

ただ事件後の精神的な葛藤に、軽度の神経症《ノイローゼ》におちいっている可能性がある。

「神経症ですか」

志穂は意外だった。

このところの不眠、憂鬱《ゆううつ》な精神状態から、てっきり自分はうつ病におちいっていると考えていたのだ。

「軽度のパニック障害、あるいは強迫性障害、といっていいでしょう。いまでは、精神医学の現場では、あまり使われることがないが、あなたの症状の場合、あえて『ノイローゼ』という言葉を使いましょう。つまり、あなたは軽度のノイローゼです」

徳永はにこやかにうなずいた。

その短く刈りあげた頭髪はすべて白くなっている。丸顔で、小柄ということもあり、なにか西洋のおとぎ話に出てくる森の小人《エルフ》のような印象がある。どこまでも生活感がなく非現実的なのだ。

「それじゃ抗うつ剤を服用する必要はないんですね」

志穂はホッとした。

抗うつ剤はときに顔がむくむといった副作用をもたらす。若い女性としては抗うつ剤の服用には過敏にならざるをえない。

「その必要はありません。ただ、専門家のカウンセリングを受けていただく必要はありますが――」

徳永の声はあくまでも穏やかで囁くように低い。

「………」

その声に、一瞬、眠気にかられた。ふと森のエルフから魔法をかけられたような錯覚を覚えた。

3

「どう、疲れた？　なんだったら紅茶でもいれましょうか」

宮澤佐和子《みやざわさわこ》がそういい、席を立った。

「ロシアン・ティーにしようか。美味しいジャムがあるんだ。ブルネイ産のローズ・ジャムなんだけどね」

「ブルネイ産？　どこ、それ？　ボルネオのこと？」

志穂が尋ねる。

「ボルネオ島の北。どうする？　ジャム、いれる？」

「うん、いれて。わたしは自分じゃあまりジャム食べないから」

「あら、どうして？　嫌いなの？」

「だって、ジャムって瓶の蓋がなかなか開かないんだもん。なんであんなにジャムの蓋って固いんだろうと思うわ」

「ああ、そういうことか。女のひとり暮らしってそういうとこ不便だよね」

「蓋が開かないといらいらしてくる。食べたいときに食べられないんだもん。蓋ごと食べたくなっちゃうときあるよ」

「それじゃ今日は思いっきりいっぱいジャムを紅茶にいれて飲んだらいいわ」

「うん、そうする」

そんなつもりはないのだが、つい甘えた口調になってしまう。

カウンセリングの会話はすべてテープに録音されている。そのことを考えると、自分の甘ったれた口調が恥ずかしくなるが、どうしても依存心を消すことができない。

「ちょっと待ってね」

宮澤佐和子はキッチンに向かった。

そんな佐和子の姿を目で追いながら、志穂はいつになく、のんびりと安らいでいる自分を意識していた。

志穂はこれまで、警察という典型的な男社会で、蔑視と偏見に耐えながら、懸命に犯罪捜査にかかわってきた。

女で、しかも囮捜査官であるというのは、決して容易なことではない。

ひとり歯を食いしばり、突っぱって、凶暴な殺人犯たちを追いつづけてきた。

そのことが自分で想像している以上に、志穂の精神を蝕んでいたようだ。

そして、正当防衛とはいえ、ひとりの人間を射殺せざるをえなかったことが、その精神のバランスを微妙に狂わせた。

徳永教授はそんな志穂を軽い神経症《ノイローゼ》と診断した。

一般にノイローゼといえば、精神の変調すべてを指す言葉であるが、診断名としてのノイローゼは、心の葛藤から生じる神経症を指しているにすぎない。

どうやら志穂は囮捜査官という仕事に精神的な葛藤をくりかえしているらしい。不安感、不眠、抑うつ症状などは、すべてそのシグナルと考えるべきだろう。

いまの志穂はなによりも癒《いや》しを必要としている。休息を求めていた。そして宮澤佐和子はその癒しと休息を十分に与えてくれているのだ。

宮澤佐和子は徳永教授が紹介してくれたカウンセラーだ。

独身の、美しい女性だ。

そのくせ男性的でさばさばしていて、要するに同性から最も好意を持たれるタイプの女性といえるだろう。

ニューヨークで生まれ、十六歳のときに両親と帰国した。

K大医学部の出身で、もともとは産婦人科が専門だったが、その後、妊婦の精神障害に対する興味から、精神科に専門を移したのだという。

イリノイ大学医学部成人精神科に学んで、博士号を取得しているというから、三十代のなかばには達しているはずだが、そのほっそりと贅肉のない肢体は二十代のプロポーションを保っている。

志穂がプロポーションを誉めると、

「ありがとう。なにしろ、わたしのクライアントは妊婦や出産直後の女性がほとんどだからね。カウンセラーまで太っていたんじゃ話にならない」

佐和子は明るく笑ったものだ。

妊娠中、産後の女性は、どうしても精神的に不安定になりがちで、この症状は「マタニティ・ブルー」と呼ばれている。「マタニティ・ブルー」の女性は深刻な精神的な危機にみまわれ、最悪の場合には、自殺さえしかねない。

日本ではこの分野の研究はほとんど手つかずになっている。もともと精神医学治療、カウンセリングに関しては、あまり理解のある国とはいえないのだ。

宮澤佐和子は帰国後、徳永教授の協力を得て、独自の「妊娠中および産後精神分析治療プログラム」を開発した。

これは、産婦人科医としての経験に、最先端の精神分析治療技術を組みあわせた、かなり斬新なプログラムであるらしい。妊婦のカウンセリングに、胎教システム、さらに新生児のケアまで組み込んだ、画期的な「妊娠プログラム」だという。

浜松町に「妊娠・産後ストレス・センター」というクリニックを設立し、短期間のうちにめざましい成果をあげて、海外の研究者からも注目されているらしい。

「妊娠・産後ストレス・センター」は二十五階建てのビルの十四階、十五階を占めているが、クリニックというより、ほとんどコンピュータ・センターのような印象だ。

それというのも「妊娠プログラム」を採用している全国の総合病院産婦人科、個人産婦人科医院とオンライン・ネットワークでむすばれているからで、すでに契約している医院の数は五百をこえているという。

医師の数より、コンピュータ・オペレーターの数のほうが多いと聞かされたが、それもうなずける。

それでも、かろうじてクリニックの印象をとどめているのは、その十四階に、出生時の体重一〇〇〇グラム未満の超未熟児を収容する集中治療室の施設があるからだった。

宮澤佐和子がこんなことをいったのを覚えている。

「未熟児には新生児出血症などのリスクが多い。でも安易な治療はもっと危険だわ。あの非加熱製剤の問題のときにも、新生児がＨＩＶに感染したのが報告されている。それも新生児出血症の治療で、五ミリリットルの注射を二回うっただけでＨＩＶに感染してしまったの。あのとき『妊娠・産後ストレス・センター』が発足していれば、そんな問題は起こらなかったと思う。『妊娠・産後ストレス・センター』にアクセスしていれば、一日二十四時間、膨大なデータをやりとりできるから、決してそんな間違いは起こさない。HIVは極端な例かもしれないけど、たとえば成人T細胞白血病などの問題もある。ATLと呼ばれているんだけどね。母親がその原因となるウイルスの抗体を保有しているとね、母乳をとおしてそれが赤ん坊に感染してしまうのよ。ところがいまだに妊婦のATL検査は徹底されていない。このことなんかにも『妊娠・産後ストレス・センター』は多大な貢献ができるはずよ」

一応、「妊娠・産後ストレス・センター」の設立代表者は、K大の徳永教授になっているが、志穂の見るかぎり、事実上、それを切りまわしているのは、宮澤佐和子であるらしい。

十五階に私室を与えられ、私生活をすべて犠牲にして、クリニックの運営に精根をかたむけている。

志穂のカウンセリングをするのもその部屋だった。

猛烈に忙しいそんな佐和子が、志穂のカウンセリングを引き受けたのは、なにも恩師の徳永教授に依頼されたからばかりではないらしい。

「あなたが特別被害者部の捜査官でなかったら引き受けなかったかもしれない。被害者心理の分析から犯罪を解決するというのはおもしろいわ。妊娠した女性のなかには被害者意識を持つ人が少なくないの。罪悪感を持つ人もいる。それがマタニティ・ブルーを引き起こす原因になる。あなたのカウンセリングをするのは、わたしの専門にも有意義なことなのよ」

最初のカウンセリングのとき、宮澤佐和子はそういい、そのことがずいぶん志穂の気持ちを楽にしてくれたものだ。

それ以降、週に一度の間隔で、佐和子のマンションに通ってカウンセリングをつづけている。回を追うにつれ、志穂の宮澤佐和子に対する親しみの念は深まっていくばかりだった。

志穂は何でも宮澤佐和子に話した。

自分のことばかりでなく、家族や友人のこと、とりわけ小樽の実家にいる母親のことを話した。

女の子にとって、愛するにせよ反発するにせよ、母親は世の中で最も重要な人間だ。

志穂は母親のことを愛していた。

母親が志穂を産んだのは三十四歳のときで、それまで不妊に悩んで、ずいぶん小樽の病院に通ったという。それだけに志穂を授かったときには、その喜びはひとしおだったらしい。志穂は大きな赤ん坊で、かなりの難産だったようだ。

そんなことまで話した。

それだけ宮澤佐和子が有能なカウンセラーだということだろうが、志穂としては治療する人間、治療される人間という立場を超えて、たがいに心が通いあったのだとそう思いたい。

　志穂も大学では心理学を専攻していて、クライアントがカウンセラーに心理的に依存しがちなのは知っているが、その分析治療をべつにして、ひとりの女性としても佐和子は十分に魅力のある相手だった。

　そのカウンセリングももうすぐ終わろうとしている。

　すでに五月も終わりに近い。

　まだ肌寒い四月に始まったカウンセリングも、回数をかさねて、いつのまにか、どうかすると汗ばむ季節を迎えようとしていた。

　佐和子がキッチンからいった。

「あなたにはもうカウンセリングは必要ないわ。あなたは自分で思っている以上にずっと強い。もう大丈夫よ」

「カウンセリングはもう終わり？」

「そう、終わりにしてもいいころだわ」

「まだ早いような気がするけどな」

「そんなことないよ。あなた自分では気がついてないみたいだけど、最初にわたしと会ったとき、チック症状があったのよ。それがいまはほとんどない。もう治ってるよ」

「チック症状？　わたしに？」

志穂は意外だった。

チック症状というのは神経症的な症候だ。異常に多く瞬きをしたり、ほおを引きつらせたり、人によってその現れ方は様々だが、志穂は自分にそんな症状があったことに気がついていなかった。

「気がついていなかったのね。もっともチック症は自分では気がつかないことが多いから。あなたはよく咳《せき》をしてたわ」

「そうですか。わたし、子供のころから喉が弱かったんです」

「そうみたいね。喉が荒れてると思う。喉頭炎の薬を出しておくわ。しばらく飲んだほうがいいと思う。でも、咳もほとんど消えているわ。あなたはもう大丈夫なのよ」

「もう佐和子さんには会えないの？」

「そうね。あなたも心理学を専攻したんだったら知ってるでしょ？　カウンセリングが終わったら、カウンセラーとクライアントはもう会わないほうがいい。クライアントはどうしてもカウンセラーに心理的に依存しがちになる。それはよくないことだわ」

「もう佐和子さんに会えないなんて、なんだか淋しいな――」

やはり神経症を病んで精神がいくらか退行しているのかもしれない。自分でも気がつかずに舌っ足らずな口調になっていた。ふと中学生のときクラブの同性の先輩にあこがれた甘ったるい思い出を胸のなかでなぞっていた。

それぞれの好きな香水を交換しあっているほどなのだから、事実、それに近い関係ともいえるかもしれない。

「そんなこといわないで。元気を出して」

佐和子が紅茶を運んできた。

「………」

しばらく紅茶の香りと味を楽しんだ。

窓の外に新緑の若葉がみずみずしい。レースのカーテンを透かして五月のやわらかな陽光が射し込んでいる。

佐和子はマリン・ブルーのTシャツに、白いパンツを穿《は》いている。

窓から射し込んでいる日の光が佐和子の首筋の産毛をほのかに浮かばせていた。

志穂が笑いかけると、佐和子も微笑みを返してくれる。

――こんな静かで平和な時間がいつまでもつづくといいな。

ふと涙ぐむように切実な思いでそんなことを考えた。

――いつまでもここでこうしていたい。こんなふうに静かに生きていければいいな。

やはり神経症《ノイローゼ》が完全には癒えていないらしい。

志穂は不可能なことを望んでいた。

どんなに切実に望んだところで、特被部の囮捜査官に、静かで平和な時間など与えられるはずがない。

囮捜査官にそんなものはない。

電話が鳴った。

佐和子が電話に出て、二言、三言、言葉をかわして、あなたによ、と志穂に受話器を差し出した。

「はい」

電話を代わった。

警視庁・警務部監察室からだった。

警務部監察室は、警察官の非行や不正をチェックし、必要に応じて事情聴取などもする部署だ。

今回、犯人を射殺した志穂を事情聴取したのも監察室の係官だった。

志穂は緊張せざるをえない。

しばらく忘れていた、あの喉をふさがれるような不安感が、また狂おしくこみあげてくるのを覚えた。

咳が出た。
つづけざまに出て、佐和子が水を持ってきてくれるまで、とまらなかった。

自殺した女　十一日前

1

十日前にひとりの女が自殺した。

名前は百瀬澄子《ももせすみこ》、二十二歳——

京都の短大を卒業、上京、渋谷道玄坂のコンピュータ・リサーチ会社で社長の秘書をしていた。

二子玉川のマンションでひとり暮らしをしていたのだが、三日間、無断欠勤し、様子を見にきた同僚が、遺体を発見した。

自分のベッドのなかで、頸部に紐を二巻きして、死んでいた。サイドテーブルにガラスの小鉢があり、そこに睡眠薬のドリデン錠がばらで入っていた。

死後七十時間――

すでに死斑は消滅し、腐敗が始まっていた。

ドアや窓には内側から鍵がかかり、室内が荒らされた様子もない。

絞死体の場合、自殺であるか他殺であるかを判断するのに、どれぐらい強い力で絞められているかが重要な目安になる。

この被害者の場合はどうか。

頸部を絞めるのに使用された紐は着物の腰紐である。

紐は強く頸部に食い込んでいるように見えたが、これは死後、頸部の紐から上の部分が膨張したためにそう見えるだけであって、それほど強い力で絞められたわけではなさそうだ。

事実、被害者の頸部からは表皮剝脱が見られず、これをもってしても、強い力で絞められていないということが証明された。

自分で自分の首を絞めて自殺するという例は少なくない。一説には、三・五キロの圧迫が加われば、人は窒息死するという。

検死の結果もほぼ自殺ということに落ちつきそうであった。

ただ、ここで問題になったのは、遺書が発見されなかったことと、サイドテーブルに睡眠薬があったことだ。

しかも睡眠薬の瓶、箱は、部屋のどこからも発見されていない。どうしてドリデン錠がばらでガラス小鉢のなかに入っていたのか？

もっとも行政解剖の結果、百瀬澄子の体内からは、適量の睡眠薬が検出されただけだった。

睡眠薬は死因とは関係ない。

——どうして百瀬澄子が自殺しなければならなかったのか？

その理由がわからないのだ。

職場の同僚や上司に尋ねても、また故郷の家族に問いあわせても、百瀬澄子にみずから命を絶たなければならない理由が見当たらない。

百瀬澄子はどちらかというと遊び好きの女性であったらしい。男友達も多いし、身につけるものも派手だったという。

ひとりの男に一途にうちこむタイプではなく、異性関係に悩んで自殺したとは考えにくい。

実家は裕福で仕送りが十分にあり、金銭面でのトラブルもありえない。

三カ月ほどまえに、職場で一斉健康診断があり、健康にも問題がなかった。

つまり、百瀬澄子は若い女性らしく青春を満喫していて、自殺しなければならない理由などなかった。

どこの所轄署も忙しい。

いつまでも自殺の調査などにかかずらってはいられないのだ。

もちろん自殺者の調査は特別被害者部の本来の仕事とは関わりがない。

それなのに百瀬澄子の自殺を調査するように命ぜられたのは、いわば志穂のリハビリを兼ねての仕事なのだろう。

もっとも本庁が本心から志穂を職場復帰させるのを望んでいるとは思えない。

事実はその逆だろう。

事情聴取されたときにも、何度か、退職をほのめかされた。

警察庁、検察庁では、いまだに特別被害者部の設立を疑問視する声が根強い。

囮捜査の合法性を疑問視する人間もいるし、たんに偏狭な縄張り意識から敵意を向ける人間もいる。

科学捜査研究所の外郭組織として、特被部を設立したのは、T大で「犯罪心理学」を専攻している遠藤《えんどう》慎一郎《しんいちろう》准教授だった。

まだ三十代の若さだが、天才の名をほしいままにしていて、事実、これまでにも現実の事件を解決するのに数々の功績をあげているのだ。

もちろん、どんなに犯罪捜査に功績があったとしても、それだけで一民間人にすぎない遠藤慎一郎が特被部を創設することはできなかったろう。

遠藤の一族は戦前からつづく法曹界の名門で、現に父親は高等検察庁検事長、叔父は東京弁護士会の会長であり、そのほか法務省に勤務している人間まで含めれば、日本の法曹界に一大人脈を築きあげているといっても過言ではない。

その人脈の後ろ楯があればこそ、遠藤も特被部を設立することができたのだが――いまは、その遠藤が五月なかばから、ニューヨークで開催されている「犯罪心理学」学会に出席し、日本を留守にしているのだ。

警視庁の特被部に対しての風当たりが強いのは、警察庁の一部の人間の意向が働いているからと思われる。

刑事部の係官が、辞職をほのめかしてしきりに志穂をいたぶるのも、つまりは「虎の威をかる狐」ということで、遠藤が日本にいないのを見こしてのことなのだろう。

志穂を担当した刑事の名は猪瀬《いのせ》という。

痩せて、胃弱で、顔色の悪い、いやみな中年男だ。

特被部に対する反感もあるが、それ以前に若い女に対する反感があるらしい。ある種の中年男にはめずらしくないことだ。

事情聴取しているあいだも、ねちねちといやみを繰り返し、なにかというと、

「あんただったらいくらでも金持ちのバカ息子を引っかけられるんじゃないか。若く

て、そこそこきれいだったら、オツムのなかがどうでも、世間はちやほやしてくれる。そうじゃないか。何もこんなきつい仕事をしなくてもいいだろうよ」

その種の発言を繰り返した。

若い女に対して恨みがましい反感を抱いてそれを隠そうともしない。

もっとも、若い女に対して個人的に反感を持っているからといって、それだけで志穂を辞職に追い込むことはできない。

いずれにせよ、志穂には警察庁の上層部の意向まではわからない。

——何の悩みも持っていないように見える若い女がどうして自分の首を絞めて死ななければならなかったのか？

本来、それを突きとめるのは、所轄署の仕事であって、特被部の囮捜査官の仕事ではないはずではないか。

それだけに——

志穂はどうしてもこの仕事で成果をあげなければならないと思いつめていた。

現場の状況からいっても百瀬澄子が自殺したのは間違いないと思われる。

部屋の窓もドアも内側から鍵がかけられていた。

また、頸部を絞めつけた紐のあとも自殺を裏づけている。

腰紐は二重に首に巻かれていたのだが、下は強く絞めつけられていて、上は弱い。

これは、最初は強く絞めつけるが、そのうち意識が薄れてきて力が弱まる、という自殺者に特有の痕跡とされている。

他殺であれば、殺人者は被害者を絞め殺してから、生き返らないようにとどめとしてさらに強く絞めつけることになるから、下が弱く、上が強くなるのが一般的なのだという。

また頸部の軟骨が骨折していないことからも、絞めつける力がそれほど強くなかったことがわかる。

つまり現場の状況からも、索条のあとからも、自殺が裏づけられているわけだ。

監察医の検死からも不審なところは出てこなかった。

検案書によれば、死因は頸部圧迫による窒息死となっている。
一　眼球結膜の血管網の充盈《じゅうえい》が強い。
一　瞼眼球結膜下、および右瞼の皮下に少数の溢血点《いっけつ》がある。
一　顔面のチアノーゼが顕著にある。
一　舌を噛んでおり尿失禁がある。

以上はいずれも窒息死にともなう兆候である。

検案書のどこにも睡眠薬のことが触れられていないのは死因に関係ないと見なされたからだろう。

百瀬澄子は睡眠薬を飲んではいるが、それは適量にすぎず、死因に関わるものとは見なされない。

ただ、ここで志穂が気になったのは、やはり睡眠薬の容器が部屋のどこからも発見されなかったということである。

どうして百瀬澄子は睡眠薬をばらで枕元に置いておくなどということをしたのだろう?

睡眠薬は使いようによっては死を招きかねない。そんな薬を剝《む》き出しのまま枕元に置いておくというのは、若い女性としてはあまりに不用意にすぎないか。常識的には考えられないことだ。

志穂はこのことから調査を開始することにした。

まず志穂が注目したのは、百瀬澄子が死ぬときにもらしたという尿だった。

2

百瀬澄子は自分のベッドで死んでいた。

そのときに失禁した尿はマットのスポンジに染み込んでいた。

そのスポンジは鑑定のために警視庁・科学捜査研究所に持ち込まれた。

科捜研・第二科学研究所――

研究員はさっそく鑑定にとりかかった。

スポンジ片を有機溶媒のエタノール液に浸し、付着していた化合物を溶けださせ、さらにそれを化学処理した。

こうして百瀬澄子の尿から薬物が検出された。

「百瀬澄子はたしかに死ぬ寸前に睡眠導入剤を飲んでいる。ただし許容量だよ。命に危険をおよぼすほどじゃない――」

研究員はそう志穂に説明した。

「検死でも睡眠薬中毒の症候は見られなかったというからね。睡眠薬は死因にはまったく関係していないと断言できるよ」

「そのほかに何か薬物が検出されませんでしたか」

「覚醒剤とかそんなことを考えてるんだったら、そんなものは何もなかったよ。まあ、妙なものが検出されはしたがね」

「妙なもの？」

「いや、妙でもないか、ある種の薬物が検出されたんだ」

「ある種の薬物？」

「うん、ピルだよ」

「………」

「ピル──経口避妊薬だよ。百瀬澄子は、ピルを常用していたんじゃないかな──」

百瀬澄子がピルを常用していたかどうかは事件には関係ない。

睡眠薬が死因と関係していないということがわかればそれでいいのだ。

どうして百瀬澄子が睡眠薬をばらで枕元に置いておいたのか、という疑問は残るが、そのことはしばらく忘れ、ほかのほうから調査を進めたほうがいい。

志穂は百瀬澄子の職場の同僚たちに話を聞くことにした。

百瀬澄子が働いていた「セギ・リサーチ・カンパニー」は渋谷の道玄坂にある。

オフィス・ビルの四階にあり、ワン・フロアを占めて、社員も四十人ほどいるらしい。

企業や大学の委託を受け、マーケティング調査などをするのを業務にしていて、その一方でビジネス・ソフトの開発にも取り組んでいるという。

設立されて五年、社長の瀬木耕助《せぎこうすけ》はまだ三十一歳の若さだというから、一種のベンチャー・ビジネスなのだろう。

百瀬澄子は短大を卒業し、すぐに「セギ・リサーチ・カンパニー」に入社した。

瀬木耕助の秘書のような仕事をしていたらしい。

瀬木耕助は独身だという。

若い独身の社長と、やはり若くて美しい秘書――

このふたりに男女の関係があったのではないか、と考えるのは決して不自然なことではない。

志穂はそのあたりのことを調べてみたいと思った。

会社に連絡し、百瀬澄子について同僚から話を聞かせてもらう手筈《てはず》をととのえた。

会社が終わってからなら会えるという。

終わるのが遅い。

八時に待ちあわせの約束をした。

近くの喫茶店で待った。

六月一日、金曜日――

朝から降りはじめた雨が、夜になっても降りやまない。

志穂がバラバラ事件の殺人犯を射殺したのもこんな雨の降る夜だった。考えないようにしている。思いださないようにしている。しかし……

ぼんやりと窓の外を見た。

道玄坂には色とりどりの傘がめだった。

若いカップルが多い。

――わたしは孤独だ。

ふと、そんなことを思った。

若くて、孤独で、いつもひとり犯罪を追っている……

志穂は捜査の仕事に全力をついやしたが、それに対して、警察の仕打ちは冷酷といっていいものだった。

志穂をスケープゴートにして冷たく見放そうとしたのだ。

これが青春といえるだろうか。こんな傷だらけの淋しい青春があっていいものか。

それも考えないことにした。

思いだして、宮澤佐和子からもらった喉頭炎の薬を飲んだ。

湿気が多いと、いくらかは喉の痛みもやわらぐようだ。

薬がきいていることもあるだろう。

一日に三度、食後には必ず服用することにしている。

薬を飲めば、あとはもう待つ以外に、やるべきことは何もない。

ただ、待った。

同僚たちが喫茶店に顔を出したときには八時三十分をまわっていた。

男がひとり、女がひとり。

ふたりとも二十代前半の若さだ。

「お待たせしてすみません。いやあ、もう、とにかく、うちの会社、めちゃくちゃに人使いが荒くて。残業なんてもんじゃない。今夜も帰りは終電になりそうなんですよ」

男はそういったが、むしろ、そのことを自慢しているように聞こえた。

男の名は石崎《いしざき》、女の名は坪井《つぼい》という。

ふたりとも百瀬澄子と親しくしていた同僚たちだ。

さっそく百瀬澄子の自殺の理由について何か思い当たることがないか聞いてみた。

ない、という。

百瀬澄子は仕事を楽しんで私生活も楽しんでいた。

若い女性だから、それは多少の悩みはあったろうが、自殺するほど思いつめるということは考えられない。

恋愛経験も豊富だが、いつもからりと割り切って恋愛を楽しんでいた。

あの百瀬澄子が自殺するなんていまだに信じられない。

ふたりは異口同音にそういった。

「…………」

志穂は唇を噛んだ。

所轄の係官が途中で調査を投げ出してしまったのもわかる。

自殺の理由を突きとめようにも、そのとっかかりがないのだ。話を聞けば聞くほど、百瀬澄子が自殺をするはずがない、という気持ちになってしまう。

「ただ、自殺をする一、二カ月まえから、澄子さん、急につきあいが悪くなったわ
——」

坪井がそういった。

「それまでカラオケとか飲んだりするのが好きな人だったのに、誘ってもつきあおうとしなくなった。それに何だかおしゃれにも関心をなくしたみたいだった」

「おしゃれに関心をなくした？　どういうことでしょう」

「ええ、それまで澄子さん、わりとピッタリきめるのが好きだったんです。プロポーションに自信持ってたから、タイトな服を着るのが好きだった。着こなしも抜群だったしね。それが何だか急におしゃれなんかどうでもよくなったみたいに、動きやすい、ルーズな服を着てくるようになった」

「それはどういうことなんでしょう。なにか心境の変化でもあったんでしょうか」

「わからないわ。聞いても笑ってるだけで何もいわなかったもの。そういえば、澄子さん、休日にもずっとうちにばかりいる、とそういってたな。それまでは休日にはかならず誰かとデートしてたのに。澄子さん、もてたから――」

「なにか悩んでいる様子でしたか。心配なことがあるとか、ふさぎ込んでいるとか、そんな様子はありませんでしたか」

「ううん、そうじゃないの。そうだったら自殺するのもわかるんだけど。澄子さん、幸せそうだったのよ」

ポケット・ベルが鳴った。

石崎がポケット・ベルを取り出し、ベルの音をとめてから、ちょっと失礼、そう断って席を立った。

――いまどきポケット・ベルか。

志穂はそのことにかすかに違和感を覚えた。

――どうして携帯電話を使わないのだろう。

喫茶店の隅にピンク電話がある。いまではもう固定電話を置いている喫茶店もめずらしくなったが。

石崎は電話をかけた。

二言、三言、話をし、受話器を外したままにして、なにか、けげんそうな顔で席に戻ってきた。

「うちの社では、社長の方針で携帯電話は使わないんです。携帯電話は盗聴されやすいということで」

志穂の疑問を見すかしたように、石崎はそういった。

「そうですか」

志穂はうなずいたが、それほどセキュリティに留意しなければならない業務とはどんなものだろう、とそのことを疑問にも感じた。

「あのう、それで、社長が何かお話ししたいとそういってるんですけど」

「社長さんが？」

「ええ」

「どんなお話でしょう？」

「さあ、それは」

石崎は首をひねった。

志穂は電話に向かった。

「お電話かわりました。警視庁・特被部の北見です――」

志穂がそういうと、瀬木です、と返事がかえってきた。

三十一歳だというが、声の響きはもっとずっと若い。

「いま石崎から聞いたんですが、北見さんは、百瀬澄子の自殺について調査なさっているそうですね」

「ええ」

「どうもご迷惑をおかけします」

「いえ、迷惑だなんてとんでもありません。これが仕事ですから」

「石崎たちからお聞きになったと思いますが、百瀬はとても明るくて活発な女性だった。仕事もよくできましたしね。自殺をしたなんていまだに信じられませんよ。わが社にとっても大変な損失です」

「百瀬さんは瀬木さんの秘書をなさっていたということですが、最近の百瀬さんになにか変わった様子はありませんでしたか」

「変わった様子？　どんなことでしょう」

「たとえば、なにか悩んでいることがありそうだとか、そんなようなことですけど」

「さあ、どうですか……」

瀬木は言葉を濁し、

「秘書といってもいつも一緒にいたわけではありません。どちらかというと、百瀬にはスケジュールの調整をしてもらって、ぼくはひとりで飛びまわることが多かった。

そんなわけで個人的に話をする機会はほとんどなかったんですよ。ぼくは彼女のプライベートなことは何も知らない。そういうことなら、ぼくなんかより、石崎たちのほうがくわしいんじゃないかな」

「石崎さんたちにもうかがったんですけど、何も変わったことには気がつかなかったということなんです」

「そうですか」

瀬木はため息をついて、

「お聞きになりたいことがあったら、いつでもそういってください。できるかぎりのことはしますから。ぼくも百瀬が自殺をしたのにはおどろいているんです。できるだけ力になりたいとそう思っています」

「ありがとうございます。またお話を聞きにうかがうかもしれません。そのときにはよろしくお願いします」

「じゃあ」

瀬木は電話を切った。

「…………」

志穂は電話を切って、しばらく受話器を握ったまま、ジッとしていた。

明らかに、捜査官が百瀬澄子の自殺のことをしらべている、と知って、瀬木はその様子を探ろうとしていた。

死んだときの状況からいって、百瀬澄子が自殺であることは間違いない。

しかし——それなら何を瀬木は志穂から探ろうとしていたのだろう？

百瀬澄子は幸せそうだったという。

若くて、健康で、幸せな女性がなぜ自殺しなければならなかったのか。どうして百瀬澄子は急に自宅にこもりがちになり、着ているものの趣味を変えたのか？

その疑問が残る。

瀬木と電話で話をし、ますます疑問は翳《かげ》の濃いものになった。

そのあと、石崎たちと十分ほど話をし、別れたが、志穂はそのあいだ、ほとんど気もそぞろだった。

瀬木は百瀬澄子の自殺に関して何か気がかりなことがあるらしい。

それは何か？

そのことばかりが気にかかった。

喫茶店を出て、渋谷駅に向かった。

あいかわらず雨が降っている。

冷たく、暗い雨だ。

志穂は自殺した百瀬澄子のことばかり考えていた。

写真で見る百瀬澄子はいかにも屈託なげに笑っていた。

写真の表情、そして、

──澄子さん、幸せそうだったのよ。

同僚のその証言と、みずから首を絞めつけて死んだという事実とのあいだには、あまりに懸隔がありすぎる。

それをどう埋めればいいというのか？

そもそも埋めることが可能なのか。

志穂はあまりに自分ひとりの物思いにふけりすぎていた。

それがいけなかった。

気がついたときには前後を三人の屈強な男たちに囲まれていた。

とっさに声をあげようとした。

しかし、そのときには三人の男たちに前後を挟まれ、あっという間に、暗い路地に引きずり込まれていた。

声をあげる余裕もなかった。

抵抗することもできなかった。

うむをいわさず、路地のなかを引きずっていかれ──

そして、ふいに男たちが離れた。ビルの谷間、狭い路地に、ザーザーと音をたてて、水が流れ落ちていた。ゴミの異臭がたちこめていた。

そこに傘をさして、ひとりの男がひっそりとたたずんでいた。

「警視庁・特被部の北見捜査官だね――」

と男は低い声でいった。

「わたしは東京地検特捜部の佐原《さはら》という者なんだがね」

3

もちろん警察にも知能犯を担当する捜査二課がある。

だが、詐欺、横領、贈収賄、脱税などの知能犯事件では、捜査が複雑多岐にわたるうえに、「帳簿を読める」専門的な知識が要求される。

事件によっては警察官よりも検察官のほうが捜査に適している場合もあるのだ。

検察に与えられた捜査権は警察捜査の延長上にあるものではない。

刑訴法一九一条にも、

――検察官は、必要と認めるときは、自ら犯罪を捜査することができる。

という規定があり、独自の捜査権を与えられている。

そのために東京地検、大阪地検、そして名古屋地検に設立されたのが特殊捜査部、すなわち地検特捜部なのである。

東京地検特捜部。

検事の数三十五人――

検察事務官を加えると、総勢百人もの陣容になる。

特殊、直告、財政・経済事件係りの三班に分けられ、それぞれ贈収賄、詐欺、横領、脱税、商法違反などの知能犯事件の捜査を手がけている。

特捜部に配属される検事は、勤続十年以上のベテランばかりで、いわば検察庁の花形検事といえるだろう。

もちろん科捜研・特被部と東京地検特捜部とはこれまで何のかかわりもない。

特被部とかかわりのある検察官といえば、刑事部「本部事件係」の那矢《なや》だけだった。

東京地検特捜部の検事はいわば雲の上の存在といっていい。

その特捜部の検事が、

――わたしに何の用事があるのだろう?

志穂は混乱せざるをえない。

佐原と名乗った男は身分証明書を提示すると、

「少々、荒っぽい手を使わせてもらったが、許してもらいたい。なにぶんにも人目につくといろいろと不都合があるんでね」

消えいりそうに低い声でいった。

佐原検事は四十代後半、せいぜい百六十センチぐらいの背丈しかない。地味で、めだたない風貌で、どうかすると暗い雨のなかに溶け込んでしまいそうに見える。

路地に連れ込んだ男たちが、道玄坂を行く通行人の目をさえぎるように、志穂の背後に立ちはだかっていた。

そのなかのひとりが志穂に傘をさしだした。

気がついてみると、志穂の傘は路地に放り出されていた。

志穂は傘を取って、

「わたしに何かご用ですか」

そう尋ねた。

「べつだん用というほど大したことじゃない。ちょっと聞きたいことがあるだけだ」

「…………」

「きみは百瀬澄子の自殺のことを調査している。それで『セギ・リサーチ・カンパニー』に近づいた。そういうことだね？」

「ええ、そうです」

「それで何かわかったことがあるかね。百瀬澄子の自殺には何か不審な点でもあったのかね」

その声には感情の抑揚がない。世間話のようにさりげない口調だった。

「不審というほどのことではありませんけど――」

「けど、気になることはある？　そういうことかね」

「ええ」

「それを聞かせてもらえるかね」

「気になるのは百瀬澄子の枕元に睡眠薬の錠剤が剝き出しのままあったということです。現場検証では部屋から睡眠薬の瓶や箱は見つかっていません。ほかの薬ならともかく睡眠薬です。それを正常な神経の人間が、ばらで枕元に放り出しておくなどということがあるでしょうか」

「…………」

「百瀬澄子には自殺しなければならない理由などありませんでした。同僚の話ではむしろ幸せそうだったということです」

「…………」

「百瀬澄子は死ぬまえに急につきあいが悪くなったそうです。それに着るものの趣味も変わって、ゆったりとしたルーズなものを好むようになった」

「どういうことかね、それは？」

「わかりません。でも気になります」

「なるほど」

佐原はゆっくりとうなずいて、なにか考え事をするように空を仰いだ。

仰いだところで雨の夜だ。

なにが見えるわけでもない。

やがて佐原は志穂に顔を戻すと、

「あとはわれわれにまかせてもらいたい」

そう低い声でいった。

「え？」

志穂は佐原の顔を見た。

「こんなことをいうのは心苦しいんだがね。そこをあえて頼みたい。百瀬澄子の調査から手を引いて欲しいんだよ」

「どうしてでしょうか」

「理由は話せない。何もいえない。なにも聞かずに手を引いてもらいたいんだ」

「…………」

志穂は唇を噛んだ。

──また、か。

そう胸のなかで吐きだした。

めずらしいことではない。こんなことはしょっちゅうだ。

特被部の囮捜査官は警察のピラミッド機構からはみ出している。ましてや女性囮捜査官だ。二重に差別されている。

いざというときには、誰も後ろ楯になってくれず、それどころか露骨に排除される。

今回、連続殺人犯を射殺したことでは、いかに自分が警察組織のなかで孤立しているか、それをいやというほど思い知らされた。

正当防衛の主張を受け入れてくれるどころか、さんざん尋問され、はては司法精神鑑定を受けさせられ、神経症をわずらうまで追いつめられた。

警察に恨みこそあれ義理などない。

ましてや平凡な自殺案件ではないか。

圧力に逆らいながら捜査を進めなければならないほどの事案ではない。

しかし──

志穂の胸のなかにはいつも死んでいった女たちの顔が刻みつけられている。

志穂は生まれながらの被害者タイプだ。

そこを見込まれて特被部の囮捜査官に選ばれた。

死んでいった女たち。

そのなかに百瀬澄子の顔もある。

それはあるいは志穂自身であったかもしれないのだ。

「…………」

志穂は傘を係官に返した。

自分の傘を拾う。

そして佐原に向きなおる。

「わたしは本庁からこの調査を命令されました。本庁に調査の中止を正式に申しいれてください。そういうことなら調査から手を引きます」

自分にいい聞かせるようにゆっくりとそういった。

佐原は動じない。

男たちのひとりがいらだたしげに体を動かし、それができないんだよ、と吐きだすようにいった。

「それができるんだったら――」

「やめろ」

佐原は手をあげて男を制した。

ジッと志穂の顔を見る。

そして、

「特被部の囮捜査官はたしかみなし公務員の資格だったね――」

おもむろにそういった。

「われわれ法曹関係でいえば、司法試験に合格し、研修所に入った、司法修習生というところか。一応、国家公務員なみの給与や賞与が支給されるが、それは暫定的な資格にすぎない。いつでもとり消せる。そのことを考えたことはあるかね？」

「…………」

志穂は黙っている。

卑劣な脅迫だが、佐原のいっていることに間違いはない。

みなし公務員という立場ぐらい曖昧で不安定なものはない。いや、それをいうなら、そもそも特被部そのものが、科学捜査研究所の外郭団体という、民間とも公的ともつかないヌエ的な組織なのだ。

「そのことを考えたほうがいい。じっくりと考えたほうがいい――」

佐原の声はあいかわらず雨の音に消えいりそうなほど低かった。ほとんど眠気を誘うほどだった。

それだけにこれはただの脅しではないと思わせるだけの凄味を感じさせた。

「行こう」

急にそんな自分に嫌気がさしたように、佐原はあごをしゃくると、部下たちをうながした。

「…………」

男たちはひっそりと路地を出ていった。

あとには志穂ひとりが残された。

雨にぐっしょり濡れていた。

おそらく下着まで染み込んでいる。

惨めだ、と思った。

惨めだが泣かない、とも思った。

——泣いてたまるか。

が、頬を濡らしているこれは、雨にしてはなま温かすぎるのではないか。

4

自室に帰ってすぐにシャワーをあびた。

裸身にタオルを巻いただけの姿で、床にあぐらをかいてすわり、缶ビールを飲んだ。

テレビをつける気にも音楽を聞く気にもなれなかった。

聞こえるのは窓をうつ雨音だけだ。

わびしい。

友達に電話することも考えたが、ふつうの会社に就職した友達に、志穂のいまの気持ちを理解してもらえるとは思えない。かといって結婚した友達に電話して、のろけ話を聞かされれば、なおさら惨めさが増すばかりだろう。

学生時代に同棲したボーイフレンドのことが、ちらりと頭をかすめたが、あわててそれをうち消した。

——カウンセラーの宮澤佐和子さんに電話しようか。

そんなことを考えているところに電話が鳴った。

救われたような思いで受話器を取った。

「北見さんですか」

深い、男性的なバリトンの声が聞こえてきた。

聞き覚えのない声だった。

「はい、そうですが——」

志穂は慎重に返事をした。

若い女がひとり暮らしをしていると、いたずら電話が絶えない。

「覚えていらっしゃらないとは思いますが、東京地検の小倉《おぐら》です」

「小倉さん……」

思いがけない相手だった。

覚えている。

というより忘れられない。

以前、連続殺人事件の捜査のことで、東京地検の「本部事件係」の那矢検事に呼びだされたことがある。

そのときに那矢検事の部屋まで案内してくれたのがこの小倉という若い検事だった。

美男とはいえないが、濃く太い眉がいかにも若々しく印象的な若者だった。

一言も言葉をかわしていない。

それなのにいつまでも胸に刻みつけられ志穂の記憶に残っている。

いいえ、と否定した声が、自分でも気がさすほどうわずっていた。

「小倉さんですね。覚えています」

「申し訳ありません。こんな夜分遅くに若い女性のところに電話をするのは失礼かとは思ったんですが、どうしても北見さんのお耳に入れておきたいことがあって――」

「………」

「いま、すこしよろしいでしょうか」

「はい、わたしなら大丈夫です」

「たちいったことをお聞きするようですが、いま、北見さんは百瀬澄子という女性の自殺のことを調べていらっしゃいますね」

「…………」

「答えていただかなくてもけっこうです。捜査に関することをうかつに部外者にもらすわけにはいかないでしょう。ぼくのほうで勝手に話しますから、北見さんはただ聞いていてください」

「あのう、小倉さん――」

と志穂がいいかけるのを、小倉はさえぎって、

「一昨日、検事総長公舎で検察首脳会議が開かれました。ふつう検察首脳会議は霞が関の最高検で開かれるのですが、それを検事総長公舎で開いたのは、マスコミにもれるのを警戒してのことでしょう。会議に出席したのは検事総長、次長検事、最高検事部長、主任検事、特捜部長などです。ぼくは刑事部のしんまい検事で、くわしいことはわかりませんが、特捜部ではなにか政治家がらみの事件を手がけているらしい。おそらく、これまで内偵を進めてきて、本格的に捜査に着手するかどうか、それを首脳会議で話しあったものと思われます」

「…………」

「それがどんな内容の会議であったか、ぼくはそこまでは知りません。さっきもいっ

たようにほんの駆け出しですからね。ただ、その首脳会議で、百瀬澄子の自殺のことが話題にのぼった、ということだけは間違いないようです。そのことだけはお知らせしておきたい。これは北見さんの現在の仕事に関わりのあることですから——」

「百瀬澄子のことが……」

志穂はあっけにとられた。

百瀬澄子の自殺には不審な点がないではないが、それにしても平凡なOLが縊死したにすぎない。それがどうして検察首脳会議の席で話題にのぼったりするのか。

「どうやら特捜部が内偵している事件に百瀬澄子の自殺が関係しているらしい。いや、特捜部では、百瀬澄子がほんとうに自殺したのかどうか、それも疑っているらしい。なんでも特捜部に女の声で匿名の電話がかかってきたということです。百瀬澄子は自殺したんじゃない、殺されたのだ、その女はそういって電話を切ったというのです」

「匿名の電話……百瀬澄子は殺された……」

志穂はただ呆然とおうむ返しに小倉の言葉を繰り返すだけだ。

百瀬澄子の部屋のドア、窓にはすべて内側から鍵がかけられていたという。その首を絞めた索条痕もはっきりと自殺を証明しているではないか。

その状況のどこから他殺の可能性が出てくるというのだろう？　そんなことは不可能ではないか。

「百瀬澄子の自殺を調べるのは気をつけたほうがいい。地検特捜部の捜査を妨害するようなことになれば、特捜検事たちはそのことを容赦しませんよ。下手をすると東京地検特捜部を敵にまわすことにもなりかねない。くれぐれも注意して調査を進めてください。そのことをあなたに話しておきたかった」

「…………」

「ぼくがお話しできるのはこれだけです」

「あ、あのう、小倉さん――」

あわてて呼びとめようとしたが、そのときにはもう小倉は電話を切っていた。

「…………」

志穂は受話器を見つめた。

心残りだ。

ひとり取り残されたような淋しさを覚えている。

ソッと受話器を置いた。

――小倉さん。

その若々しい風貌を思い浮かべた。

年齢からいっても、小倉は司法修習を終え、東京地検に配属されたばかりの新任検事だろう。そんな新任検事にしてみれば、あれだけの情報をもらすのが、ぎりぎり精一杯の好意だったにちがいない。

志穂はほんの行きずりに会っただけのような小倉から強い印象を受けた。そして、どうやら小倉のほうでも志穂のことを記憶にとどめておいてくれたらしい。

そのことは嬉しいし、小倉が志穂に好意を示してくれたのはもっと嬉しい。

しかし、いまの志穂はそのことを喜んでばかりはいられないのだ。

いま——

志穂の胸には様々な疑問が激しく渦を巻いていた。

どうして東京地検特捜部では百瀬澄子の自殺に関心を寄せているのか？ 百瀬澄子はほんとうに殺されたのか？ そして、そのことを特捜部に電話してきたという匿名の女とは何者なのだろう？

なにもわからない。

失神　十日前

1

六月二日、土曜日――

この日は晴れた。

気象庁は慎重で梅雨入り宣言をしようとしない。雲ひとつない空からカッと射し込む強い陽光は、すでに夏を思わせた。

志穂は二子玉川の百瀬澄子のマンションに向かった。

神経症《ノイローゼ》から脱したばかりで、まだ本当に体調が回復していないようだ。

とりわけ気力が十分ではない。

外を歩いていて、強い日射しに目がくらんで、何度も立ちどまった。

視野がゆらゆらと揺れ、透明な炎のなかにすべてが燃えあがっているように見えた。

喉が痛んだ。

喉頭炎の薬を飲んだが、痛みは消えなかった。

百瀬澄子のマンションは駅から徒歩で十分ぐらいのところにある。

五階建てのマンションだ。

古いマンションらしく、オートロックではなく、昔ながらに管理人を常駐させている方式だ。

志穂にとってはそのほうが都合がいい。

管理人に立ちあってもらえば、裁判所から令状をとらなくても、百瀬澄子の部屋に入ることができるからだ。

管理人は品のいい女性だった。

七十歳ぐらいか、きちんと身だしなみをととのえて、濃いサングラスをかけていた。

身分証明書を見せて、百瀬澄子の部屋を見せてくれるように頼んだ。

管理人は快く応じてくれ、部屋まで案内してくれた。

ただ、ふと廊下で振り返り、

「以前にも百瀬澄子さんの部屋にいらしたことがありましたね？」

いきなりそう聞いてきたのには面食らわされた。

「いえ、これが初めてです」

「そうですか。たしか、まえにもいらしたことがあると思いましたけど」

「どなたかと勘違いなさっているんじゃないですか。わたし、百瀬澄子さんとは面識がありません」

「そうですか。それは失礼しました」

濃いサングラスに隠れて、その表情がよく見てとれないが、管理人は納得しているようではなかった。

どんなに上品で、しっかりしているように見えても、やはりと、いしだ。

たんなる勘違いなのだろう。

どうということのないことだ。気にするほどのことではない。

が、妙に、そのことが気持ちのうえで引っかかった。

管理人に立ちあってもらい、百瀬澄子の部屋に入った。

こぢんまりとした1DKだ。

ベッドはマットを取り除かれ、木枠を剝きだしにさらしていた。

それだけがこの部屋の主に異状があったことを示している。

ほかは若い女性の部屋らしくきちんと片づけられ、整頓されていた。

現場検証のあとも残されていない。

カーテンは開けられていて、日の光がまばゆく射し込んでいた。

管理人の話によると、実家の母親が来て、今月いっぱいで荷物を引き取る、といったという。

窓はアルミサッシで錠がかかっている。

ドアはノブのつまみを回して鍵をかける方式になっている。

百瀬澄子の遺体が発見されたとき、ドアも窓も鍵がかかっていた。

無断欠勤しているのを心配した同僚が、部屋を訪ねてきて、管理人が合鍵でドアを開けたのだという。

百瀬澄子の鍵はバッグのなかにあった。

だれか親しい男友達に、合鍵を作って渡した、ということは考えられる。

そうであれば、ドアや窓に鍵がかかっていたから、百瀬澄子は自殺したにちがいない、と推定する根拠は失われる。

が、百瀬澄子には妙に潔癖なところがあり、どんなに遊んでも、男友達を自分の部屋に入れることだけはしなかったという。

現に、管理人も百瀬澄子の部屋に男が出入りするのを一度も見ていない。

それに、部屋が密室状態だったということをべつにしても、百瀬澄子の頸部に残っていた索条痕が、はっきりと彼女が自殺したことを告げている。

地検特捜部に匿名の女から電話がかかってきて、百瀬澄子は殺されたのだ、といったという。

しかし、どう考えても、百瀬澄子が殺されたと考えるのは無理があるのではないか。

その匿名の女は嘘をついたとしか思えない。しかし何のためにそんな嘘をついたのか。

すでに現場検証は済んでいる。

令状を取っていないから、いくら管理人が立ちあっているからといって、部屋を捜索することはできない。

ザッと部屋の印象を見るだけにとどめなければならない。

かなりきれい好きな人だったようだ。

同僚たちから話を聞いたかぎりでは、なんとなく、だらしない女、という印象を受けたのだが、部屋がきれいに整頓されているのは意外だった。ちょっと異常な印象を受けるほど片づけられている。志穂の部屋のほうがよほど散らかっている。

ただ、キッチンのシンクに紅茶カップがふたつ、洗いもせずに放り込まれているのが目についた。来客があって使ったのを、そのままにしておいたのだろうが、それだけが整頓された部屋の印象とそぐわない感じだった。

電話の横にメモ帳がある。
そのメモ用紙にボールペンのあとが残っていた。
なにかメモしてその紙を破る。
ボールペンの筆圧のあとだけが下のメモ用紙に残される。
「………」
ちらり、と管理人を見る。
管理人は戸口に立ってはいるが、志穂のほうを見ていない。
手帳の鉛筆を取りだし、メモ用紙を黒く塗りつぶした。
字が白く浮き出てきた。

角新情報資料センター
入金　三百万
たいじする。

志穂は眉をひそめた。
走り書きだ。
第三者にはほとんど意味をなさない言葉だった。

字義どおりにとれば、角新情報資料センターというところから三百万の入金があった、あるいは三百万を入金したということになるが、そのあとの言葉がよくわからない。

たいじするというのはどういう意味だろう？　なにを退治するというのか。それともこれには何かべつの意味があるのだろうか。

百瀬澄子のメモの走り書きのようだが、これがたいして意味をなすものとは思えない。

現場検証をした係官たちがこれを見逃したのは当然だ。

自殺をした人間の現場検証では、現場の様子を記録にとどめ、遺書を探すことはあっても、ほかのことには手を触れない。

そもそもこれが百瀬澄子の自殺に関係したことかどうかもわからないのだ。

捜索押収に関しては、

――捜索する場所および押収するものを明示する令状がなければ、原則としてこれは許されない。

刑訴法にそう定められている。

厳密にいえば、これは法律違反ということになるだろう。

が、志穂はためらわなかった。

もう一度、管理人が自分を見ていないのを確かめて、そのメモ用紙を破り、ポケットに突っ込んだ。

そして管理人に礼をいい、百瀬澄子の部屋を出た。

別れぎわに、管理人が、

「ほんとうに以前にいらしたことはありませんでしたっけ?」

そう念を押すように聞いてきた。

「ありません。初めてです」

あらためて礼をいい、管理人と別れた。

エレベーターに向かう途中、ずっと背中に管理人の視線を感じていた。

どうやら管理人は志穂の言葉を信じていないようだ。

志穂が以前に百瀬澄子を訪ねたことがあると思い込んでいる。そして、どうして志穂がそのことを隠すのか、それをいぶかしんでいるらしい。

いぶかしいのは志穂も同じだ。

――誰かほかの人と勘違いしているのだろう。

そうとしか考えられない。

どちらにしろ大したことではない。

そのことは忘れることにした。

それよりも、いま志穂の頭のなかにあるのは、

――たいじする。

謎めいたその言葉だ。

退治する、か。

なにか釈然としないが、それも「角新情報資料センター」というところに連絡すれば、はっきりしたことがわかるのではないか。

角新情報資料センター・入金三百万……若いＯＬがメモに書き残す言葉としては異例といえるだろう。

百瀬澄子は自殺したのか、それとも地検特捜部が疑っているように殺されたのか？　いずれにせよ、このメモに書き残された言葉に、それを突きとめる鍵が隠されているような、そんな気がした。

どうやら、ようやく調査の取っかかりを得ることができたようだ。

――この「角新情報資料センター」とかを当たってみよう。

志穂は勢い込んでマンションを出た。

そのときのことだった。

強い日射しがカッと目の奥に突き刺さってくるのを覚えた。

「…………」

まぶしさに立ちすくんだ。

立ちすくんだが、どうにもその足に力が入らない。

ふいに全身から力が抜けた。

目がくらんで、意識がフッと遠のいていくのを感じた。

手をのばし、その遠ざかろうとする意識を摑もうとしたが、しかし指先が届かなかった。

地面が揺れ、膨らんで、ゆっくりと視野の底にせり上がってきた。

地面は揺れていた。

なにもかもが揺れていた。

もう立ってはいられない。その場にうずくまってしまった。

そして失神した。

最後まで、意識の縁にとどまっていたのは、強い日の光だった。

そのギラギラとまばゆい日の光——

2

成城の街並みを見ても、

――ずいぶん気どった街じゃねえか。

袴田としては反感を覚えるばかりだ。

もちろん、これはひがみだ。

そんなことはわかっている。

だから、何だというんだ。

貧乏人がひがんで何が悪い？

成城は東京でも田園調布に並んで高級住宅地で知られた街だ。

これまで袴田は一度もこの街を歩いたことはない。

縁がなかった。

都内・所轄署の防犯課を転々とし、ほとんどの署で風紀捜査係に配属された。

もともと防犯課は、風俗営業、銃刀法などの許認可業務、行政的な役割などを主にする、どちらかというと地味な部署なのだ。

盛り場ならともかく、高級住宅地などに縁のある部署ではない。

そんなことがあってか、いや、そんなことがなくても、袴田は気どった街は好きになれない。

それが心ならずもこの街を歩かなければならなくなったのは、北見志穂が倒れて、成城のクリニックに運び込まれたという連絡を受けたからだった。

志穂は特被部の相棒だ。

この一、二カ月、志穂は健康状態に問題があり、特被部を休みがちで、ほとんど顔をあわせることがなかった。

が、志穂が殺人犯を射殺したことが問題になり、刑事部の刑事から尋問を受け、司法精神鑑定まで強いられたことには、強い憤りを覚えた。

——かわいそうに。ずいぶん、まいっているだろう。

そう同情もした。

志穂が殺人犯を射殺した現場には袴田もいあわせた。

だが、あいにくなことに、袴田は犯人に襲われ、気を失っていて、志穂のために有利な証言をしてやることができなかった。

——だらしねえ話だ。相棒なのに何もしてやれない。

いつも、そんな罪悪感が胸のなかにうずいていた。

それだけに志穂が倒れたと聞いて、慌てて特被部から飛んできたのだった。

「徳永総合クリニック」——

それが志穂が運び込まれたクリニックの名だった。

志穂を司法鑑定した徳永朝彦教授が、K大学の教授職とはべつに、個人的に経営しているクリニックだという。

志穂が倒れたのは二子玉川で、成城からはごく近い。通報を受けて駆けつけてきた警察官が、たまたま志穂が徳永教授の名刺を持っているのを見つけて、それで急遽《きゅうきょ》、「徳永総合クリニック」に運び込んだということらしい。「徳永総合クリニック」は成城の一角にあり、三階建て、高級マンションと見まがうような瀟洒《しょうしゃ》な建物だった。

場所がらもあるだろうが、徳永教授は精神科医としては、破格の成功をおさめた人物といえそうだった。

――気どった病院だぜ。

袴田はますます気が重くなるのを覚えた。

受付の看護師に志穂の病状を聞いた。

心配ないという。

おそらく強い日射しをあびて軽い貧血を起こしただけだろうということだ。

念のためにクリニックで休ませているが、いつ退院してもいいらしい。

ただ、そのまえに徳永教授が袴田に個人的に会いたいということだった。

「おれ――いや、わたし？」

袴田はいぶかしんだ。

「ええ、ぜひともお会いしたいとそう申しておりました」

看護師はニコニコと愛想がよかった。

応接室で会った。

徳永教授は、小柄で、当たりのやわらかい人物だった。

が、同席していて、居心地のいい人物とはいえない。

すぐ間近に接しているのに、なにかガラスを隔てて話しているような、奇妙な印象を受けるのだ。

一言でいえば存在感がない。

精神科医という職業柄、できるだけ自分の感情を殺し、相手に対するのが習い性になっているのかもしれない。

徳永教授は淡々と話をした。その目が夢みているように遠い。

「以前、北見志穂さんに精神鑑定を受けていただいたときに、お母さんの話になりましてね——」

「お母さん?」

「ええ、北見志穂さんのお母さんです。なんでも北見さんのご両親は結婚なさってからずいぶん長い間、子供が授からなかったらしい。いわゆる不妊ですね。まあ、いまは不妊といっても、無精子症を除いては、たいていは治療することができる。卵胞の発育を綿密にモニターすることが可能になった。卵胞成熟を促進する方法もいろいろと開発されていますしね」

「はあ」

　袴田は要領をえないままうなずく。どうして自分がこんなときに不妊の話を聞かされなければならないのか、そのわけがわからない。

「しかし、まあ、北見さんが生まれたころの不妊治療といえば、とりあえず排卵誘発剤の投与ということになるでしょう。ただ、排卵誘発剤には受胎しすぎるという一面がないではなかった。一時、ちょっと話題になった五つ子なども、排卵誘発剤が導いたことといえるでしょう」

「………」

「それで、まあ、治療のかいあって、北見志穂さんが誕生したわけなんでしょうが、わたしにはそのことでちょっと気にかかることがありましてね」

「気にかかること？」

　ええ、と徳永はうなずいて、

「いま、北見志穂さんが生まれた小樽の病院に問いあわせているところなんです。なにぶんにも二十年以上もまえのことですからね。当時の事情を知っている人間がいるかどうか、カルテが残っているかどうかも疑問なんですが、やるだけのことはやってみようとそう思いましてね」

「よくお話がわからないんですが、北見志穂が生まれたときの事情に、なにか問題があるとそうお考えなのですか」

「いや、問題があるとまで、はっきりしたことではないんですが、ちょっと気にかかることがあるんですよ」

「北見志穂が生まれたときの事情をお知りになりたいんだったら、病院ではなく、直接、お母さんにお聞きになられたらどうですか。北見のご両親は小樽で健在だと聞いていますが――」

「そう、それはそうなんですが――」

徳永はあいまいに言葉を濁した。

その目がまた遠くを見るようにぼんやりとした視線になる。

袴田は自分が透明人間にでもなったような居心地の悪さを覚えていた。この人はほんとうにおれと話しているのを認識しているのかどうか。

「あのう、北見は退院させてもいいのでしょうか」

「ええ、もちろん問題はありません――」

徳永はうなずいて、

「そうそう、これもお知らせしておいたほうがいいと思うんですが、念のために北見志穂さんの脳波をとらせていただきました」

「脳波を？」

「ええ」

「それで結果はどうでした？　異常ありませんでしたか」

「おおむね異常ありませんでした」

「おおむね？」

「ときどき脳波が乱れます」

「それはどういうことでしょう？」

袴田は眉をひそめた。

「なにか北見の脳に異常があるということなんですか」

「いや、そうとばかりはいえません——」

徳永はまた言葉を濁し、視線をそらす。

「いずれにしろ北見志穂さんはもう退院なさってもけっこうですから」

「………」

袴田は徳永をまじまじと見つめた。

この人物をどう判断したらいいのかがわからない。

なにを考えているのか、まったく胸のうちを明かそうとしない。謎めいていて、ひどくよそよそしい。精神科医というのは皆こんなものなのか。

袴田はそのことにいらだったが、まさか徳永に対して、怒りをあらわにするわけにはいかない。

「どうもお世話になりました――」

礼をいって、席を立たざるをえなかった。

そのときのことだ。

徳永は袴田に顔を向けると、じつに奇妙なことを口走ったのだった。

「あなたは多重人格という言葉を聞いたことがありますか」

「え?」

袴田はあらためて精神科医を見たが、もうそのときには徳永はそっぽを向いているのだった。

多重人格?

徳永はなにをいおうとしていたのか。

3

成城学園前駅近くの喫茶店で志穂とコーヒーを飲んだ。

もう夕方の六時を過ぎている。

袴田としてはコーヒーではなく、ビールを飲みたいところだが、クリニックから出てきたばかりの志穂をまえにして、アルコールを口にするわけにはいかない。コーヒーで我慢することにした。

志穂は薬を飲まなければいけないということで、コーヒーと一緒にサンドウィッチを頼んでいる。

「薬？　なんの薬だ？」

「喉頭炎の薬」

「喉が悪いのか」

「うん、腫れてるらしいよ」

「そいつはやっかいだな」

「だから一日に三回、食後に薬を飲まなければならないの」

「ふうん」

袴田は久しぶりに会う志穂をそれとなく観察した。

警視庁は殺人犯を射殺した志穂に、そのすべての責めを負わそうとした。組織防衛は、当然のことだから、そのことで本庁を責めようとは思わない。ただ、そのことに、囮捜査に対する反感が加わって、志穂をぎりぎりの精神状態に追い込んだのは許せないと思う。

間の悪いことに、特被部部長の遠藤慎一郎はニューヨークで開催される「犯罪心理学」学会に出席することが決まっていて、日本を留守にしなければならなかった。特被部の部員たちは、袴田を含めて全員が無力で、志穂が苦境に追いつめられているのがわかっていても、それをどうしてやることもできなかった。

要するに志穂はひとりで試練に耐えなければならなかったのだ。

ついには軽い神経症《ノイローゼ》を患ったと聞いたが、それぐらいで済んだのが奇跡のようなもので、よくここまで立ち直ったものだと思う。いや……

――ほんとうに志穂は立ち直ったのだろうか。

袴田はそのことが疑問だった。心配でもあった。

志穂はいま自分が調査している自殺案件のことをしきりに話している。

特被部の担当している事件ではなく、本庁から命じられた仕事だという。つじつまの合わないところのある事件のようで、志穂はその調査にかなり入れ込んでいるらしい。

が、袴田は、若い女のありふれた――といってはいけないのだろうが――自殺案件などには何の興味もない。

地検特捜部が乗り出しているのは妙だが、事件の調査というのは、べつの部署がかちあうことがよくあるものだ。

たまたま、それが今回は特捜部だったということだろう。

いまの袴田に興味があるのは志穂のことだった。

ほかのことはどうでもいい。

適当になま返事をしながら、志穂の様子を観察している。

志穂の様子はおかしい。

夢中になって話し込んでいると思うと、ふいに言葉を中断する。そのまましばらく黙り込んでしまう。ボウと放心したような表情になり、その目がぼんやりと焦点を失ってしまう。それでいて本人はそのことに気がついてさえいないようなのだ。

志穂の脳波に乱れがあるという徳永の話を思いださずにはいられなかった。

——多重人格。

何のことだろう?

それがこの志穂の異常な態度の原因になっているのか。

「ちょっと失礼——」

志穂は薬を飲んで、トイレに立った。

テーブルに薬の袋が残された。

ふと思いついて、袋から薬を一錠取り、それをポケットに隠した。

志穂が戻ってきた。

そして、また自殺案件の話を始めたが、袴田はそれを気もそぞろに聞き流していた。

正直、自殺案件どころではないのだ。

志穂はこの薬を一日に三回服用しているという。

もしかして志穂の様子がおかしいのはこの薬に原因があるのではないか。

志穂の話を聞きながら、そのことばかりを案じた。


志穂と駅で別れてすぐに、世田谷区内にあるS所轄署に向かった。

何年かまえに配属されたことのある所轄署で、そこの鑑識課員とは妙にうまが合って、よく一緒に酒を飲んだものだ。

その鑑識課員なら、なにも聞かずに、薬の成分を分析してくれるはずだった。

幸い、鑑識課員はまだ署に残っていた。

いつも眠そうな顔をした中年男だ。

袴田が期待したとおり、

「いいよ、すぐに分析してやるよ」

気軽に引き受けて鑑識課に戻っていった。

署の廊下で待った。

何人か顔見知りが声をかけてきたが、それには適当に返事をした。

袴田はこれまでずいぶん各所轄を転々としてきた。

コケの生えたすれっからしで、懐かしいと思う所轄もなければ、懐かしいと思う同僚もいない。それを淋しいと思う気持ちもいつしかすり切れた。

そんなには待たされなかった。

「お待たせ――」

鑑識課員が廊下に出てきた。

「わかったか」

袴田は立ちあがった。

ああ、鑑識課員はうなずいて、何かしら薬品の名を口にした、らしい。らしい、というのは、それを聞いても、袴田には何ひとつわからず、チンプンカンプンだったからだ。

「何だ、それは？　おれにもわかるように説明してくれないか」

「わかるようにといわれてもな――」

鑑識課員は顔をしかめ、

「何といったらいいか、つまり合成抗菌剤の一種だよ」

「わからねえよ」

「そうだろうな――」

鑑識課員はヘラヘラと笑って、

「細菌が増殖するのにはタンパク質が必要になる。こいつはそのタンパク質の元になる核酸の生成をさまたげるんだ。細菌を死滅させる効果があるわけだ」

「喉頭炎の薬になるのか」

「なるなる、喉頭炎、咽頭炎、扁桃炎、気管支炎、中耳炎、眼瞼炎《がんけん》……要するに、耳・鼻・眼などの感染症にはすべてこの薬が使われるんだ」

「なにか混ぜ物はないか。不純物は？」

「ないよ。なにも不審なものは混ざっていない――」

鑑識課員はそういい、ふいにゲラゲラと笑いはじめた。

「なんだなあ、袴田さん、ずいぶん命惜しみをするようになったじゃないか。まえにはそんなに健康に気をつかわなかったぜ。特被部で、若い、きれいな女の子とコンビを組んでると聞いたけど、それで自分も若返ろうって腹なのか」

「そんなんじゃねえよ」

袴田は苦笑するしかない。

たしかに喉頭炎の薬を疑ったのは気のまわし過ぎだったかもしれない。なにも不審な点がないと聞けば、自分の心配性に苦笑せざるをえない。

しかし――

それでは志穂のあの常軌を逸した様子をどう説明すればいいのか？

多重人格、だろうか。

東京地検特捜部　九日前

1

六月三日、日曜日。
この日も朝からよく晴れている。
午前十一時。
袴田は地下鉄永田町の駅に降りた。
機嫌のいい表情ではない。
仏頂面をしている。
足どりも重い。

このところ場違いなところばかりに顔を出すはめになる。

じつに場違いもいいところだ。

国会議事堂横の議員会館——

今朝、特被部に電話がかかってきた。

国会議員の秘書からの電話だった。

「先生が特被部について話を聞きたいとそうおっしゃっています。突然のことで恐縮ですが、どなたか特被部の方に議員会館までおいで願えないでしょうか。できれば午前十一時ぐらいにお越しいただきたいのですが」

口調こそいんぎんだが、うむをいわさぬ強圧的な響きがあった。

吹けば飛ぶような警察官に国会議員からの呼び出しを断れるわけがない、と最初から舐めてかかっていた。

残念ながらそのとおりだ。

部長の遠藤慎一郎は日本にいない。

せっかくの日曜日だというのに泊まりだった袴田の運が悪かったのだ。

国会議員の名は磯飼勉《いそがいつとむ》——

出かけるまえに、ザッと調べた。

もともとは法務省官僚で、神奈川県を選挙基盤とし、参議院に三回当選、参院外務常任委員長などを歴任している。

国会対策に長《た》けた中堅議員だという。

その中堅議員がどんな用があって、特被部に電話をかけてきたのか、それはわからないが、

――どうせろくなことじゃない。

袴田は頭からそう決め込んでいる。

仏頂面にならざるをえない。

議員会館はレンガ色の荘重な建物だ。ガラス窓が初夏の日射しを撥《は》ねて輝いていた。

磯飼勉の部屋を訪ねた。

事務室で十分ほど待たされ、奥の磯飼議員の部屋に通された。

磯飼議員は、小太りで、よく日に焼けた、いかにも精力的な風貌の持ち主だった。

議員のほかに秘書らしい人物がふたりいた。

袴田が部屋に入るなり、

「忙しい。悪いが時間をさけない」

いきなりそういわれた。どこか癇性《かんしょう》な、いらだった声だった。

「はあ」

袴田は目を瞬《しばたた》かせた。

来いといわれたからやってきた。それを、忙しいから時間をさけない、といわれたのでは立つ瀬がない。

袴田はすわれともいわれなかった。部屋に入ったときから、立ったままだ。

磯飼はデスクに向かって、なにかしきりに書類のようなものを繰っている。

顔もあげずに、特被部か、そう唄うような口調でいった。何とはなしに揶揄するような口調だ。少なくとも好意的な口調ではない。

「囮捜査というのは法的に問題があるんじゃないか。国家権力が人を罠にかけるようなことをして、これを罪におとしいれるというのはあっていいことではない。憲法上からいっても望ましいこととはいえない。そうは思わないかね」

「…………」

「わたしは内閣の人権擁護委員会のメンバーになっている。場合によっては、特被部などというものがあっていいのかどうか、その可否を議題に提出することも考えている。囮捜査は国民の基本的人権に抵触するのではないか。これは人権擁護委員会で論議すべき問題をはらんでいる」

「…………」

「もちろん、わたしはなにも好んでことを荒だてようというつもりはない。要はそちらの出方しだいということだ。場合によっては、委員会に特被部の問題を提出するのを見あわせてもいい、とそう考えている」

とうとう磯飼議員は一度も顔をあげようとはしなかった。

まだ何かいうのか、と待っていたが、磯飼議員はそれっきりもう袴田のことなど忘れてしまったかのようだ。

ただ忙しげに書類を繰っていた。

秘書のひとりが会釈し、どうぞお引き取りになられて結構です、とそういった。

つまりは用事は済んだ、出ていけ、ということだ。

「…………」

袴田は狐につままれたような思いで部屋をあとにした。

議員会館を出て、永田町の駅に向かって歩いていきながら、

――いったい磯飼勉は何の用があっておれを呼びだしたんだ？

袴田は首をひねった。

いや、ほんとうは首をひねるまでもないことだ。

磯飼はいわば特被部を恫喝《どうかつ》したのだ。

特被部の出方によっては、囮捜査の是非を内閣委員会にかけて、それを論議してもいい、とそういった。場合によっては特被部を潰してやると脅しをかけてきたのだ。

それはわかる。

わからないのは、特被部の何がそんなに磯飼を刺激したのか、というそのことだ。

これまで特被部の活動で、磯飼勉の名が捜査線上に浮かんできたことなど、一度としてない。

場合によっては、と磯飼は言外に意味を含ませたが、場合もなにも、特被部の人間でこれまで磯飼の名を知っている者などひとりもいなかった。

——わけがわからねえ。

袴田としては首をひねらざるをえない。

もっとも……

磯飼は恫喝する相手を間違えた。

袴田は特被部が潰されようが潰されまいがどうでもいい。特被部にはそれなりに愛着はあるが、国会議員のいいなりになってまで、それを存続させようという執着はない。テレビ・ドラマの「巨悪と戦う」熱血刑事というがらではない。現実に、公務員でしかない警察官に、そんなファンタスティックな刑事など一人としていようはずがないのだが。国会議員に恫喝されて、それで恐れ入るほどうぶではないのだ。

若いときから所轄をたらい回しにされ、浮き草暮らしが身についてしまっている。どこにいても、これは一時の仮の姿だ、という意識を捨てることができない。特被部が潰されれば、それはそれでまたどこかに配属されるだけのことだった。

妻に去られてから、袴田にはこの世でほんとうに執着すべきものなど何ひとつなくなっていた。

——どうってことはねえや。

袴田の胸のなかにはいつも冷たい風が吹いている。

それを淋しいと思ったこともあるが、いまはその風に気ままに身を遊ばせることができるまでになっていた。

そう、どうってことはない、のだ。

ふいに袴田のまえに数人の屈強な男たちが立ちはだかった。

「…………」

袴田は驚かなかった。

その男たちの姿を見たとたん、志穂がいっていたあの連中にちがいない、という予感を覚えた。

その予感が的中した。

男たちのひとりが、

「東京地検特捜部の者だ。悪いけどちょっと同行してくれないだろうか」

顔を寄せるようにし、低い声でそういったのだ。

2

男たちは車を用意していた。

その車に乗せられ、検察庁合同庁舎に連れていかれた。

そんなに遠くではない。

検察庁合同庁舎は日比谷公園のすぐそばにある。

昼まえにはもう、十階の取り調べ室で、特捜部の検事と向かいあっていた。

窓を背にし、大きな机があり、そこに〔検事　佐原惟隆《これたか》〕の名札が置かれている。

それだけでもう自己紹介の要はないと考えているのだろう。

〔検事　佐原惟隆〕はいきなり本題に入った。

「磯飼はあんたにどんな話をした？」

高揚した声ではない。

ボソボソと低い声だが、ただ、その底に粘りつくような強靭な力が感じられる。

この佐原という検事は有能だ、と袴田はそう思った。

刑事を長くやっていれば、有能な検事かそうでないか、それぐらいの見分けはつくようになる。

「脅しをかけてきました。場合によっては、囮捜査の是非を内閣の人権擁護委員会にかけるそうです。特被部なんかいつでも潰せるという口ぶりだったな――」

「それであんたはどう答えたんだ？」

「なにも――」

袴田は肩をすくめた。

「ただ、お話を謹聴しただけです。こちらには磯飼が何をそんなに牽制しているのか、それさえわからない。黙って話を聞いているしかありませんよ」

「磯飼がどうして特被部に神経をとがらせているのか、それを知りたいかね」

「さあ」

「どちらでもいいという口ぶりだな」

「わたしはもともと防犯課の風紀係が専門だった。防犯課というところはね、捜査するといえば、せいぜい覚醒剤とか宅建関係とか売春とかそんなものだ。刑事課に比べれば人員も少ないし、どちらかというと冷や飯を食わされることが多い。その防犯課のなかでも風紀担当は下積みでしてね。わたしは、その風紀係もつとまらなくて、各所轄をたらい回しにされた。そのどんづまりが警察から白い目で見られる特被部だ。もともと優秀な刑事じゃないんですよ」

「だから、よけいなことには首を突っ込みたくないとそういうことか」

「皮一枚でようやくつながっている首ですからね。年金をもらうまで、大事にしたいんですよ」

「気の毒だがそうもいかないようだぜ」

佐原の口調が急に乱暴になった。

が、その声にわずかながら袴田に対する好意が滲《にじ》んだようだ。

「磯飼は自分の尻に火がついたとそう思い込んでいる。百瀬澄子の自殺を北見捜査官が調べているのを、自分のことを嗅ぎまわっているとそう思い込んでいるらしい」

「…………」

袴田はべつだん志穂の名が出てきたことには驚かなかった。

すでに東京地検特捜部が志穂に接触してきたことは、彼女から聞いて知っている。

そして地検特捜部は政治家がらみの事件を手がけることが少なくない……。

そのふたつを考えあわせれば、磯飼が圧力をかけてきたのが、百瀬澄子の自殺に関連してのことだ、というのはたやすく想像のつくことだった。

「これはここだけの話にしてもらいたいんだがね――」

佐原はあいかわらずボソボソとした声でそういい、

「あんたも世間でいろんな名簿が売り買いされているのは知ってるだろう」

「名簿？」

「ああ、名簿だ」

と佐原はうなずいて、

「官公庁の職員、大企業の社員、高校・大学の卒業者なんかは序の口で、サラ金利用者、ゴルフ会員権所有者、外車購入者、株式投資家、はてはお見合いパーティの参加者まで、ありとあらゆる名簿が売り買いされている。プライバシーなんかあったもんじゃない。たまらんぜ」

「………」

「いろんな名簿をそろえ、希望者に有料で閲覧させ、コピーを売る業者がどんどん増えている。一ページ三人分のコピーを売るだけで七百円というんだから、こんなに美味しい商売はない。それもインフレ傾向が強いらしい。これからも名簿業者は増えていくばかりだろうね」

「………」

「プライバシー保護の点からいえば、名簿の売り買いに問題がないわけはないんだが、現状ではほとんど野放しの状態だ。第一、それを取り締まる法律がない。一応、各地方自治体に『個人情報保護条例』という条例があるにはあるんだが、ここに記されている条文は訓示規定にすぎない。罰則がないんだよ。名簿業者がわが世の春を謳歌するわけさ」

「………」

「もちろん条例だけでは不十分だ。ちゃんとした法律をさだめようという動きもある。『個人情報保護法』さ。こいつがきちんと制定されれば罰則もできる。野放しになっている名簿業者を法で縛ることもできるわけだ。ところがこの『個人情報保護法』がいつまでたってもきちんとしたものにならない」

「………」

「『個人情報保護法』が成立したのは一九八八年だよ。もう何年まえのことになるか？　そのときに、政府は早急に検討を進めること、五年以内に本法の必要な見直しを行うこと、という付帯決議がなされたはずなんだけどね。いつまでたっても内閣委員会は『個人情報保護法』の見直しをしようとしない。現状では見直しの必要なし、という結論を出すばかりなんだよ」

「べつに驚きませんね。どうせ政治家なんてそんなものじゃないですか」

「ああ、そんなものかもしれない。おもしろいのはね、磯飼がその内閣委員会のメンバーのひとりなんだよ」

しばらく沈黙があり、なるほど、そういうことですか、と袴田がうなずいた。

「ああ、そういうことだ――」

と佐原もうなずいて、

「ちゃんとした『個人情報保護法』が成立したら、名簿業者はこれまでのような美味しい商売ができなくなる。磯飼はそれを内閣委員会でせっせと潰してやっているわけだ。名簿業者から磯飼にまとまった金が流れているのは間違いない。ただ政治家のやることだからね。政治献金の形をとったり、後援会の寄付の形をとったりで、はっきりと賄賂とわかるような金の受け渡しはしない。それがわれわれの苦労するところでね」

「…………」

「名簿業者には海千山千の連中が多い。これからのビジネスだというんで、大資本も参入してきたしね。政治家とのつきあい方はみんな心得ているよ。賄賂を渡すんでもそれなりの手続きを踏んでやる。なかなか尻尾《しっぽ》をつかませてはくれないが、ここにひとり、素人が踏み込んできた。われわれにしてみれば、磯飼を検挙するための突破口になってくれる、貴重な人材というわけだ」

「なるほど」

袴田は慎重にうなずいて――というのは、どこまで佐原を信じていいものか確信が持てなかったからだが――いった。

「いいかえれば、磯飼をつぶせば、まともに『個人情報保護法』について、まともに討議されるということですか」

「何が、まともで、何がまともでないかはいちがいにはいえないけどね――『セギ・リサーチ・カンパニー』に瀬木という男がいる。この社の社長だよ。瀬木の会社では、現在、名簿業者の委託を受け、延べ数百万人もの名簿を作成している。テーマ別にインプットされたＣＤ－ＲＯＭになるらしいんだがね。とてつもない高額な商品になるらしい。名簿を必要とする業者にとってはたからの山だからね。何とかそれを個人情報保護法が成立するまえに、完成して、売り切ってしまおというはらなのだろう。名簿ＣＤ－ＲＯＭを制作する一方で、名簿業者団体の意を受けて、磯飼との折衝なんかも引き受けた。瀬木にしてみれば、名簿ビジネスは事業を拡大する魔法の杖だ。この際、やれることは何でもやって名簿業界に食い込んでおこうとそう考えたにちがいない」

「成功する人間は違うもんですな」

「ああ、そうだな――」

佐原は皮肉に笑い、

「しかし瀬木という男は、社長といってもまだ三十歳そこそこの若さだからね。なんといっても世間知にとぼしい。しかるべき手続きを踏まずに、つい不用意に磯飼に金を運んでしまった。成功する人間は同時に失敗する人間でもあるわけだ」

「なるほど、わかってきましたよ。自殺した女、百瀬澄子といいましたっけ。北見捜査官は、百瀬澄子はその『セギ・リサーチ・カンパニー』とかいう会社で、社長の秘書をしていたとそういってた。瀬木の意を受け、実際に磯飼に金を運んでいたのが、百瀬澄子というわけですか」

「そういうことだ。われわれは百瀬澄子に的をしぼって内偵をつづけた。百瀬澄子が磯飼に運んだ金なら、その賄賂性を証明することも可能ではないか。われわれとしてはその一点に望みをつないだんだがね」

「その百瀬澄子が自殺してしまった。やれやれ、こういう事件だと、いつも弱い立場の人間が犠牲になる。追いつめられて、自分ひとりがこの世からいなくなれば、とそう思い込んだんでしょうな。かわいそうに、なにも死ぬことはないのに——」

袴田はため息をついて、

「磯飼や瀬木はさぞかしホッと胸を撫でおろしたことでしょう。なるほど、そこへもってきて、北見捜査官が再調査をはじめたんじゃ慌てふためくのも無理はない。尻に火がついた気分になって、特被部に圧力をかけたくなるのもわからないではない」

「そのことなんだがね——」

佐原がめずらしく言いよどんだ。咳払いをし、その目を狭めるようにし、袴田の顔を覗き込んだ。

「われわれは妙なことを考えているんだ。いや、じつに妙なことなんで、これをどう解釈していいのか考えあぐねている、というのが本当のところなんだがね」

「百瀬澄子は自殺ではなくて殺されたんじゃないかということですか。北見捜査官からその話も聞きました。口封じということを考えれば、その可能性も百パーセントないとはいいきれないとは思いますけどね。北見捜査官から聞いたかぎりじゃ、状況的には完全に自殺ということじゃないですか」

うん、そのこともあるんだが、と佐原は口ごもりながらそういい、

「われわれが考えている妙なことというのはそのことじゃない。じつは、あんたに特捜部まで足を運んでもらったのも、そのことがあるからなんだ。北見捜査官のことなんだが、彼女は個人的にこの事件になんらかの関わりがあるんじゃないかね？」

「え？」

「いや、これは妙なことなんだ。妙なことではあるんだが、もしかしたら北見捜査官は、百瀬澄子の自殺に関して、なにか個人的に知っていることがあるんじゃないか」

「…………」

「そもそも北見捜査官はどうして自殺案件の調査なんかしているんだ？　ひとりの女が自殺した。たしかにその背景にはたんなる自殺とは思えない事情があるらしい。しかし北見志穂は囮捜査官なんだろう。本来、自殺の調査なんか関係ないはずじゃないか。いや、もっといえば、警察の人間が自殺したとわかっている女の何をどう調査す

るというんだ？　自殺したということがはっきりすれば、それから先のことはもう警察の関知することじゃないじゃないか」

「たしかに異例なことでしょう。しかし、北見志穂は殺人犯を射殺し、精神的に傷つきました。すぐには現場復帰できない。それで、その調査にあたった刑事がとりあえずの足ならしということで、負担のない自殺案件の調査を命じたのだとそう聞いています」

「あんたはそれを信じたのか」

「信じてはいけませんか」

「いけなくはないさ。だが、警視庁の当該部所に問いあわせたところ、たしかに北見捜査官にそうした指示は出ているが、それがどんな経過でそうなったのか、誰にもわからないとそういうんだよ。本来、警務部は警察官の非行や不正をチェックする部署で、病んだ警察官の現場復帰を助けるところではない。あんたは異例といったが、異例どころじゃない、これはありえないことなんだ」

「…………」

「おかしいじゃないか。おれにはどうも北見捜査官のやってることは解せないよ。不自然すぎる。おれには北見捜査官が強引に自殺の調査に割り込んだように見える。百瀬澄子の自殺になにか個人的に関わりがある、とそんなふうにしか思えないんだがね

――」

佐原は意識して表情を殺しているようだ。粘土をこねあげ、そこに無造作にビー玉を塡《は》めこんだように表情が消えていた。

「あんたは北見捜査官の相棒だ。あんたなら何か気がついたことがあるんじゃないかとわれわれはそう考えているんだがね」

3

袴田はジッと佐原の顔を見つめた。

佐原の背後には窓がひらけている。空が見えるが、その空は青くない。漂白されたようにどんよりと濁って白い。――おれのいまの心境のように、と胸のなかでつぶやいたのは、袴田らしくないセンチメンタリズムで、フン、と鼻先で笑うしかない。

フン、と鼻で笑って、ばんい茶に手を伸ばした。なにもばんい茶が飲みたかったわけではない。ただ内心の動揺を見透かされるのがいやだった。

「検事さんは――」

そして、いった。

「ご自分が何をいっているのかわかってらっしゃるんですか。中傷、とまではいいいたくないが、言いがかりもいいところだ。なんで北見捜査官が百瀬澄子の自殺に個人的な関わりがなければならないんです？」

「あんたが不愉快になるのはわかる。相棒のことを悪くいわれておもしろい人間がいるはずはない。だが、われわれにしたところで、なにもためにするところがあって、こんなことをいうわけじゃないんだ。じつのところ、われわれにしても、これをどう理解したらいいのか困惑してるんだよ」

「うかがいましょう」

「磯飼代議士の捜査は警察から送検されて始めたものではない。いわゆる『検事認知』の事件で、われわれが独自の立場で捜査を始めたものだ。だから、北見捜査官が百瀬澄子の自殺のことを調べはじめたときには、困惑させられたよ。どうやら本庁のどこかの指示によるものらしいが、はた迷惑なことをするもんだと腹だたしい思いにさせられた。もちろん警視庁にわれわれの捜査を妨害する意図があったなどとは思いもしなかった。たんなる偶然ぐらいにしか考えなかった」

「………」

「だから、昨日、北見捜査官の指紋を照合したのもべつだん深い意味があってのことじゃないんだ。その点は誤解しないでもらいたい。たまたま北見捜査官が部下の傘に触れたもんでね。その柄から指紋を採取することができた」

「たまたまですか」

袴田は苦笑せざるをえない。

「ああ、たまたまだ。北見捜査官が百瀬澄子の部屋に入ったと聞いたものだからね。あとになって、現場検証をやりなおす必要が出てきたときのために、一応、彼女の指紋をチェックしておいたほうがいい、とそう思ったからにすぎない。たんに現場から採取された指紋をふり分けるときの便宜上の問題にすぎない。他意はない。そんな事情だから、その指紋が合致したときにはじつに驚かされたよ。こんなことがあっていいものか、とわが目を疑った——」

「指紋が合致した？」

袴田の声がかすれた。

「なにが合致したというんですか」

「百瀬澄子の遺体が発見されたとき、台所のシンクに洗われていないカップが二個残っていた。状況から見て、百瀬澄子が死ぬ前日ぐらいに、だれかと一緒に使用したカップだと思われる。客があったんだろうね。その一方のカップから採取された指紋が北見捜査官の指紋と合致したんだよ」

「そんな——北見捜査官は百瀬澄子の部屋に入っています。そのときについカップに触れてしまったのかも……」

袴田の声が弱々しくとぎれたのは、自分の論拠に根本的な誤りがあることに気がついたからだった。

「そんなはずはない。そんなはずがないことはあんただってわかるだろう。そのカップは百瀬澄子が死ぬ前日、あるいは前々日ぐらいに使われたものだ。自殺の前日に客があった、ということで一時は所轄もこれを重視して、念のために指紋を採取しておいたんだ。結局、自殺には関係ないということで検証記録には残されなかったんだがね。カップに北見捜査官の指紋が残されていたのは事実だ。つまり北見捜査官は昨日初めて百瀬澄子の部屋に入ったわけではない。それ以前にも少なくとも一度は百瀬澄子の部屋に入っている理屈になるんだよ」

「………」

袴田は呆然としている。

志穂が以前から百瀬澄子と知りあいだったという話は聞いていない。本庁・刑事部の刑事から指示されて、百瀬澄子の自殺を調べている、とそういっただけだ。そして、もちろん袴田はその言葉を信じて疑いもしなかった。疑う理由がない。

「われわれもこれをどう考えたらいいのかわからなかった。ただ北見捜査官が殺人犯を射殺したことで、ずいぶんつらいめにあわされたことは聞いていた。地検でもそのことは話題になったからね。北見捜査官にしてみれば警察を憎んでいるかもしれない。

もしかしたら、そのあたりに何か動機が――」

待ってくれ、と袴田は佐原の言葉をさえぎった。悲鳴のような声でさえぎった。

「ちょっと待ってくれないか」

佐原は待とうとしなかった。その口調は淡々としていた。しかし執拗だった。特捜検事は一度食らいついた獲物は決して放そうとはしない。

「じつはわれわれが北見捜査官に疑惑を持つようになった根拠は指紋だけではない。そのほかにもうひとつ根拠があるんだ。もっとも根拠といえるほど確実なものではないが」

「もうひとつ？」

「声だよ」

「……………」

「もしかしたら北見捜査官から話を聞いているかもしれないが、われわれのもとに女から匿名の電話があった。百瀬澄子は自殺したんじゃない、殺されたんだ、という電話だ。電話は短かった。女はすぐに電話を切ってしまった。電話を受けた人間は女の声を録音しようとしたが、終わりのほう、ほんの一部しか録音できなかった。ほとんど断片といっていいぐらいの分量だよ。それも満足できる録音状態とはいえなかった。科学警察研究所の音声研究室に鑑定を依頼したが、それから声紋を分析するのは難しいということだった。ただひとつ、興味深いことがわかった。その女性にはかすかに北海道のなまりがあるというんだよ」

「…………」

「音声研究室でも確信があるわけではない。北海道なまりというのは非常に微妙なものだそうで、それだけの断片からは確定するのは不可能だというんだ。法廷に証拠として提出できるようなものじゃないらしい。ただ、そういう事実があるにはある」

「…………」

「われわれが調べたかぎりでは、北見捜査官は小樽の出身ということになっている。そのことに間違いはないかね」

「…………」

袴田はギュッと目をつぶった。

——おれは決めた。おれはこれからさざえになってやるんだ。おれはもう何も聞きたくない……

狂おしく、とりとめのない思いで、しきりにそんなことを考えていた。

閉ざした瞼の裏の暗闇にぼんやりと白く志穂の顔が浮かんでいた。

志穂は笑っていた。

笑っていたが、どこか悲しげだった。

多重人格　同日

1

地検特捜部から解放されたときには午後二時を過ぎていた。
袴田は呆然としていた。
特被部に帰らなければならないのだが、とてもそんな気にはなれない。
日比谷公園のベンチにすわって、タバコを何本も灰にした。
鳩が群れている。
その鳩をぼんやり見ていた。
考えるのは志穂のことだった。

カップに残された指紋、匿名の女の北海道なまり——

佐原検事の話を聞いたかぎりでは、志穂が生前の百瀬澄子となんらかの関係があったのは、疑いようのないことだった。

ただ、百瀬澄子が自殺した、という客観的な事実は揺るがない。そうである以上、いくら地検特捜部が強引でも、百瀬澄子と生前につきあいがあったというだけで、志穂に出頭を求めるわけにはいかないだろう。

ましてや地検に電話をかけてきた匿名の女に北海道のなまりがあったからといって、それで志穂にどんな嫌疑をかけることもできない。

たしかに志穂は北海道・小樽の出身だが、そんなことをいえば、東京には北海道出身の女などごまんといる。

要するに、いまのところ、地検特捜部が志穂に対してできることは何もないのだ。

できることは何もないのだが——

地検特捜部が志穂に対して疑惑をいだいているのはまぎれもない事実だ。いや、疑惑というのが大げさなら、釈然としない不審をいだいているといい換えてもいい。

ただ、その不審はあまりに漠然としていて、それが事件と関係しているのか、していないのか、そのことがはっきりしない。佐原検事もそのことで困惑している。

そう、地検特捜部は大いに困惑している、というのが実情らしい。

志穂が百瀬澄子の自殺を調査することになったのは、たんに本庁の刑事に命じられたからにすぎない。

――いわば偶然のことだ。

袴田は何本めかのタバコに火をつける。

そして、また考える。

百瀬澄子には自殺する理由がなかった。その理由を突きとめろ、というのが志穂に与えられた命令だ。

急を要する調査でもなければ、重要な調査でもない。

これは志穂自身もいっていることだが、現場に復帰するための、いわばリハビリのような調査であったろう。

志穂が調査を開始した一連の経過には、どんな作為めいたものも働いていないように見える。

志穂は、偶然、百瀬澄子の自殺を調査するように命ぜられたにすぎない。よしんば志穂が百瀬澄子と知り合いだったとしても、それもたまたまのことにすぎなかったろう。志穂にはそのことを隠さなければならない理由がない。

よしんば調査を進めていく過程で、百瀬澄子は殺されたのではないか、と疑うようになったとしても、その疑惑をおおやけにできない理由などないのだ。

いや、なんらかの理由があって、その疑惑をおおやけにできなかったとしても、志穂はどうして匿名の電話を特捜部にかけることができたのか？たしかに地検特捜部は、名簿業界と磯飼代議士とにまつわる贈収賄容疑で、ひそかに内偵をつづけていたらしい。実際に、賄賂を運んだと見られる百瀬澄子が自殺して、捜査に支障をきたしもした。しかし……

志穂がそのことを知っているはずはないのだ。

仮に——

志穂が生前の百瀬澄子とつきあいがあり、その自殺になんらかの疑惑をいだいて、しかもそれをおおやけにできない理由があったとする。

そのことでどこかに匿名の電話を入れるとしても、電話をかける相手は担当の所轄署か、そうでなければ本庁の刑事部であるだろう。

地検特捜部に匿名の電話を入れるという発想は、絶対に浮かんでこないはずなのだ。志穂は、いや、関係者以外の誰ひとりとして、地検特捜部がひそかに内偵を進めていたのを知らなかった。

要するに、すべてのつじつまがあわない。意味ありげに見えて、実際にそれがどんな意味をなしているのか、どうにもその全体像を見透かすことができないのだ。

特捜部が困惑しているというのは、つまりはそのことだった。

そして、

――わけがわからねえ。

そのことに袴田も困惑させられているのだった。

志穂と成城の喫茶店で話をしたときのことを思い出す。

百瀬澄子の自殺のことを聞いた。

志穂はひどく疲れているようで、ときにぼんやりと放心することがあったが、その話に妙なところはなかった。

なにかを隠しているようではなかったし、やましいことがあるようでもなかった。

袴田としては、あのとき志穂が嘘をついていたとは思いたくないし、とてもそんなことは信じられないのだ。

状況的には志穂がなにか妙な動きをしているという事実は揺るがない。が、心証としては、志穂がそのことでなにかを隠したり、嘘をついているという印象は受けない。

矛盾している。

そして、この矛盾につじつまを合わせられる解釈はひとつしかない。

つまり、

――志穂自身も自分のやっていることに気がついてはいないのではないか。

ということだ。

袴田としては徳永教授がふと洩らしたあの言葉を思いださずにはいられないのだ。
――多重人格。

2

タバコを捨て、靴で踏みにじる。
そして、つと立ちあがる。
視界の隅にチラリと動く人影があった。
「…………」
袴田の表情は変わらない。
何気ないふうを装って、売店に歩いていった。
鳩の餌《えさ》を二袋買った。
日比谷公園の出口に向かって歩きながら、二袋とも封を破った。
そして、いきなり肩ごしに二袋とも餌を背後にばらまいた。
走った。
尾行している男がいた。
その男にしても決して油断していたわけではなかった。すぐさま袴田を追って走ろうとはしたのだ。

しかし、餌を求めて舞いおりてくる、おびただしい鳩の群れに、その行く手をさえぎられた。

まるで旋風が吹き荒れるようなものだ。数えきれないほどの鳩が右に、左に舞って、男の視界をさえぎった。

男にはどうすることもできない。まさか鳩を踏みつぶして走るわけにはいかない。蹴ちらすのも問題外だ。

やむなく鳩の群れを迂回した。

が、飛んで舞う鳩の羽ばたきに袴田の姿を見失ってしまっていた。

男は手に持っていたカバンを地面にたたきつけた。

そのときにはもう袴田は日比谷公園を飛びだしてタクシーに乗っていた。

佐原検事は優秀な検事だ。

袴田に志穂のことを話して特被部の反応を見ようとした。

そのことで志穂がなにか妙な動きを示したら、それをきっかけにし捜査を進展させることができる、とそう考えたのだろう。

そのために袴田に尾行をつけた。

佐原の考えていることはわかるが、将棋の手駒のように、いいように利用されるのは気分が悪い。

佐原は食えない特捜検事だが、それをいうなら袴田もやはり食えない刑事なのだ。

袴田はフッと笑った。

そして、

「タバコを吸ってもいいかね？」

そう運転手に声をかけた。

成城の「徳永総合クリニック」に電話をいれ、あらためて徳永教授への面会を求めた。そして、今日は徳永はK大学で講義をしていることを聞いた。

K大学の医学部は横浜の郊外にある。

そこに向かった。

さいわい徳永は講義のあいまで、精神科の研究室で休んでいた。

二十分ほどなら時間がとれるという。

単刀直入に志穂のことを聞いた。

志穂は多重人格をわずらっているのか。そうだとして、そう診断する根拠は何か。

多重人格とはどういう症状なのか？

徳永は何から話していいものか迷っているようだった。

「………」

しばらく窓の外を見ていた。

もう夕暮れだ。

窓は暮色に翳っていた。

それを見る徳永の顔もあい色の影に沈んでいた。短く刈りあげた白髪が後光のようにぼんやり浮かんでいる。が、光に浮かんでいるのは、その白髪だけで、その表情まで見てとることはできない。

初対面のときにも感じたことだが、この徳永という人物には不思議に存在感がない。なにか夢のなかの人間と向かいあっているような、とりとめのなさを覚えるのだった。そして、そのとりとめのなさが、対峙する人間に妙な居心地の悪さを感じさせる。

徳永は沈黙している。

袴田は待った。

やがて、徳永がいった。

「患者のプライバシーに関することですからね。医師には患者の症状に関して守秘義務がある。北見さんの身内だというならともかく、あなたはたんなる同僚にすぎない。当然、医師としては、お話しできることとできないことがありますが」

「それはわかっています。さしつかえない程度でけっこうですから」

「そうですか、そういうことなら――」

と徳永はうなずいて、

「多重人格のことをお聞きになりたいということですが、じつは、われわれ精神科医も多重人格についてはほとんど何もわかっていないのが現状なのです。小説や映画が先行するような形で、二重人格、多重人格、という言葉が人々に知られてはいます。しかし、これが精神疾患の診断名として正式に認められたのは、一九八〇年になってからようやくのことなんですよ」

「一九八〇年、まだ最近のことですね」

「そう、最近のことです。それまで精神科医は多重人格障害という精神疾患が存在することを認めようとしなかった。その症状が統合失調症と類似していることもあって、すべてが統合失調症として片づけられていた。ひとりの人間のなかにべつの人格が存在する。これを統合失調症の幻聴体験と混同していたんですな。その意味で、ＭＰＤはこれから研究されるべき精神疾患といえるでしょう」

「ＭＰＤ？」

「多重人格障害《マルティプル・パーソナリティ・ディスオーダー》――アメリカ精神医学界ではこれを略してＭＰＤと呼んでいるようです。八四年から、毎年、多重人格をテーマとする国際会議が開かれて、それなりに成果はあがっていますが、まだまだわからないことが多い――」

徳永は淡々として話を進める。

あいかわらず、その顔は夕暮れの影に沈んで、よく見てとることができない。

「日本でも多重人格障害の研究はほとんど進んでいないといっていいでしょう。例の幼女連続誘拐殺人、あの被疑者が多重人格と精神鑑定されて、ちょっと話題になったぐらいですか。それにしたところで、ほかのふたりの精神科医が、それぞれ精神病に非《あら》ず、統合失調症と診断して、なにやら多重人格障害という精神疾患の曖昧さだけを際だたせることになったといえるでしょう」

「…………」

「ただ、これはアメリカでの報告例ですが、多重人格障害は、幼児期に虐待された体験が引き金になって起こるのではないか、という話が提唱された。そうした子供たちは、あまりにもストレスが多すぎて、複数の人格を創造でもしないかぎり、とてもそれに対処しきれない、ということなのでしょう。つまり、こんなひどいことが自分の身に起こるはずがない、というわけです。べつの人格を創造し、それで残酷な現実からの逃避をはかろうとする——もっとも、いまのところ、これも仮説の域を出ていないのですが」

いずれにせよ、と袴田はつぶやいて、

「悲惨な話ですね」

「そう、悲惨な話です――」

徳永はうなずいて、

「幼児虐待は日本でも確実に増えつづけています。日本ではこれまで家庭内での暴行事件は見すごされ、問題にされないことが多かったのですが、どうやらそれも限界らしい。家庭というシステムが幼児虐待を隠蔽しきれないところまできているのです。なんとも悲惨な話ですが、最近になって、父親、あるいは母親による幼児虐待の報告例が急速に増えてきました――」

徳永はため息をついたらしい。その白髪が窓からの逆光のなかでかすかに震えた。

「『マタニティ・ブルー』という言葉を御存知ですか？　妊娠中、産後の女性が精神的な危機にみまわれる症状のことをこう呼んでいるのです。妊娠中の女性、あるいは出産したばかりの女性が、ひどく精神的に不安定な状態になってしまう」

「初めて聞きました。『マタニティ・ブルー』というのですか」

「ええ、『マタニティ・ブルー』です。わたしは何人かの精神科医や産婦人科医たちと協力し、『妊娠中および産後精神分析治療プログラム』という治療プログラムを開発して、この『マタニティ・ブルー』の治療に当たってきました。その過程で、悲惨な幼児虐待の例を何件も見てきました。あなたが想像なさっている以上に、自分の子供を憎んでいる母親は多いのです。母性というのはたんなる幻想ではないかとそう思うことがあるほどです。つまり、幼児虐待に関していうなら、日本でも多重人格障害が多発する条件は十分にそろっているといえるでしょう」

「………」

「ただし、ここに幼児期に虐待されたわけでもないのに、多重人格障害を引きおこしたと思われるめずらしい例がある。それが――」

徳永はそこで言葉を切って、ゆっくりと袴田に顔を近づけてきた。この人物は、その口臭さえも非現実的で、かすかにハッカの香りがするだけだった。ヒソヒソと囁くような声でこういった。

「北見志穂さんなのですよ」

3

袴田は徳永から身を引いて、

「すこし暗くなりましたね。明かりをつけてもよろしいでしょうか」

唐突にそう聞いた。

どうしてこんなときにそんなことを聞く気になったのか、袴田自身にもよくわからないことだった。

おそらく、わずかに話題をそらすことで、志穂の名を聞いたショックを無意識のうちにやわらげようとしたのにちがいない。

「…………」

が、徳永は返事をしない。

体をわずかに前傾させたまま、ジッとしている。その髪だけが残光のなかにぼんやり白く浮かんでいた。

どうして返事をしないのか。どうして動こうとしないのか。

——この徳永という人物はほんとうにここに存在しているのだろうか？

袴田はふとそんなあられもない妄想にかられるのを覚えた。

ほとんど恐怖心に似ていた。

徳永の返事を聞くのはあきらめた。

立ちあがり、照明のスイッチを入れた。

部屋が明るくなった。

徳永はそこにいた。

もちろん、いないはずがない。

どうして一瞬にもせよ、徳永がほんとうにそこにいるのだろうか、などという愚かしい疑問にかられたのか、袴田は自分で自分がいぶかしかった。

自分の席に戻って、どうも、と口のなかでモゴモゴとつぶやいた。

徳永は存在していないのではないか、というあの奇妙な印象が痛烈に残っていて、相手の顔をまともに見るのがはばかられた。

「あなたも北見志穂さんがときおり放心状態におちいるのは気がついていらっしゃるんじゃないですか。しばしば意識がとぎれることがあるらしい。現に脳波の乱れが観察されています。多重人格障害をわずらっている人間は、べつの人格が現れたことに、その本来の人格は気がついていないらしい。ただ、べつの人格が現れたときにはその脳波のパターンさえも一変してしまう……日本ではほとんど多重人格障害の症例は報告されていませんし、わたしもこれまでひとりとして担当したことがない。要するに、アメリカの症例報告の受け売りにすぎないのですが、どうもそういうことらしいですよ」

徳永は何事もなかったように、いや、実際に何事もなかったのだろうが、淡々と話をつづけた。

「北見さん自身はそのことに気がついていないようだが、放心状態におちいったとき彼女はべつの人格に転換しているのではないか、とわたしはそう疑っているのです。べつの人格、おそらくは北見さんの双子の妹に――」

「双子の妹？」

袴田は目を瞬かせた。

「北見志穂に双子の妹がいるのですか。そんな話は聞いていませんが」

「現実にはいません。しかし、どうも北見さんの意識のなかにはいるようです。わたしはその双子の妹が北見さんのもうひとりの人格になっているのではないかとそう考えているのですが」

「よくわからないのですが……どういうことなんでしょう？」

「北見さんのお母さんは不妊に悩んでいた。不妊の治療で通院していたらしい。これは北見さん自身がお母さんの口から聞いていることです。もちろん二十年以上もまえのことになりますが。当時の不妊の治療といえば、日に何本も排卵誘発剤を飲むことです。それにつきるといっていい。排卵誘発剤の効果があったのかどうか、お母さんは妊娠し、北見さんを出産なさった。ただ、当時の排卵誘発剤には、双胎妊娠を引き起こす確率が高いということが危惧されていました。双胎妊娠、つまり双子のことです。双胎妊娠はハイリスク妊娠なんですよ。双胎の周産期死亡率は単胎にくらべて明らかに高い。その意味で危険な妊娠なのです。わたしは北見さんのお母さんも双胎妊娠だったのではないかとそう思っています。排卵誘発剤を飲んでいればそうであってもふしぎではない」

「しかし、さっきもいったように北見志穂は双子ではありませんよ。彼女からそんな話は聞いていない。それとも双子のもうひとりは出産直後に死んでしまったのですか」

「いや、そうではないでしょう。そうであれば、お母さんもそのことは知っているはずだし、当然、北見さんにもそのことを話しているはずですからね。北見さんは自分本来の人格のときには双子の妹のことなどまったく何も知らずにいる。これはつまりお母さんから何も聞かされていないということでしょう。おそらくお母さん自身も自分が双胎妊娠だったということを知らなかったのではないか」

「…………」

「なにしろ二十数年まえのことですからね。当時はいまのようにインフォームド・コンセントの重要性は認識されていなかった。もちろん事情にもよりますが、基本的に、医師が患者にすべて症状を話すということはなかったんですよ。もちろん妊娠は病気ではありませんが、さっきもいったように双胎妊娠はハイリスク妊娠です。産婦人科医はそのことに留意してお母さんに何も話さなかったのかもしれない――」

徳永はぼんやりと微笑んで、

「もうひとつの可能性としては、産婦人科医自身も北見さんのお母さんが双胎妊娠だったことに気がついていなかった、という場合も考えられます。いまはどこの病院でも、超音波装置があって、早くから胎児の心音を聞くことが可能になりました。また超音波断層撮影で六、七週の妊娠初期のころから、胎動や胎児の心搏動を見ることもできます。しかし、二十数年まえの小樽の産婦人科医院にどれほどの設備がそろっていたか、わたしはそのことをはなはだ疑問に思いますね。そもそも当時は超音波断層撮影の技術そのものがなかった。超音波装置もなかったのではないか。

超音波装置がなかったとしたら、妊娠後期にいたるまで、医師も双胎妊娠に気づかずにいるという可能性は十分にあります。それでも、まあ、二十五週から二十八週ごろになれば、聴診器で胎児の心音を聞くことはできるのですが……それ以前に、双子のひとりが胎内から消えてしまったとしたら、産婦人科医も双胎妊娠に気づかないままになってしまうかもしれません――」

「胎内から消えてしまった？」

袴田はあっけにとられた。

「そんなことがあるのですか？」

「それほど珍しいことではありません。双胎妊娠のときに双子のひとりが胎内で消滅してしまうというのはよくあることなのです。死んだ胎児は紙状児や石児になることもあるがそのまま吸収されてしまうこともある。吸収されてしまったのだとすると、母親も医師もついにそれが双胎妊娠だったということに気づかないでしょう」

「しかし、どうもわからないな。納得できませんよ。医師が告げなかったにせよ、医師自身が気づいていなかったにせよ、どちらにしろお母さんは自分が双胎妊娠だったということを知らないままに終わるわけでしょう。それなのにどうして無意識にせよ、北見志穂が双子のことに気がついているなどということがありえるのですか？　北見志穂がそのことを知っているはずがない」

「そのことなんですが……」

徳永は急に悩ましげな表情になると、体をひねって、机のうえから一枚のクリアーホルダーを取った。そして、クリアーホルダーからコピー用紙を抜きとって、それを袴田に手渡した。

「ちょっとこれを読んでくれませんか」

「…………」

袴田は眉をひそめた。

が、いわれるままに、コピー用紙に視線を走らせた。

母親の胎内を血が流れる。その音を覚えている。そういうと人は嘘だと笑う。どうして笑うのだろう？　八カ月から九カ月の胎児は、肝臓、腎臓、消化器系などがそろい、産毛やしわが少なくなり、女子の大陰唇、男子の睾丸もほぼ完成する。身長四十センチから四十六センチ、体重は一五〇〇グラムから二三〇〇グラム――つまり胎児はすでにひとりの人間になっている。そうであればその記憶が成人したわたしに残っていたとしても不思議はないだろう。覚えているのは母親の胎内を流れる血の音だけではない。モーツァルトのピアノ曲を聞いたのを覚えている……だが、もうひとりのわたしはブラームスを気にいっていたらしい。もうひとりのわたし――一卵性双生児の妹は。一卵性双胎は、ひとつの卵子とひとつの精子が受精し、発育していく過程でふたつに分かれ、それぞれべつの胎児として成長したものだ。つまり妹はわたしとおなじ卵子、おなじ精子を分かつ、ふたりでひとりの人間ということなのだろう……

そこで文章はとぎれていた。

ワープロで打たれている。

――これは何だ？

袴田は呆然として顔をあげた。

「それは北見さんが意識がもうろうとしているときに話したものなのです。カウンセリングの最中のことだった。わたしがその場にいれば、まさかテープレコーダーのスイッチを入れ忘れるような失敗はしなかったんだが……北見さんが話すのを慌てて書きとめたものだから、とても全部は書きとることができなかった。断片だけを書きとめて、あとでワープロで清書した。その時点では、もうひとりの人格、双子の妹はまだ出現していない。だが、明らかに北見さんは、自分のなかにもうひとりの人格が潜んでいることに気がついている。すでに多重人格障害が顕著に現れているといえるでしょう。あ、多重人格障害というのは、便宜上、わたしがそう呼んでいるだけで、精神医学的には解離性同一障害、と呼ばれていますが」

「………」

「これも最近になって、欧米の精神科医のあいだでしばしば話題になっていることではあるんですが、かなりの人間が胎児のときの記憶を残しているのではないか、という説があります。脳が形成された時点で、胎児が記憶を持ちはじめる、ということがあっても理論的には何の不都合もない。ただ、なんらかの心理的抑圧が働いて、ほとんどの人間はそのことを思い出せずにいるだけだ、というのですが……そういえば、自分は自分が生まれたときたらいの縁がきらめいていたのを覚えていると、ある高名な作家がそんなことをエッセイに書いているのを読んだことがありますよ」

「いや、しかし、それは……そんなことがあるものでしょうか」

「わたしは信じない。信じられるはずがない。はっきりいってよた話だと思っています。作家ならそれもいいでしょう。しかし、れっきとした精神科医がそんなことを言いだすから、精神分析治療は学問ではない、たんなるフィクションだ、などと非難されるのだとそう思っています――」

徳永はため息をついて、

「が、北見さんのこれを読んで、その信念もいささか揺らいでいるところです。深層心理のなかだけのことにせよ、北見さんがほんとうに胎内での自分たち双子のことを記憶しているのだとしたら、これは深いトラウマを刻みつけられているにちがいありません。双子のひとりが胎内に消えてしまって、双子のもうひとり、自分だけがここにこうして生き残っている……そのことが多重人格障害の引き金になったとしてもなんら不思議はない」

「…………」

袴田は体の底深いところから恐怖とも憐憫《れんびん》ともつかない思いが噴きあげてくるのを覚えた。震えていた。

あの北見志穂が多重人格障害をわずらっている。現実には存在しない双子の妹に人格を奪われ、自分ではそうと意識せずに、次から次に不可解な行動を起こしている……

――そんな馬鹿な！　そんな途方もない話があっていいものか。

懸命に気力を振りしぼって、しかし、と弱々しい声で反論した。

「幼児虐待のほうはどうなるんですか。北見志穂が幼児のときに虐待されたなどという話は聞いていていない。そんな事実はないと思いますよ。いや、絶対にそんなことはありえない」

「虐待されましたよ。あなたたち警察にね」

「…………」

「北見さんはもともと被害者タイプだ。スケープゴートにされやすい気質、体質を持っている。だからこそ特被部の囮捜査官にも採用されたわけでしょう。強いように見えるが、そのじつ、きわめてもろい人格なのですよ。幼児、とまではいいませんが、多分に精神的に未成熟な部分を残している――」

徳永の声は低く、穏やかだったが、それだけに痛烈に袴田の胸に響いた。

「その北見さんがやむをえず殺人犯を射殺した。本人にとってそのショックは大変なものだったはずです。それなのに、あなたたち警察は北見さんをかばうどころか、よってたかって非難し、弾劾し、すべての責めを彼女ひとりに負わせようとした。これが虐待でなくて何だというのです？」

「…………」

「そう、北見さんは虐待されたのです。胎児のときの双子の記憶、あなたたち警察からの虐待……わたしはこれが北見さんを精神的に追いつめて、多重人格障害を発露させたのだとそう考えているのです」

「…………」

袴田はうなだれた。

志穂が警察から虐待された、といわれればそのとおりで、それを助けることのできなかった袴田も含めて、いっさい弁解の余地がない。

「いまのところ、これはすべて仮説にすぎません。なにぶんにも多重人格障害はこれまで日本での症例が皆無だといっていい。この精神障害についてはわからないことが多いのです。したがって、北見さんが多重人格障害をわずらっているというのも、もうひとりの人格が彼女の双子の妹ではないか、というのもすべて仮定の話でしかないのです――」

徳永はチラリと腕時計を見ると、

「二十分のつもりがずいぶん長くなってしまいましたね。申し訳ありません。わたし、これから会議があるものですからお引き取りいただけませんか」

「どうもお時間をとらせて申し訳ありませんでした――」

袴田は立ちあがり、頭を下げた。

医学部の通路にはすでに蛍光灯がともっていた。

いまの袴田にはその青ざめた光がきわめて現実感にとぼしいものに感じられた。

なにか夢のなかを歩いているように、ふわふわと足どりが覚つかない。

――多重人格……双胎妊娠……

そんな言葉が、頭のなかをかすめて、消えて、またかすめた。

ふと自分もべつの人格に入れ替わってしまったような、そんなあられもない思いにみまわれた。

4

疲れた。

が、まだ帰宅するわけにはいかない。

気になることがある。

袴田は決して勤勉な刑事とはいえないが、せめて自宅ではうまい酒を飲みたいものだとそう思っている。

気になることを確かめないうちは、帰宅したところで、うまい酒は飲めないだろう。どうせ、これからではナイター中継を見ることはできないし、このところ巨人は連敗中だ。

気になることというのは、志穂を取り調べた刑事のことだ。

志穂の話によれば、猪瀬という係官が、自殺の調査を命じたというが、その経過が当の刑事部でもわからない、というのはどういうことだろう。

当該の管理官は、担当部署の活動をすべて把握しているはずではないか。そのための管理官であるはずなのに……猪瀬という男については、名前だけは知っている。たしか三係だか四係の主任のはずで、警部補だと聞いている。

警視庁刑事部に電話したが、猪瀬は出ていないという。

日曜日だ。当然だろう。

どうしても猪瀬の話を聞きたい。

——自宅に行くか。

猪瀬の自宅と電話番号を聞いた。

相手は教えるのを渋ったが、粘って強引に聞きだした。

猪瀬の住所は蒲田だ。

ここからなら三十分もあれば行ける。

駅に向かった。

電車に乗るまえに猪瀬の自宅に電話をかけた。

電話には誰も出ない。

留守だろうか。

無駄足になる恐れはあったが、迷う暇もなく、電車が入ってきた。

やむをえない。

おいしい酒を飲むためだ。

電車に乗った。

が、結局、おいしい酒を飲むのはあきらめなければならなかった。それどころか悪酔いするのを覚悟したほうがよさそうだ。

猪瀬は死んでいた。


猪瀬は蒲田の都営住宅に住んでいた。

同じような家が軒をつらねてずらりと並んでいる。

その一角が妙に騒がしい。

そこが猪瀬の自宅だった。

鑑識のワゴン車がとまり、特別機動捜査隊の車が赤色灯を回転させていた。

ロープを張りめぐらし、警官たちがそこかしこに立っている。

そのロープの外に野次馬たちが押し寄せていた。

――こいつはどうしたんだ？

袴田は呆然とした。

猪瀬の家から所轄の刑事が出てきた。

刑事課の顔見知りの刑事だ。

声をかけた。

「ああ、袴田さんか。どうしたんだ。こんなところで――」

愛想のいい男でどんな凄惨な現場にぶつかってもニコニコとしている。じつは愛想がいいのではなく、要領がいいだけだ、という説もある。

「いや、ちょっとな。そっちこそどうしたんだ？　何かあったのか」

「殺しだよ。いや、過失致死かな。それとも正当防衛か。よくわからねえ。男のほうが女に無理心中をしかけたらしい。揉みあっているうちに自分で自分の腹を刺しちまった。どうもそんなところらしい。男は本庁の人間だぜ。ひでえ話さ」

「本庁の人間？　刑事部の猪瀬か」

「ああ、いま本庁に連絡したところだ。刑事部じゃどうするんだろうな。とんでもねえ醜態だぜ。女を刺そうとして自分を刺したんじゃさまにならない。係長まで現場に飛んで来るという話だ。こんなことマスコミにまともに発表できない。幸い、猪瀬はまがりなりにも被害者のほうだ。隠せるかぎりは隠すんじゃないかな」

「猪瀬が女を刺そうとしたのは間違いないのか」

「間違いない――」

刑事は愛想よく顔をしかめ、

「本人が近所の金物屋で出刃包丁を買っているんだ。その出刃包丁をしっかり握りしめて死んでやがる。いま、鑑識が血痕を採取しているが、ほとんどが猪瀬のものらしい。相手の女は怪我をしていてもせいぜいかすり傷ぐらいのものだろう」

「女は？」

「いない。風をくらって逃げた」

「……………」

「近所の人間が男女の言い争う声を聞いているし、現場からは髪も採取されている。相手が女なのは間違いないんだけどな」

「女の素性はわかっているのか」

「いや、わかっていない。そのことなんだがな――」

刑事がそういいかけたとき、家のなかから女性警官にささえられ、中年の女が出てきた。女は髪を振り乱し、泣きじゃくりながら、大声でわめいていた。

野次馬たちがざわめいた。

女はパトカーに乗せられた。

パトカーが走り去っていくのを見送りながら、

「猪瀬のかみさんだ。たまたま実家に帰っていたんだよ。ごらんのとおり取り乱しちまってどうにもならない。話を聞くのは明日ということになりそうだ――」

刑事はニコニコと笑い、

「もっとも、かみさんのほうじゃ亭主の浮気を知っていたらしい。このところ、そのことで喧嘩が絶えなかったというんだ」

「それじゃ、女房は相手の名を知っていたのか」

「いや、知らない。知らないんでなおさら嫉妬がつのったということだろう。どうせ飲み屋かなんかの女だろうっていうんだがね。はっきりしない。ただ、なんかの拍子に、相手は北海道の女だって、猪瀬がそう洩らしたというんだけどな」

「北海道の女……」

頭の奥のほうにズキンと鈍い痛みが走るのを覚えた。

――まさかそんなはずはない。いくら何でもそこまで考えるのは考えすぎというものだ。

ただ、そのとき、北海道の女、という言葉に、多重人格障害という言葉が重なって、頭のなかに大きく響いたのは事実だ。

そこまで話して、ふと刑事は袴田の顔を見ると、

「ところで、袴田さん、あんた、どうしてこんなところにいるんだ?」

けげんそうにそう聞いてきた。

そのとき遺体が家から運び出されてこなければ、袴田は返事に窮していたところだ。

「じゃ、またな」

愛想のいい刑事は遺体のほうにすっ飛んでいった。

袴田はすぐに現場を離れた。

駅に向かいながら、

——こいつはどういうことなんだ。

頭のなかで自問した。

それに徳永の声が答えた。

——その北見さんがやむをえず殺人犯を射殺した。本人にとってそのショックは大変なものだったはずです。それなのに、あなたたち警察は北見さんをかばうどころか、よってたかって非難し、弾劾し、すべての責めを彼女ひとりに負わせようとした。これが虐待でなくて何だというのです？

志穂を虐待したということなら、真っ先に名前を挙げられるのは、刑事部の猪瀬ということになるだろう。

徳永の話によれば、志穂はべつの人格に替わっているとき、本来の自分を失っているのだという。そのときにそれまで無意識の底に押し込んでいた怨念が溶岩のように噴き出してくるということは考えられないか。

——このことはしばらく知らないふりをしていたほうがいい。

袴田はそう考えている。

警視庁は面子《メンツ》にかけてもこのことがマスコミに洩れるのを防ごうとするだろう。もちろん隠しとおすことなどできっこない。が、本庁の人間が不倫をしていた女に無理心中をしかけて逆に刺し殺された、という醜聞だけはなんとか糊塗《こと》しようとするにちがいない。

もうすこし口当たりのいい状況をでっちあげて（たとえば事故、だ）、そのうえでひっそりと発表する。大きなニュースのあった日を選んで発表すれば、市井のささやかな事件、ということで報道されずに済むかもしれない。本庁の警察官僚ともなればそれぐらいの寝業はこころえている。

そのまえに、猪瀬は退職させる。マスコミに発表するときには、もと警部補ということになる。現職の警部補の犯行とは、ずいぶん発表したときの、世間に与える印象が異なる。

地検特捜部の佐原にしても、磯飼代議士の収賄事件の捜査を進めるのに手一杯で、刑事部の係官の醜聞にまでは、とても気がまわらないのではないか。

もちろん、すべては楽観のうえに築きあげられた観測にすぎない。そんなに都合よくことが運ぶものかどうか、それは袴田にも自信のないことだ。

第一、どんなに袴田が事件のことなど知らないふりを装っても——志穂がその北海道の女であれば何の意味もないことではないか。

袴田は自分でも気がつかずに歩きながら首を振っていた。

次からつぎへとあられもない妄想がわき起こってくる。無意識のうちにその妄想を振り払おうとしていた。

ふと、志穂から聞いたカウンセラーの名を思い出した。有能で非常に頼りになるカウンセラーだという。

たしか、

――宮澤佐和子。

といったはずだ。

彼女に連絡してみよう、とそう思った。

そう思うと、急に元気が出てきた。

もっとも――

どうせから元気だ。

誘拐　午前十一時

1

十時十分——

クィーンメリッサ号は新芝川桟橋に到着する。

新芝川桟橋はたんに桟橋があるだけだ。閑散としている。

ここで船内のゴミがおろされる。係員がビニールのゴミ袋を持って桟橋に降りていくのだ。係員にとっては毎日の単調な仕事にすぎない。しかし……

いま、係員が運んでいるのは、毎日、船から出るありふれたゴミではない。一億円のゴミなのだ。一千万の札束が十個、重さにしておよそ十キロ、新聞紙に覆われてゴミ袋に入っているのだった。

すでに新芝川桟橋では埼玉県警の機動捜査隊、同自動車警ら隊の覆面パトカーが何台も待機していた。

警視庁捜査一課六係、および所轄署の捜査員たち、別動隊捜査員たち、さらには浦和署、川口署からそれぞれ応援にかりだされた係官たち――

総勢五十数名が一斉に新芝川桟橋に急行しつつあった。全員が鎖から放たれた猟犬のように気負いたっていた。

それも無理はないのだ。これまでは赤ん坊を人質にとられて、捜査員たちは隠密行動を余儀なくされ、思うように動くことができなかった。フラストレーションは溜まるばかりだった。

しかし、いま――

事情は一変した。いや、一変したように思われた。

すでに戸田公園でゴミ袋に入質の赤ん坊は無事に保護されたという連絡が入っていた。犯人は新芝川桟橋でゴミ袋に入った一億円を取りに現れるにちがいない。そこを緊逮（緊急逮捕）すればいいのだ。

捜査員たちが気負いたつのは当然のことだった。

が、捜査員たちが新芝川桟橋に急行しようとしたまさにそのとき、覆面パトカーの所轄系無《SW》線からこう悲痛な声が聞こえてきたのだ。

――赤ん坊は保護されていない。戸田公園の赤ん坊は別人であることが確認された。くりかえす。赤ん坊は保護されていない。捜査員各自は自重されたし。犯人を緊逮してはならない。

井原は新芝川桟橋に急行しつつある覆面パトカーに乗っている。誘拐犯人を逮捕したいという気持ちは、ほかのだれにも増して強い。その井原が血を吐くような声でこう無線連絡をくりかえしているのだ。

――くりかえす。赤ん坊は保護されていない。犯人を緊逮してはならない。捜査員各自は自重されたし。

2

捜査員たちは気負いすぎていた。

総勢五十数名という人員も多すぎた。

それが犯人の緊急逮捕に一斉に動こうとし、しかもその出端《ではな》をいきなりくじかれたのだ。

現場は混乱せざるをえない。それもひどい混乱だった。

特別機動捜査隊、自動車警ら隊の覆面パトカーが、それぞれ現場に向かうのを中止し、急遽《きゅうきょ》付近に待機したのはまだいい。

問題は埼玉県警・各所轄の係官たち、それに警視庁の別動隊捜査員たちまでもが、蜘蛛《くも》の子を散らすように新芝川桟橋から離れていったことだった。

そんな必要はなかった。散歩をよそおうなり、女性警官と連れだってアベックをよそおうなりして、いくらでも現場にとどまる方策はあったはずなのだ。

現場の指揮系統が混乱したといわざるをえない。

新芝川桟橋という場所そのものにも問題があった。

ここは芝川水門、新芝川をはさんで、埼玉県と東京都が隣接している。埼玉県警の管轄か、あるいは警視庁の管轄か、微妙な区域にあるといえる。

一応、警視庁捜査一課の井原主任が、前線の指揮をとることにはなっていたが、とっさの事情の変化に、その方針が徹底しなかったうらみはある。

埼玉県警の所轄・係官たちが一斉に撤退するのと同時に、警視庁の別動隊捜査員たちも現場から引きあげてしまったのだ。

それを知ったときの井原は、いまにも脳溢血を起こしかねないほど、顔を真っ赤に染めて、

「この馬鹿野郎、大馬鹿野郎――」

無線マイクに向かって、ひたすらそうわめきつづけたものだった。

常識からは考えられないような、それこそ致命的ともいえるミスだった。

それだけ、戸田公園で無事に保護したはずの赤ん坊がまったくの別人だった、という失態が、現場の混乱を大きくしたということはいえるかもしれない。

もちろん、撤退したといっても、全員が現場から遠ざかったわけではない。警察もそこまでは愚かではない。

特別機動捜査隊、自動車警ら隊の覆面パトカーは現場から後退し、埼玉県警の所轄署員もすみやかに散開した。

しかし、「直近追尾班」はその場に残ったし、別動捜査隊も散開し、現場を引きあげながらも、その場を遠巻きにしてかこむのを忘れなかった。

その全員が、あるいは肉眼で、あるいは双眼鏡で、船からゴミ袋が運びだされるのを監視していたのだ。

乗務員の制服を着た人間が、ゴミ袋を持って、桟橋に降りた。

ゴミ袋はいったん土手のうえに運びあげられた。

そのままそこに放置された。

新芝川桟橋で降りる客は多い。

数十人もの人間がぞろぞろと列をなして降りてくる。

その人影に隠され、しばしばゴミ袋は死角に入る。

一億円が入ったゴミ袋だ。

その降りる客たちのうち、だれかがゴミ袋を持ち去ろうとしないか、あるいはゴミ袋に手を突っ込む人間はいないか、それを懸命に監視しつづけた。

十時十分過ぎ――

クィーンメリッサ号が新芝川桟橋を離れたときには、現場にはもうほとんど人の姿は残っていなかった。

荒川定期航路の職員が現れた。

ゴミ袋を持った。

――あいつが犯人か。

捜査員たちは緊張した。

そうではなかった。

職員がゴミ袋を持ちあげたとき、捜査員たちはようやくそれに気がついたのだった。

それ――乗務員の上着の制服が無造作に脱ぎ捨てられているのに。

捜査員たちは愕然とした。

そういえばゴミ袋を運びだしたあの乗務員はどこに行ってしまったのだろう？　降りる客たちに交じって、いつのまにか姿を消してしまった。それもたんに姿を消したわけではない。どうしてか制服の上着を脱ぎ捨てて消えてしまったのだ。

「しまった！」

双眼鏡で監視していた捜査員が血を吐くような声でそう叫んだとき――

職員がゴミ袋の中身を大きな屑籠のなかにぶちまけた。

そのゴミのなかに一億円はなかった。

つまり――

犯人は乗務員の制服を着て、ゴミ袋を運び出し、下船する客にまぎれ、制服を脱いで、一億円を持ち去ってしまったというわけだ。

一億円といっても一千万円の束がわずかに十個だ。手提げ袋のなかにでも突っ込んでしまえば容易に持ち去ることができる。

この犯人はたしかに頭がいい。

だが、五十数名の捜査員がすべて現場で見張っていれば、こんなトリックは通用しなかったのではないか。

埼玉県警と警視庁との連携の悪さが災いして、双方の捜査員が一斉に現場から撤退してしまったのは、いわば偶然の事故のようなものといえるだろう。

これだけの犯人がそんな僥倖《ぎょうこう》を当てにして動いたりするものだろうか。一億円もの現金をゴミ袋に入れて捨てさせたことといい、それを新芝川桟橋で不用意に回収したこととい、すべてがあまりにも場当たり的な行動とはいえないだろうか。

岸上家に身代金を要求してきたときの用意周到な慎重さを考えると、ほとんど別人の犯行かと思われるほどだ。

この誘拐事件はあらゆる意味で独特なものだった。

あとから考えれば、捜査本部はこの点にこそ、この誘拐事件のきわだった特徴を見いだすべきだったのだ。

3

ほかの客たちに交じって、志穂も新芝川桟橋で降りたらしい。

らしいというのは志穂からの連絡がとだえたからだった。

——だまされたわ。赤ん坊は別人よ。犯人を逮捕しないで。逮捕しちゃいけない！

井原にそう連絡したあと、ぷっつりと連絡がとだえた。

好意的に考えれば、いま、志穂は犯人を追跡している途中なのかもしれない。

赤ん坊の無事を確認するまでは、むやみに連絡し、犯人にあやしまれるような行為をとるのは避けるべきだ。

そうした判断から井原に連絡するのをひかえているのかもしれない。

しかし——

誘拐犯が身代金を運ぶ人間として、北見志穂を名指しで指定してきたことで、捜査員たちのあいだに割り切れない思いがわだかまっているのは否めない。

そのほかにも志穂にはいろいろと不審な点が多く、この際、彼女を捜査から外すべきではないか、という意見が関係者のあいだで囁かれていたのは事実なのだ。

たんにこの事件に関してだけのことではない。

志穂に対する疑念の声は、東京地検特捜部からも洩れ聞こえてきた。

——北見捜査官は、殺人犯を射殺した自分に対する警察の処置に、根強い不満をいだいているらしい。それがついには警察全体に対する復讐の念にまで凝りかたまった可能性がないとはいえない。

いくら何でもそんなことはありえない、と井原はそう思う。

が、殺人犯を射殺したことで、志穂がある種の神経症《ノイローゼ》におちいったらしい、ということは聞いている。そして、それが志穂の行動を不審なものにしているのではないか、とは疑っていた。

いずれにせよ——

まんまと犯人に身代金を奪われたという屈辱感に、志穂までが姿を消してしまったという憤りが加わって、井原はほとんど半狂乱になっていた。

「こいつはどういうことなんだ――」

自分でも八つ当たりであることはわかっていたが、袴田にそう嚙みつくのを抑えることはできなかった。

「袴田さん、あんたは北見捜査官の相棒なんだろ。どうなってるのか説明してもらおうじゃないか」

「だからさ。志穂はひとりで犯人を追跡しているんだよ――」

袴田はしたたかな刑事だ。こんなに食えない男もいない。それがめずらしく沈痛な表情になって、

「こうなるまえにおれは志穂と会わなければならなかったんだが……どうやら間にあわなかったようだぜ」

胎児の名簿　八日前

1

六月四日、月曜日——

志穂は「角新情報資料センター」に向かった。

NTTに電話番号を問いあわせ、教えられた電話番号から、「角新情報資料センター」の場所を知ることができた。

飯田橋にある。

目覚めるのが遅く、マンションを出たときには、すでに午後になっていた。

体調が悪い。

何もしないのにすでに疲れていた。

意識がフッととぎれそうになる。

総武線の電車のなかでは不覚にも眠り込んでしまった。

電車から降りたあとも、すぐには動く気になれず、しばらくホームのベンチですわり込んだ。

駅の階段を上がったとたん、カッと目の奥に射し込んできた日の光に、立ちすくんでしまった。

反射的に目を閉じたが、その瞼の裏で、赤い光がおどっていた。志穂を翻弄するように、といおうか。

――わたしはどうしたんだろう？

何度も自問した。

ともすれば、くじけそうになるのを、かろうじて自分をはげまし、はげまし、飯田橋の街を歩いた。

なぜ百瀬澄子は自殺しなければならなかったのか？　どうしてもそれを知りたいという執念だけが志穂をつき動かしていた。

執念、それに意地がある。

殺人犯を射殺し、神経症《ノイローゼ》を病んだ。

が、いまはそれも回復し、現場に復帰できるということを、警視庁に対して、何としても証明しなければならないのだ。

多少、体調が悪いぐらいで、調査を放棄するわけにはいかない。

「角新情報資料センター」は飯田橋の駅から二十分ほどのところにあった。

貸しビルの三階にあって、ワン・フロアを占めている。

足を踏み入れるまで「角新情報資料センター」がどんな業種の企業なのか見当もつかなかった。

知っておどろいた。

――名簿会社なんだ。

「角新情報資料センター」の名前だけは立派だが、実際には各種の名簿を閲覧させる会社であるらしい。

名簿を閲覧させ、そのコピーを売る会社があるということは話には聞いていた。が、もちろん、実際にそれを目のあたりにするのは、これが生まれてはじめてのことだった。

図書館に似ている。図書館と違うのは、入るのに金を払うことと、そこにあるのがすべて名簿であることだ。天井から床までの棚があって、その棚を埋めつくし、ずらりと各種の名簿が並んでいる。その眺めは圧巻というほかはない。

実際、

――世の中にはこんなに沢山の名簿があるのか。

そう呆れるほどだった。

女性職員がふたりいるだけだが、天井のいたるところにテレビ・カメラが設置されているのが物々しい。

名簿をさがしているふりをして、棚のあいだの通路を歩いてみた。

百瀬澄子が部屋に残したメモによれば、この「角新情報資料センター」に三百万を入金したか、あるいはその逆に三百万の入金があったらしい。

彼女が「セギ・リサーチ・カンパニー」社長の秘書だったのを思えば、それが百瀬澄子個人に関するものだったとはとうてい考えられない。

「セギ・リサーチ・カンパニー」に関連した入金だったと考えるべきだが、このふたつの会社にはどんな関係があるのだろう？

勢い込んで「角新情報資料センター」にやってきたのはいいが、これから何をどう調査すればいいか、そのことを考えあぐねた。

身分証明書を提示し、責任者に面会することも考えたが、「セギ・リサーチ・カンパニー」などという会社は知らない、と否定されれば、もうそれ以上は質問を重ねることができない。

百瀬澄子の自殺と、この「角新情報資料センター」とが関係あるのかどうか、それがわからないかぎり、どうにも調査の進めようがないのだった。

――どうしよう。

志穂は唇を噛んでいた。

棚のあいだを歩きながら考えている。

ありとあらゆる名簿がある。

官公庁の職員、大企業の社員、全国の高校、大学の卒業者、およびその予定者などの名簿があるのは当然として、それ以外にも想像もおよばないような名簿が並んでいる。

株式投資家、宝石・貴金属購入者、土地売却者、ペンション利用者、外車購入者、ゴルフ会員権所有者、マイホーム購入予定者……

索漠とした気持ちにならざるをえない。

これを見るかぎり、この国ではプライバシーなどという言葉はあってないに等しい。だれもが知らないうちに自分のプライバシーを売り買いされているのだ。

客が入ってきた。

まっすぐカウンターに行き、女子職員に声をかけた。

名簿のコピーを頼んでいるらしい。

「はい、わかりました。競馬マニアの名簿ですね。ええ、競馬、お刷りします。何人、コピーを刷りましょうか」

女子職員がはきはきと応じる。

その言葉が志穂の耳に残ったのは、コピーを刷る、という独特な表現が印象に残ったからだ。

——けいば刷る、か。

頭のなかで何とはなしにつぶやいた。

足がとまった。

体のなかを何かがかすめたようだ。その何かが言葉に転じて胸の底に響いた。

——たいじする。

百瀬澄子がメモ用紙に残した言葉だ。

何の疑いもなしにそれを、退治する、と読んだが、「角新情報資料センター」と関連して考えれば、これにはべつの意味があるのではないか。

女子職員は、名簿のコピーをとるのに、競馬、お刷りします、という言い方をした。同じようにこれを、たいじ刷る、と解釈したらどうだろう？　この場合のたいじというのはどんな意味なのか。

客が出ていったのを見はからって、カウンターに向かった。

「名簿のコピーをお願いしたいんですが」

女子職員に声をかけた。

「はい、なにをお刷りしましょうか」

女子職員はにこやかに応じた。

どうやらコピーするのを刷ると表現するのはこの女子職員の癖であるらしい。

——間違いない。

志穂は自分の推理が当たったのを確信した。

百瀬澄子はメモ用紙に「角新情報資料センター」の名称を残している。実際に、

「角新情報資料センター」に足を運んだこともあるのではないか。だとしたら、この女子職員の、刷る、という独特の表現を耳にしたことがあってもふしぎはない。それが記憶に残って、たいじする、という言葉をメモに走り書きした……

「たいじのコピーをお願いしたいんですが——」

志穂がそういったとたん、女子職員の顔色が変わった。

「たいじ、をお刷りするんですか」

女子職員はとまどったようにそういい、

「あのう、失礼ですけど、どちら様でしょうか」

その発音で、たいじ、の意味がはっきりわかった。胎児、だ。——そのことはわか

ったが、志穂は自分の耳を信じられなかった。信じられるはずがない。胎児の名簿！　この世にそんなものが存在するのか。

その内心の動揺を隠し、

「こちらでは名簿のコピーをお願いするのに名前をいわなければならない規則になっているんですか」

あくまでも強気で押した。

「いえ、そんなことはないんですが、その、なにぶんにも特殊な名簿なものですから、胎児の名簿を閲覧なさる方にかぎって、お名前をうかがうことになっていまして――」

女子職員はしどろもどろになっていた。

そのときのことだ。

「名前を聞く必要はないよ――」

ふいに背後から男の声が聞こえたのだ。

「聞かなくてもわかっている。その人は警察の人だよ。科学捜査研究所・特被部の北見志穂さんというんだ」

2

振り返った。

そこにひとりの男が立っていた。

まだ若いのに、顔が青白く、ぶよぶよと不健康に肥っていた。

会ったことのない男だ。

それなのにどうして志穂の名前と身分を知っているのか。

その目をパチパチとせわしなく瞬かせているのは、思いがけなく志穂が美しいことに驚いているらしい。

「すみません。わたし、お会いしたことがあるでしょうか」

志穂は慎重に尋ねた。

「会ったことはありませんよ。だけど電話で話をしてるじゃないですか」

「はい？」

「『セギ・リサーチ・カンパニー』の瀬木です」

「ああ」

志穂は思わず声をあげた。

三十そこそこのまだ若い社長だということは聞いていた。が、その年齢よりもさらに若い感じで、どうかすると大学生か予備校生のように見える。若々しいというのではなく、なにか非常に未成熟な印象なのだ。

若くして事業をおこしたというから、もっとやり手で精力的な人物を想像していた。それが想像に反し、もっさりとして、鈍そうな男であるのは意外だった。

が、瀬木が「角新情報資料センター」にいることそれ自体には驚かなかった。

百瀬澄子が残したメモから考えても、「セギ・リサーチ・カンパニー」と「角新情報資料センター」とになんらかの関係があるのは明らかだった。

しかし、

「瀬木さんはこちらの『角新情報資料センター』と何かお仕事のつながりでもあるんですか」

一応はそう聞いてみた。半分は嫌がらせのようなものだ。

「ええ、ええ――」

瀬木はせわしなげにうなずいて、

「お話ししたいことがあるんですが――応接室のほうにいらっしゃいませんか」

「どんなお話でしょう？」

「ええ、まあ、それはまあ、ちょっと――」

瀬木はまともに返事をしようとせず、くるりと背中を向けると、さきにたって歩いていった。

「さっき、応接室を使わせてもらいたい、ということは責任者の方に申しあげました。わたしどもの『セギ・リサーチ・カンパニー』とこちらとは、親しくおつきあいさせてもらっています。それで、まあ、あれです」

瀬木の物言いはどこか混乱していた。それだけ動転している、ということか。

「………」

志穂としてはあとに従うしかない。

応接室に入るなり、

「あんたは胎児の名簿のことをどこで知ったんだ？」

いきなりそう聞いてきた。嚙みつくような口調だった。

「どこでもいいわ。あなたに話さなければならないことじゃない――」

志穂は落ちついていた。

「それより、わたしは胎児の名簿の閲覧を頼んだのよ。じゃましないでくれますか」

「令状は持っているのか」

「変なことというわね。ここは名簿会社でしょう。名簿を閲覧させるのが仕事じゃないかしら」

「拒否することはできる」

「あなたにはできないわ。あなたは『角新情報資料センター』の人間じゃないもの。あなたに名簿を閲覧するのを拒否するどんな権利があるというの？」

「ぼ、ぼくは『角新情報資料センター』とは仕事のうえでごく親しくしている。ぼくの会社では名簿業界に依頼されて名簿のCD－ROMを制作しているところなんだ。き、今日も現にこうして、打ちあわせで『角新』の役員に会いに来てるんだ」

「関係ないわね――」

志穂はいなして、

「いいから胎児の名簿を見せなさい」

「そんなものはない」

「あるわ。なければあなたがそんなにスピッツみたいに騒ぐ必要はないでしょう」

「…………」

「任意提出に応じたほうがいいんじゃない。そのほうが利口だと思うけどな。なんだったら裁判所から捜索差押許可状をとって押収してもいいのよ」

もちろん、これはハッタリだ。

志穂はそもそも〝胎児の名簿〟がどんなものであるか知らないし、それが犯罪に関係しているかどうかも知らない。

そんなあやふやなことで差押許可状を発付してくれる裁判官がいるわけがない。

それに差押許可状の請求ができるのは司法警察員であり、司法巡査の志穂にはその権限が与えられていない。

しかし一般の人間にそんな刑事訴訟法の知識があるはずがない。

このハッタリはきいたようだ。

瀬木は追いつめられた気持ちになったようだ。

ブルブルとあごの贅肉を震わせながら、

「そんなことはさせないぞ。胎児の名簿は法的には何の問題もないんだからな。警察にあれを押収する権利なんかないはずなんだからな――」

泣くような声でそう叫んだのだ。

この瀬木という男は極端にプレッシャーに弱いタチらしい。子供がだだをこねるようにひたすらわめきつづける。

「名簿を閲覧したり、コピーを売ったりすることを取り締まる法律なんかどこにもないんだからな。地方自治体の個人情報保護条例なんかたんなる訓示規定なんだからな。罰則なんかないんだからな――」

「ちょっと、わめくのはやめて」

その大声に閉口し、志穂はさえぎろうとしたが、瀬木は興奮しきっていて、それを耳に入れたかどうかも疑問だった。

「特被部だか何だか知らないけど、胎児の名簿を押収する権利なんかないはずだ。だれにもそんな権利はない。た、た、胎児の名簿がどんなに画期的なものか、おまえなんかにはわからないだろう。凄いんだぞ。ほんとに凄いんだぞ。胎児のときからマーケティング・リサーチのサンプルにできるんだ。胎児の性別、血液型、家庭環境、出産月、両親の保険加入の有無。これがわかるだけでも、どんなに企業の市場戦略を助けることになるか、おまえなんかそんな知識もないだろう。おまえら若い女はみんな頭が空っぽなんだもんな。すこしばかり可愛いからっていい気になるんじゃないよ――」

瀬木はわめきつづける。どうにもとまらない。まるでパッキングのゆるんだ水道の蛇口のようだ。後からあとから、とめどなく言葉がほとばしり出てくるのだ。

「それだけじゃない。遺伝子病の有無、胎教効果の有無、音楽刺激に対する反応の有無、帝王切開か自然分娩か。これをすべて正確に統計サンプリングできるんだぞ。胎児の名簿があれば、十年、二十年の長期スパンで完璧な消費者戦略をたてることができるんだからな。こ、これこそ究極のマーケティング・リサーチじゃないか。胎児の名簿には無限の可能性があるんだ。そ、それをおまえら頭の空っぽな女なんかに

——」

もう我慢できない。

お黙り、と志穂は叫んだ。

叫ばずにはいられなかった。

自分でも思いがけないほどの大きな声だった。

「………」

瀬木はピクンと身を震わせ、おびえたように志穂を見た。

その子供っぽい顔を見ながら、

——要するにこの人は典型的な大人子供なんだ。

そう思った。

才能には恵まれていたが、その才能はあまりにかたよりすぎていた。それが企業をおこすのには役だったが、なまじ成功したために、ついに大人として成熟する機会を逸してしまった。

瀬木はそんな男であるらしい。

「その頭の空っぽな女に相手にされなかったんでしょう。せっかく社長になったのに女の誰からも相手にされなかった。そうじゃないかしら。もしかしたら百瀬澄子にもふられたんじゃないかしら?」

根拠のあることではない。たんに当てずっぽうでいったことだった。

が、どうやら図星だったらしい。

瀬木の顔に傷ついた獣のような表情が浮かんだ。

そして、うめくような声でいった。

「あんな女、どうってことはない。あいつは妊娠してたんだぜ。つきあってくれといったら、わたしは妊娠してるの、ってそういいやがった。とんでもない男好きの浮気女だ。頭の空っぽな女なんだ。だれの子供なんだか。ぼくはあんな女のことなんか何とも思っていないよ」

――やれやれ。

と志穂は胸のなかで苦笑した。

――ひどいふられ方だ。

百瀬澄子は自殺だが、所轄署では念のために遺体を行政解剖に処している。

もちろん妊娠していたなどという事実はない。

瀬木はまがりなりにも雇い主の社長だ。その社長に求愛され、百瀬澄子は追いつめられた気持ちになったにちがいない。むやみに拒否しようものなら、それこそクビにされかねない。

やむをえず、自分は妊娠している、とそう苦しまぎれの嘘をついたのだろうが、若い女がそんな嘘をつくのはよくよくのことだろう。

百瀬澄子はよほど瀬木のことを嫌っていたにちがいない。

彼女の気持ちはよくわかる。

志穂だって、こんな男に求愛されたら、どんな嘘をついてでも逃げだしたい、と思いつめるだろう。

それだけに瀬木のことがいささかかわいそうになってきた。

話を本題に戻すことにした。

「胎児の名簿を見せてもらうわ」

強い口調でそういった。

「…………」

瀬木は怯《ひる》んだようだ。

その顔が青ざめた。

唇を嚙んだ。

そんな表情をするとなおさら子供っぽい顔になる。あまやかされて、わがままいっぱいに育てられた子供の顔だった。

なにか、とてつもなく無残なものを見たような気がして、志穂はその顔から目をそむけずにはいられなかった。

瀬木はキョロキョロと視線を走らせた。そして、

「そ、そうだ。女は、一度、男に犯されると、その男には弱くなるんだよな。男のいいなりになるんだよな——」

そんな突拍子もないことをいいだした。目が三角に吊りあがって、その表情がグロテスクにゆがんだ。まともな大人の顔ではない。エロ週刊誌を読みすぎて、その種のことで頭がいっぱいになってしまった高校生の顔だ。

「そうだ、そうだ、そうなんだ。おまえだってそうなんだ。犯せばいいんだ。女なんか犯してやればいいんだ。そうなんだ」

瀬木の喉から息が洩れた。

両手をあげると、いきなり飛びかかってきた。

志穂はうんざりしていた。

うんざりしていたが、こんな男には手を触れられるのもいやだ。

瀬木の顔に平手打ちをくらわした。

「ヒーッ」

と瀬木は泣き声をあげた。

頰をおさえて、よろよろと後ずさった。

そしてまた、ヒーッ、と泣き声をあげる。

その情けない姿を見て、志穂はなにか自分がいじめっ子にでもなったかのような、そんな罪悪感さえ覚えていた。

そのときドアが開いて、何人かの男たちが部屋に入ってきた。

その先頭にたっている中年男を見て、あっ、専務さん、と瀬木が救われたような声をあげた。

専務と呼ばれるからには、「角新情報資料センター」の人間なのにちがいない。

中年男はなにか沈痛な表情をしていた。

「専務さん、こいつ、この女、こいつが胎児の名簿を――」

瀬木はそう訴えかけて、その言葉を途中で飲み込んだ。

男たちの後ろから、また何人かの男たちが新たに現れたのだ。

そのなかのひとり、小柄な中年男が、じろり、と志穂に視線を走らせてから、

「東京地検特捜部の佐原という者です」

瀬木に向かってそういった。

「ご足労ですが東京地検まで参考人として出頭していただきたいんですが」

3

この日——

六月四日、月曜日。

東京地検特捜部の意を受け、警視庁・刑事部捜査二課が動いた。

捜査二課は、汚職、知能犯、選挙違反などの捜査を担当する部署である。

地検特捜部の意を受けたといっても、国会議員・磯飼勉をめぐる収賄容疑の捜査で動いたわけではない。

賄賂を贈ったと見なされる側、名簿業者たちの引致に動いたのだ。それも表向きは贈賄容疑ではなく、別件の「胎児の名簿」に関連した嫌疑で動いた。

いわば地検特捜部と警視庁捜査二課の二面捜査が開始されたわけだ。

それだけ国会議員がらみの事件捜査はむずかしいのだといえるだろう。

もちろん磯飼本人の捜査に関してはすでに特捜部が十分に捜査を進めている。いや、十分とまではいえないだろう。国会議員を逮捕するのには、どんなに入念に捜査を重ねても十分とはいえない。

国会議員を被疑者とし、逮捕や捜査などの強制捜査に踏み切るには、地検特捜部といえどもそうとうの覚悟を要する。確実に起訴でき、しかも確実に有罪の判決を勝ちとることができると見込めないかぎり、強制捜査には踏み切れない。

そのための事前捜査の入念さは通常の犯罪捜査の比ではない。集められた証拠を検討するのは当然のことだが、それ以外にも、被疑者の政治的な影響力、派閥関係、法務・検察内部の知己関係、政界の動向、世論の反応にいたるまで、ありとあらゆることを事前に検討しなければならない。

それというのも、現行の「政治資金規正法」が、賄賂性をもった金品の受渡しを立証するどころか、むしろその隠れみのとされる場合が多いからだ。こと収賄容疑にかんしては政治家たちはほとんど治外法権に身を置いているといってもいい。

金品の受渡しの事実があったとしても、それが正規の政治献金なのか、たんなる経済行為なのか、あるいは賄賂の性格を持ったものなのか、それを判別するのには十分ではないのだ。

磯飼議員の場合もやはりその捜査の困難さは同じことだった。受渡しの事実はある。名簿業界から磯飼勉議員に流れたカネは数千万にも達するらしい。

磯飼議員は「個人情報保護法」の見直しを論議する衆参両議員・内閣委員会の委員をつとめている。

この内閣委員会で、きちんとした「個人情報保護法」が成立すれば、これまで地方自治体の訓示規定にとどめられていた条例に法的拘束力を持たせ、罰則を科すことができる。

それがつねに、

——現状では見直しの必要なし。

という結論に終わるのは、名簿業界の意を受けた磯飼議員の事前の根回しがあるからだ。事前の根回し、というより、むしろ暗躍といったほうがいいか。

収賄の嫌疑は濃厚だが、にもかかわらず賄賂性をもった現金の受渡しを立証するのはむずかしい。

特捜部が内偵したところでは、名簿業界から渡された数千万の現金は、議員に対して提出を義務づけられている報告書には記載されていない。

これをもってして「報告書虚偽記載」の罪を問うことはできるだろう。

だが、それにしたところで、秘書が処理した、などの理由で否定されれば、議員本人を同法違反で追及するのはむずかしいのだ。

磯飼議員の収賄、および名簿業者の贈賄容疑に関しては、これまで数回にわたり、検察首脳会議で検討されている。

担当検事の佐原の懸命の主張にもかかわらず、これまではいつも、強制捜査に踏み切るまでには捜査が熟していない、という結論に達した。

国会議員がからむ重要事件では、「稟請《りんせい》事項」、「請訓」ないし「報告」についての内部規定があり、すべて法務省刑事局を通じて法務大臣に報告することが義務づけられている。

今回の場合のように、被疑者が与党議員である場合は、どうしても法務大臣から関係者に情報が洩れてしまう。

そのことを考慮すれば、十分に容疑をかためたうえでなければ、強制捜査に踏み切るわけにはいかないのだ。

東京地検特捜部としても慎重なうえにも慎重に捜査を進めなければならない。

が――

名簿業界の意を受け、「セギ・リサーチ・カンパニー」の社長が自分の秘書に賄賂を運ばせたという事実関係を明らかにできれば、捜査は格段の進捗《しんちょく》を示すことになる。

もちろん、現金の受渡しが明らかになったとしても、磯飼議員はあくまでもそれを政治献金として主張するにちがいない。

実際に現金を運んだり、銀行に入金したりした百瀬澄子が自殺しているのだから、特捜部としてもその主張をつき崩すのは決してたやすいことではない。

ただ、ここに「胎児の名簿」という材料がある。

特捜部は「胎児の名簿」に関しては、その存在を早くから把握していた。

いわば特捜部の隠し玉ともいえるものだったのだ。

「胎児の名簿」——

これが各業界、とりわけ教育産業にとってどんなに有効なものであるか、あらためて論じるまでもないだろう。

子供が急減しつつあるこの時代に、全国的な胎児の統計をとることができれば、将来の企業戦略をどれほど有利に働かせることができるか。

「胎児の名簿」に応じて、名門幼稚園、私立小中学校、塾、予備校にいたるまでが、適切に体質の転換をはかることができる。

これだけでも需要は膨大なものだ。

そのほか衣料メーカー、食品メーカー、住宅産業、はては音響オーディオ・メーカーにいたるまで（というのは「胎児の名簿」には胎教音楽刺激に対する胎児の嗜好までが記載されているからだが）、その波及効果にははかり知れないものがある。

人間はたんに統計を構成する数として、市場の消費者としてのみ生きているわけではないのだ。

胎児のときからすでに消費者として名簿に記載されているという事実には、なにか底知れない不気味さのようなものが感じられはしないか。

「胎児の名簿」の存在が世間に明らかにされれば、当然、人々はこれにショックを受けて、嫌悪感を覚えるにちがいない。そのショック、嫌悪感を受け、各マスコミも一斉にこれを非難することが予想された。

地検特捜部としては、これによって世論が盛りあがるのを期待し、捜査の追い風として利用したいという意向があった。

世論を追い風にすれば、国会議員を捜査するときにつきものの有形無形の圧力をかわすのも容易になる。

そのことを考慮し、地検特捜部は警視庁・刑事部捜査二課に「胎児の名簿」の調査を依頼したのだった。

名簿を有料で閲覧させ、コピーを売る行為そのものに関しては、これに対応するものとしては、わずかに自治体の「個人情報保護条例」があるだけだ。

そしてこの「個人情報保護条例」はあまりにも無力で、

——個人情報の取扱いに適正を期し、個人の権利利益を不当に侵害することがないように努めるとともに……区長は、事業者がこの趣旨に著しく反する行為をしていることを知ったときには、この是正又は中止を指導し、又は勧告することができる……とあるが、そこにはどんな罰則も記載されていない。

捜査二課としても、名簿を閲覧させ、コピーを売るという行為そのものを罪に問うことはできないのだ。

しかし——

「胎児の名簿」に関していえば、それを名簿業者に流しているのが、医療関係者、とりわけ医師であるということが、捜査の突破口として有望視された。

いうまでもないことだが医師は患者に対して守秘義務を負っている。胎児本人（というのはつまり、この場合には両親のことだが）の許可を得ずして、胎児のプライバシーを名簿業者に売るのが、職業倫理に反する行為であることは論をまたない。

特捜部の佐原検事は、「胎児の名簿」を業者に売った医師を摘発することで、世論の盛りあがりを喚起しようとした。そして、それをもってして、贈収賄事件捜査の追い風にするのを期待したのだった。

特捜部の要請を受け、警視庁捜査二課は五十人体制の捜査陣を敷いて、名簿業者を引致し、医師の摘発にとりかかったのだ。

「胎児の名簿」を取り扱っている名簿業者は、都内にわずかに三社、いずれもこの業界では大手といえる規模だった。

名簿業界も再編成の時期を迎えていて、いずれはこの三社が市場を寡占することになるといわれていた。

この三社が協同し、「セギ・リサーチ・カンパニー」を窓口にして、磯飼議員に政治献金を贈っていた。

地検特捜部と捜査二課が連携し、この三社の代表、それに瀬木の四名を任意同行し、贈賄容疑と「胎児の名簿」の双方からの取り調べを開始したのだった。

地検特捜部はいわばからめ手から磯飼議員に迫ろうとしていた。

いまは国会会期中なのだ。

憲法の規定により、国会会期中の議員には不逮捕特権が与えられている。

そのことを考慮しても、磯飼議員への強制捜査を急ぐのは、決して得策とはいえなかった……

4

志穂は不運だった。

たまたま特捜部が瀬木たちに任意同行を求める現場に出くわしてしまった。そして、そのことは佐原検事たちの志穂に対する心証をさらに悪くする結果になったらしい。

百瀬澄子の自殺案件の調査から手を引けと佐原検事からいわれている。

ただでさえ志穂は地検特捜部から目のかたきにされているのだ。

瀬木たちが引致されていったあと、

「どうしてあんたがここにいるんだ？　こんなところで何をしているんだ？」

佐原検事はそう尋ねてきた。

声はあいかわらずボソボソと低いが、ほとんど容疑者を問いつめる口調だ。

志穂は百瀬澄子の部屋に残されていたメモのことを話した。

「どうしてそのメモのことをわれわれに報告しなかったんだ？」

佐原検事は不機嫌になった。

「地検特捜部に報告の義務があるとは思いませんでした。わたしは地検特捜部の事情を何も聞かされていません。覚えていますか。わたしは百瀬澄子の調査から手を引けとそういわれたんですよ」

「当然だ。特被部なんかにいいように掻きまわされたんじゃたまらない。現場の状況からいっても百瀬澄子の自殺は動かしようのない事実なんだよ。あんたが何をどういおうとそのことは変わらない」

「わたしが——」

志穂はあっけにとられた。

あっけにとられ、いぶかしんだ。佐原検事はなにを誤解しているのだろう? 志穂はただの一度として百瀬澄子は自殺したのではないなどといったことはない。

「わたしは何もいってません。わたしがいつ百瀬澄子は自殺ではない、なんてそんなことをいいました? わたしも百瀬澄子は自殺したのだとそう思っています」

「そうか。そうだったな——」

佐原検事は目を狭めると、なにか疑わしげな表情になったが、すぐに気をとりなおしたように、

「いずれにせよ、そのメモのことはすぐにわれわれに報告すべきだった。あんたのところの袴田刑事に特捜部のほうの事情は話してあるんだからな。そのことは袴田刑事から聞いていないのか」

「いいえ、聞いていません。それはいつのことですか」

「昨日《きのう》だ」

「今日は袴田刑事とは連絡をとっていません。昨日の今日で、わたしがそんなこと聞いているはずがないじゃないですか。無理なことはいわないでください」

「………………」

これにはさすがに佐原検事も自分の非に気がついたようだ。やや、ひるんだような表情になったが、

「要するに、そのメモから、あんたは『胎児の名簿』のことを知ったとそういうわけか。なんだか、ずいぶん話が都合よすぎる気がするんだがね」

「都合がよかろうが悪かろうが事実は事実です」

志穂は憤然とした。

「まあ、いい。いまは特被部の囮捜査官なんかにかかずらっている暇はない。われわれは忙しいんだ。あんたにはいずれ、地検に来てもらって、ゆっくり話を聞かせてもらうことにしよう」

佐原検事はあごをしゃくって、応接室から出ていけ、と指示した。

まるでノライヌを追い払うような横柄で冷淡なしぐさだ。事実、特被部の囮捜査官などノライヌぐらいにしか思っていないのかもしれない。

「………………」

志穂は屈辱感に体が震えるのを覚えた。唇を嚙んで、拳を握りしめた。

しかし、階級からいえば、一介の司法巡査にすぎない囮捜査官が、特捜検事に逆らえるはずがない。

いわれるままに部屋を出ていくほかはなかった。


この日、東京地検特捜部と警視庁・捜査二課は一斉に、贈賄側の名簿業者たちに任意同行を求めたが、そのための事前調査は万全といえるものだった。

「胎児の名簿」に関しても、どんなルートをたどってそれが名簿業者に流れたのか、あらかたの調査は済んでいたのだ。

全国の主たる総合病院産婦人科、産婦人科医院では、このところ、妊産婦、および出産直後の婦人の精神カウンセリングに意を砕くようになっている。

これは妊婦、出産直後の婦人へのいわゆるインフォームド・コンセントが重視されるようになった現れであるだろう。

これを、

——妊娠中および産後精神分析治療プログラム。

と呼んでいる。

たんに母親ばかりではなく、胎児、新生児に対しても、ある種のカウンセリングが重視されるようになっているのだ。

出産して間もない新生児に、母体血流音を聞かせると、むずかっているのが泣きやむことが確かめられている。

また、妊婦に音楽を聞かせる、いわゆる胎教にしても、現実に、胎児の心搏音、脳波などに好ましい反応を引き起こすことが証明されている。

すでに、こうした妊婦のカウンセリング、胎教システム、新生児のケアを一貫してシステムに組み込んだ「妊娠プログラム」が完成されているのだった。

現在では、全国の主たる総合病院産婦人科、および産婦人科医院が、この「妊娠プログラム」を採り入れているという。

そうはいっても、この「妊娠プログラム」を実施するにあたっては、精神医学治療の高度で微妙な専門的知識が必要とされ、ほとんどの医療機関ではそれを充たすだけの人材を用意していない。

そのために、この「妊娠プログラム」のいわば中枢機関として、「妊娠・産後ストレス・センター」の存在がある。

「妊娠・産後ストレス・センター」は東京浜松町にある。

一日二十四時間、この「妊娠・産後ストレス・センター」に、全国の病院、医院などから、妊婦、出産直後女性、胎児、新生児のデータが送信されてくる。

そしてまた、センターのほうでも、二十四時間、それに対する適切な指示を各機関に送り返しているわけなのだ。

捜査二課の調べではどうも「胎児の名簿」はこの「妊娠・産後ストレス・センター」から流出しているらしいのだ。

捜査二課としては「妊娠・産後ストレス・センター」の関係者から事情を聴取する必要がある。

しかし——

センターの代表はK大医学部の徳永朝彦主任教授であり、社会的にも地位の高い人物だった。

精神医学の分野では文句なしに第一人者であり、警察、検察でもしばしば被疑者の司法精神鑑定を依頼している。

捜査二課としてもうかつに「妊娠・産後ストレス・センター」の内部事情を捜査するわけにはいかなかった。

二課長が徳永教授に連絡をとろうとしたのは、事前に了解をとっておいたほうが賢明だと判断したからだった。

まず自宅に連絡した。

徳永教授は不在だった。

この日は遅くまでK大医学部の精神科研究室に残っているはずだという。

K大に連絡したが、すでに電話交換手は帰宅したあとだった。

直通電話には誰も出ようとしなかった。

なかの人間とは連絡のとりようがない。

やむをえず、直接、K大に向かうことにした。

こうして二課長、および係長のふたりが、K大に向かうことになった。

このときにはすでに夜の七時をまわっていた。

課長、係長のふたりが、わざわざK大まで出向いたのは、それだけ徳永教授の社会的地位に敬意をはらっているからだった。

受付で徳永教授に面会したいと告げた。

ところが、

「いま、徳永先生はどなたにもお会いになれません――」

意外な返事がかえってきた。

「…………」

ふたりの男は顔を見あわせた。

いくら忙しい主任教授といっても警察の人間にも会えないとはどういうことなのか。

係長が食いさがった。

「お手間はとらせません。ほんの十分ぐらいの時間でいいんですが」

「だから先生はいまどなたにもお会いになれないんです――」

受付の男の声がいらだった。

「先生はついさっき倒れたんですよ。わたしには病状まではわかりませんが、すぐに緊急入院なさいました。いまはどなたも面会謝絶なんですよ」

双子の妹　同日

1

夕食は駅前のファーストフード店でハンバーガーで済ませた。

疲れて食欲がなかった。一個のハンバーガーを持てあまし、ようやくウーロン茶で流し込んだ。薬を飲むためにやむをえず食事をしたようなものだ。

もっとも夜になって、すこし気分が回復したようだ。いくらか意識もはっきりしてきたし、喉の痛みも楽になっていた。

ただ夢のなかを歩いているようなとりとめのなさだけは変わらない。

ネオンが滲んで目に染みた。

——死にたい。

ふとそう思い、そんなことを思った自分に狼狽《ろうばい》した。

殺人犯の体に銃弾を撃ち込んだ。そのときの銃声と閃光はいつも頭のなかに刻み込まれている。忘れられない。

——あの男を撃ったのがわたしでなければよかったのに……

いつもそう思う、いまもそう思った。

帰宅したときには九時を過ぎていた。

部屋に入るなり電話が鳴った。

ため息をついた。

いまは誰とも話したくない気分だ。

が、やむをえない。

電話を取った。

袴田からの電話だった。

「いま近所まで来てるんだけどな。ちょっと話があるんだ。これから寄らせてもらってもいいか——」

そういい、急いでつけ加えた。

「もちろん、おれひとりじゃない。宮澤先生も一緒なんだけどな」

「宮澤先生？」

「宮澤佐和子先生だよ」

「どうして袴田さん、宮澤先生のこと知ってるの？」

意外だった。

袴田と宮澤佐和子とに面識があるとは聞いていない。がさつで無愛想な袴田と、優雅で知的な宮澤佐和子とが、とっさに頭のなかでひとつに結びつかなかった。

「ちょっと話があってな。それで連絡させてもらったんだ」

「宮澤先生にどんな用があったの？」

「あんたのことに決まってるじゃないか。あんたのことで話があったんだよ」

「わたしのこと？」

「電話で話してたんじゃらちがあかねえ。すぐに帰るからさ。ちょっと寄らせてもらいたいんだけどな」

「いいよ」

そういえば特捜部の佐原検事が袴田と話をしたとそういった。どんな話をしたのか、志穂もそれを聞きたかった。

電話を切り、キッチンにたって、お茶の支度にとりかかった。

袴田は近くから電話をかけてきたらしい。

五分もしないうちにドアのチャイムが鳴った。

袴田が志穂の部屋を訪ねるのはこれが初めてのことだ。なにか照れくさそうな顔をしていた。

その後ろに宮澤佐和子が立っていた。

ジージャンにストレートのジーンズという飾らない姿なのに、センスがいいからか、その格好がよく長身に映えていた。

「こんばんは――」

佐和子は笑いかけてきた。

「ごめんね。こんな時間に押しかけてきたりして」

「佐和子さん――」

志穂はふと涙ぐみそうになった。

カウンセリングが終わってもう佐和子には会えないと思っていた。思いがけず佐和子に再会し、志穂の胸にあふれるような喜びの念が湧いてきた。

懐かしさ、それに安堵感だ。

自分では気がつかなかったが、志穂はこの数日間で、心身ともに消耗しきっていたらしい。

百瀬澄子がどうして自殺したのか、それを突きとめる調査はほとんど進んでいない。

調べれば調べるほど、百瀬澄子には自殺する理由がないように思えてくるのだ。

無能さを思い知らされ、特捜部の佐原検事からは虫ケラのようにあつかわれ、自分はだれからも必要とされない人間なのだ、という孤立感にうちひしがれた。

そんな挫折感が佐和子を見て一気にいやされるような思いがした。

「はい、おみやげ」

佐和子がにこやかにほほえみながら、ケーキの箱を差し出した。

袴田の話を聞いて、

「多重人格……」

志穂は呆然とした。

思いがけないことというより、いっそ荒唐無稽といったほうがいい。

それをいちがいに笑いとばすことができないのは、事実、このところ意識がとぎれることがよくあったからだ。

集中力に欠け、いつも意識がもうろうとしている。

記憶にも欠落部分が多い。

たとえば――

百瀬澄子のマンションを出て、失神し、徳永のクリニックに運ばれた、あのときの記憶など完全に失われてしまっている。

あのときにクリニックでカウンセリングを受けたのだろうか？　その記憶もない。カウンセリングを受けて、双子の妹のことを話したというのだが、そんなことはかけらも覚えていないのだ。

――志穂の深層心理、はるか下意識の底には、胎児、双胎妊娠のときの記憶が刻み込まれているらしい……

そして、それが双子の妹という、もうひとつの人格になって現れるのだ。そんなことを説明されても、とてもすぐに受け入れられるような話ではない。

――そんなバカなことありっこない。

信じられないのが当然だ。こんな突拍子もない話はこれまで聞いたことがない。

しかし――

もうひとつの人格が現れたときには、志穂本来の人格は消えてしまうのだという。

つまり自分が自分でなくなってしまうということらしい。

そうだとすると志穂にはもう、自分は多重人格ではない、と主張するだけのどんな根拠も残されていないことになる。

多重人格に関しては志穂にはいわばアリバイがない。そこにはいないのだ。そこにいない人間が、どうして多重人格障害などなかった、とそう言いきることができるだろう？

　袴田の話のなかで、心底からショックを受けたのは、百瀬澄子の部屋にあったカップから自分の指紋が検出された、というそのことだった。

　地検特捜部に匿名の女から電話があって、それが北海道なまりだった、というのは何でもないことだ。

　東京には北海道出身の女なんかいくらもいるだろう。

　しかし指紋のことだけはどうにも説明がつかない。

　カップに志穂の指紋が残されていることなどありえないはずだった。

　ありえないはずのことが起こっている。

　多重人格障害でも持ちださないかぎり説明のつかないことだった。

　袴田の話を聞けば、どうして佐原検事があんなにも敵意をあらわに示したか、そのわけもうなずけようというものだ。

　たしかに佐原にしてみれば、志穂になんらかの下心があって、ひそかに動きまわっている、としか思えないのにちがいない。

　――そういえば……

　志穂の胸を冷たいものがかすめた。

　百瀬澄子のマンションを訪れたときの管理人の反応を思いだしたのだ。あの管理人は志穂が以前にも百瀬澄子を訪ねてきたとそう思い込んでいた……

あのときには気にもとめなかったが、志穂は、いや、志穂のもうひとりの人格が、実際に百瀬澄子の部屋を訪れているのではないだろうか。そうだとして、志穂の双子の妹は、百瀬澄子とどんなふうにして知りあい、どんな関係だったのか。

志穂の双子の妹はなにをたくらんで、なにをやろうとしているのか。

――わたしはバカなことを考えている。双子の妹なんかどこにもいない。

そう懸命に否定するのだが、その言葉の端からすぐに、

――わたしはほんとうに多重人格なのだろうか。わたしのなかには双子の妹というもうひとつの人格がひそんでいるのか？

じわじわと恐怖が滲んでくるのだ。

わたしは多重人格なんかではない、そんなバカなことがあるはずがない、とそう思いたい。

思いたいのだが、それではしばしば意識がとぎれ、記憶が中断される、いまの自分の体調をどう説明すればいいのか。

神経症《ノイローゼ》の後遺症というだけでは絶対に説明のつかないことだった。

自分の体がとめどもなく深い穴の底に落ち込んでいくような感覚があった。自分と

いう存在が急にあやふやなものになり、いまにも消えてしまいそうな、そんなはかなさを覚えた。

志穂は呆然としていた。

――自分はほんとうに自分なのか。

そんな根源的ともいえる疑問に突き落とされ、そのなかで凍りついていた。

佐和子はそれまでジッと黙って話を聞いていたが、

「とにかくお母さんに電話をかけて、志穂さんが生まれたときの事情を聞いてみたらどうかしら。お母さんが不妊に悩んで排卵誘発剤を飲んでいたというのは事実でしょう。排卵誘発剤が双胎妊娠を誘発しやすいというのも事実だわ。でも、だからといって、お母さんが確かに双胎妊娠したということにはならない。そのことをお母さんに確かめてみたほうがいいわね」

そうですね、と志穂はうなずいたが、袴田の顔を見て、

「でも、徳永先生はおそらく母もそのことは知らないのではないか、とそういったんでしょう」

「ああ――」

袴田は渋い表情になっていた。

「母もそのことは知らない。当然、わたしもそんなことは聞いていない。でも、わた

しには胎児のときの記憶が残っていた。その下意識の記憶が、ストレスが重なったために、多重人格障害となって飛びだしてきてしまった——そういうことなのだとしたら母に聞いても無駄だと思うんですけど」

「おれには信じられないんだけどな」

袴田は首を振りながら、

「先生、ほんとうに人間には胎児のときの記憶が残ったりするもんですか。そんなことは信じられませんよ。おれなんか先週のことも覚えちゃいない——」

「一般に認められてはいませんけど、胎児のときの記憶が人間の下意識に刻み込まれているという説をとなえる心理学者もいないではありません。最近になって、胎教が見直されつつあるのは、そのせいもあるんです」

「先生はどうなんですか。その説を信じるんですか」

佐和子はそれにはあいまいに首をかしげただけで、答えようとはせず、志穂に目を向けると、

「そうはいっても、それは徳永先生ご自身のご意見でしょう。無駄だと思っても、一応、あなた自身でそのことをたしかめたほうがいい。わたしなんかも経験があることだけど、どうにも物事が八方ふさがりに行きづまったように思えるとき、それを解く鍵はすぐ目のまえにあることが多いものよ。発想を転換するのね。目のまえにあるも

のを、ちょっと引っくり返してみれば、あんがい、かんたんに解決してしまう。それは論文を書くのも、犯罪の捜査をするのでも同じことだと思うんだけど――」

真摯《しんし》な声でそういった。

2

「わかりました。そうします」

志穂はうなずいて、立ちあがった。

母親に電話を入れた。

が、残念ながら、やはり母親の話からはどんな収穫も得ることができなかった。

志穂をさずかる以前、不妊に悩んで、排卵誘発剤を飲んでいた。

しかし、双子をはらんだという話は聞いていない。

母親のかかった産婦人科医は、ただ順調ですと繰り返すばかりで、どう順調なのか、それを説明してくれるような人ではなかったらしい。

当時のことを知ろうにも、すでにその医師は亡くなっているし、いまは息子が病院を継いではいるが、二十数年もまえのカルテが残されているとは思えない。

母親に心配をかけたくはない。多重人格障害のことは話さなかった。

それで母親のほうも、何ということもない雑談ぐらいにしか思わなかったらしく、女どうしのあけすけさで、

「そのころのわたしは月経不順でね。よく遅れることがあって、そのたびに妊娠じゃないかと喜んで、産婦人科に駆け込んだ。それだけ子供が欲しかったんだねえ。産婦人科の先生も気の毒に思ったらしく、それで不妊の相談に乗ってくださったんだよ。それだけに志穂ちゃんを授かったときにはほんとうに嬉しかった——」

そんなことまで話した。

志穂は「おやすみなさい」をいい、たまには帰っておいでよ、といつものように母親がそういうのを適当に受けながして、電話を切った。

ふたりには母親との話の内容を告げ、

「でも、わたしがほんとうに双子だったとして、しかも、もうひとりが母親の胎内で消えてしまったかもしれない、なんて思うと、なんだかとても淋しい気持ちにかられるわ。胎児が母親のお腹《なか》のなかからひっそりと消えてしまう。せっかく命を授かったのに、誰からも愛されないまま消えてしまうなんて、こんな残酷な話はないんじゃないかしら。そんなの想像するだけでも、とても孤独でいやな気持ちになってしまう」

志穂は悄然《しょうぜん》とうなだれた。

「……………」

袴田と佐和子は顔を見あわせた。

口に出してはいわない。

しかし、このとき袴田は漠然とこんなことを考えていた。

こんなことを、だ。

——心理学者のなかには人間には胎児のときの記憶が残っているという説をとなえる者がいるという。宮澤佐和子はそういった。

双胎妊娠のひとりが生きて、もうひとりが消えた。

志穂は生きて、成長した。

本人は意識することはないが、その下意識の底に胎児の記憶が残された。

自分はこうして生きている。

しかし、双子の妹はついに人間になることさえなかった。

その罪悪感が刻み込まれてしまった。

そして、その罪悪感が、過酷な精神的ストレスにさらされているうちに、ついに多重人格障害として噴きだしてしまった。

この世に一度として生まれなかったはずの双子の妹が、志穂の人格を乗っ取ってしまったのだ……

とても現実のこととは思えない。妄想といっていいだろう。

が、現に、志穂の身には多重人格障害があるとしか思えない事態が生じているのだ。

志穂に双子の妹に対する罪悪感があるのは明らかだった。

だからこそ、いまもこうして悄然とうなだれているのではないか。

その姿を見ると、徳永教授が志穂にくだした多重人格障害という診断を信じざるをえない気持ちになってくる。

おそらく、いま、佐和子も袴田と同じことを考えているのではないか。

しかし、袴田は、志穂の気持ちをおもんぱかって、いまは多重人格障害のことに触れるのを避けた。

「双胎妊娠、というんですか。その双子の胎児のうちのひとりが胎内で死んでしまうという例はよくあることなんですか」

佐和子にそう尋ねてみた。

「双胎の一児が胎内死亡する頻度は一般に高いといわれてるけど、そのくわしい数値まではでていないんじゃないでしょうか。〇・五パーセントから八パーセントという数値を見たことがありますが、かなりばらつきがあって、信用できません――」

佐和子はそう答え、

「双胎妊娠はハイリスク妊娠です。妊娠中毒症も多いですし、早産未熟児や低出生体重児の出生率が高いという統計もあります。双子の胎児のひとりが死亡する例が多いのだとしたら、それはもしかしたら、母体をまもるための自然の摂理なのかもしれませんね」

「医師が、母体の安全をまもるために、双子の胎児のうちのひとりだけを死亡させる、ということなども行われているのでしょうか」

ふと思いついて、そう尋ねたのだが、袴田自身にもどうしてそんなことを聞く気になったのかよくわからないことだった。

「母体の安全を期すために、双胎の一児を胎内死亡させる？　帝王切開とか掻爬《そうは》手術とかそういうことでしょうか」

佐和子は眉をひそめ、

「母体が危険だから、そんな手術をほどこすということは、まず考えられません。そうした手術のほうがよほど母体には危険なはずですからね。そもそも矛盾していますよ。双胎妊娠を理由にして、そういう処置をするという話は聞いたことがありませんね」

「それでは母体に危険がおよばない方法で、双子のうちのひとりの胎児を誰かが意図的に死亡させる、という方法はありませんか」

「だって母胎というのは一種の密室ですよ。世界最小の密室でしょうね。切開もしない、掻爬もしない、というのは、つまりはその密室を内側から鍵をかけたままにしておく、ということでしょう。それでどうやって胎児を死亡させるんですか。そんなことは不可能ですよ」

「たとえば母親に薬を飲ませるとか、腹部に超音波を照射するとか——」

「それはできるでしょう。堕胎の方法はいくらもありますからね。でも、双子のうちのひとりだけを死亡させるなんて、そんな都合のいい方法があるはずがありません」

「そうですか。いや、そうでしょうね」

袴田はうなずいた。

うなずいたが、必ずしも納得はしていない。

どうしてそんなことを聞いたのか、自分でもわからない。胸のなかに何かもやもやしたものがあって——としか説明しようのないことだった。

あるいは刑事の妙な職業意識が働いたとでもいえばいいか。

ふとおかしなことを考えた。

——双子のひとりが胎内死亡し、もうひとりが無事に生まれた……

ただ、それだけのことで、多重人格障害を引き起こすほどの罪悪感がもうひとりの胎児の深層心理に刻み込まれるものだろうか。母体をまもるために、あるいは双子のもうひとりを救うために、ひとりを殺したとでもいうような事情をあとから聞かされでもしないかぎり、それほど深い罪悪感が刻みつけられることはないのではないか。

たしかに佐和子のいうとおり、母胎は世界最小の密室であるだろう。その世界最小の密室のなかで、母胎を切開することもなく、また掻爬することもなく、双子のうちのひとりだけ意図的に殺害するなどということができるはずがない。

志穂が妙な顔をして、

「どうしてそんなことを聞くの？」

と尋ねてきた。

いや、まあ、どうってことはないんだが、と袴田はあいまいに言葉を濁した。

たしかに、どうということはない。

ただ奇妙に気持ちの底に引っかかるものを覚えるだけだ……

3

そのとき佐和子のジーンズのポケットで携帯電話のベルが鳴った。

佐和子は、ごめんなさい、と断って、携帯電話を耳に当てた。

「はい、宮澤です——」

相手が何かいい、佐和子の顔が見るみるこわばった。

話はすぐに終わったらしい。

「わかりました。どうもご連絡をいただいてありがとうございました」

佐和子はそう礼をいったが、その声も緊張してこわばっていた。

佐和子は携帯電話をジーンズのポケットに戻した。

「ごめんなさい。急用なの、わたし失礼させていただくわ――」

いつもの佐和子に似あわない動転ぶりだ。その顔色が変わっていた。

「どうかしたんですか」

志穂が聞いた。

「徳永先生が倒れたというのよ」

「徳永先生が……」

「うん、広尾のK病院に緊急入院したというんだけどね。脳溢血らしいというんだけど、はっきりしたことはわからない――」

佐和子は髪の毛をかきあげながら、

「ごめんなさい。ちょっと顔を洗わせていただいていいかしら。わたし、なんだか頭がぼんやりしてしまって――」

「どうぞ使ってください」

「ありがとう」

佐和子は弱々しい微笑を浮かべた。浴室に向かう足どりがふらついていた。

やがて浴室から戻ってくると、そそくさと玄関に向かった。

「先生にはK大の精神科でいろいろ教えていただいたし、イリノイ大学医学部に留学するときにもお世話になったわ。『妊娠・産後ストレス・センター』を設立するときにも責任者になっていただいた。わたしにとっては恩師なのよ」

よほど徳永が倒れたのがショックだったようだ。その声がかすれてうわずっていた。

袴田も立ちあがると、

「これからK病院に行かれるんですか」

「いえ、今夜は面会謝絶なんだそうです。とりあえず浜松町の『妊娠・産後ストレス・センター』で待機することにします。あそこだったらここからも近いし、広尾のK病院にも近い。あそこには泊る部屋なんかもあるんです」

「いや、それにしてもずいぶん急なことですな。徳永先生とはお話ししたばかりだ。そのときにはお元気そうに見えたが、人間なんてわからんもんだ――」

袴田はそんなじじむさい感想を述べ、

「おれも帰ることにするよ」

とこれは志穂に向かっていう。妙にあたふたとしている。

「帰るの？」

「ああ」

「まだ終電あるかな」

「あってもなくても帰る」

「それはそうなんだけど……」

こんなときに不謹慎だが、志穂はくすりと笑いをもらした。

つまり、袴田はこの男なりに、深夜、若い娘の部屋にひとりで残るのはまずいとそう考えたのだろう。

正直、志穂はこれまで袴田をたんなる同僚のひとりとだけ考えて、異性として意識したことなど一度もない。はっきりいって男性の範疇《はんちゅう》に入っていないのだ。ずいぶんしょってるとおかしかったが、志穂が袴田のことをどう考えようと、袴田にしてみれば、やはりひとりの男として行動せざるをえないのだろう。

「ごめんね、今夜はゆっくり相談に乗ってあげるつもりだったんだけど――」

佐和子は靴を履いて、ドアを開けると、

「あまり思いつめないほうがいいよ。徳永先生がそう診断しただけで、まだ多重人格障害だって決まったわけじゃないんだから。診断をくだすのは、ちゃんとした検査を済ませてからでも遅くない。それまであまり自分を追いつめるようなことはしないで」

「ありがとう。でも、大丈夫です。わたし、こう見えてもずうずうしいほうですから。

心配しないでください」

志穂はけなげに笑う。

「わたしはあなたのことを多重人格障害だなんて思っていない。たしかに徳永先生は有能よ。精神科医としてあんな有能な人はいないけど、それでも神様じゃない。誤りはあるはずよ」

佐和子はそんな志穂をいたましげに見ながら、

「あなた、喉がかれてるよ。疲れてるのね。今夜はなにも考えずに、ゆっくりお風呂にでも入って休んだほうがいい」

「はい、そうします。佐和子さん――」

「うん」

「いろいろとありがとう」

いいのよ、と佐和子は微笑んで、

「おやすみなさい」

部屋を出ていった。

そのときには袴田も靴を履いていた。ドアのノブに手をかけて、

「宮澤先生のいうとおりだ。まだ多重人格障害だって決まったわけじゃない。おれはこんな人間だからな。ひとりの人間の人格がべつの人間の人格にすり替わる、なんて

どうも信じられない。眉ツバものだぜ。そんなことがあるものか。何もいまからくよくよすることはねえよ。できの悪い頭であれこれ悩んだところでろくなことにはならねえ」

ぶっきらぼうで、情が感じられないのはいつものことだが、この男にしてみれば、これで精一杯の慰めのつもりなのだろう。

「できの悪い頭でわるかったね」

「先生のいうとおりだ。今夜は風呂にでも入って寝ちまえ」

「うん、そうする。ありがとう、おやすみなさい」

「ああ」

と喉の底でうなり声をあげるようにし、袴田はそそくさと部屋を出ていった。

「…………」

志穂はひとりになった。

急に淋しさがこみあげてきた。

しかし、女のひとり暮らしが淋しいのはいつものことで、いまさら、そんなことで悩んだりはしない。

そうでなくてもいまの志穂には悩むべきことが数えきれないほどあるのだ。

マンションを出たときには、すでにどこにも宮澤佐和子の姿はなかった。

タクシーを拾って、急いで浜松町に向かったのだろう。

——宮澤先生、ずいぶん慌てふためいていたな。

その動転ぶりは異常なほどだった。

さて、袴田はどうしたらいいか。

袴田の家は千葉の郊外にある。

タクシーで帰宅するには遠すぎる。

帰ったところで誰が待っているわけでもない。

そんなカネがあるなら、どこかで飲んだほうがましだ。

どうやら今夜もサウナかカプセル・ホテルで一夜を過ごすことになりそうだ。

とりあえず駅のほうに向かった。

——徳永教授が倒れた。

そのことを考えた。

徳永とはきのう話をしたばかりだ。

話をしたかぎりでは、とても緊急入院するような、そんなさしせまった体調には見えなかったのだが……

歩きながら、ぼんやりと徳永のことを考えつづけた。

そう、体の調子が悪いようには見えなかった。

むしろ元気そうに見えた。

ただ――

膝をつきあわせて話をしながら、徳永教授がどこかここではない、べつの場所に身を置いて話しているような、そんな独特な印象をうけた。

なにか存在感が希薄な感じなのだ。

妙といえば、そのことだけは妙といえるかもしれない。

――待てよ。

ふと何かが頭のなかをかすめた。

以前にもあんな印象を受ける人間と話をしたことがある。

あれは誰だったろう?

思いだそうとしたが、それだけの余裕がなかった。

目のまえに人影が立ちふさがった。

「ずいぶん長いあいだ、北見志穂の部屋にいたじゃないか。あの宮澤佐和子という女先生と一緒にどんな話をしてたのかね」

とその人影がボソボソとした声で聞いていた。

佐原検事だった。

「………」

袴田は返事をしなかった。

この特捜検事のあまりの神出鬼没ぶりに、さすがにあっけにとられていた。

佐原検事も返事を期待しているわけではないだろう。

ただ風のなかに肩をすぼめ、相手が言葉をつづけるのを待っていた。

「磯飼勉の件なんだがね。どうやら強制捜査に踏み切るのはむずかしそうだよ。国会会期中ということもあるが、それよりも何よりも捜査方針の変更を余儀なくされたものだからね――」

佐原はタバコに火をつけ、その煙りをゆっくりと吐きだしながら、

「北見志穂から『胎児の名簿』のことは聞いてるだろう？　われわれはその『胎児の名簿』を捜査の追い風に使おうと考えていた。ところが『胎児の名簿』がどこからどう流出したのか、それを調べることがむずかしくなってしまったんだよ」

「………」

「どうも『胎児の名簿』は『妊娠・産後ストレス・センター』というところから流出したらしい。われわれとしてはその『妊娠・産後ストレス・センター』を調査すればいいんだが、かんじんの責任者が緊急入院してしまったんだよ」

「『妊娠・産後ストレス・センター』……徳永教授……」

「ほう、やっぱり知ってたか」

佐原の声が低くなり、

「『胎児の名簿』が『妊娠・産後ストレス・センター』からどういう経路で流れたか、われわれはそれを調べる予定でいた。ところが責任者が緊急入院して、それがむずかしくなった」

「…………」

「こういう贈収賄事件では、事件の関係者が緊急入院して、面会謝絶になってしまうのはよくあることなんだ。ほんとうに緊急入院の必要があるのかどうか、とにかく面会謝絶だといわれれば、われわれ検察の人間にもそれ以上どうすることもできない」

「…………」

「『胎児の名簿』は、法的には何の問題もないが、道義的には大いに問題がある。そうじゃないかね。われわれとしては、それをてこにして、磯飼に揺さぶりをかけるつもりだったんだが。かんじんの『妊娠・産後ストレス・センター』の責任者が入院しちまったんではそれもむずかしい――」

佐原の声に無念の響きがにじんだ。

「磯飼はしたたかな代議士だからな。どんなに収賄の嫌疑が濃くても、それをすべて政治献金ということで強引に押し切ってしまうだろう。名簿業者たちは磯飼に金を運んだことは認めているが、そのことで磯飼から何らかの政治的便宜を受けたということは認めていない。贈賄、収賄、双方が、たんなる後援会への政治献金ということで押し切ろうとしているんだ。また一からやりなおしだよ」

「残念ですな」

　袴田はボソリといった。

「ああ、残念だ――」

　佐原はうなずいて、

「もちろん、こんなことぐらいで地検特捜部は磯飼を検挙するのをあきらめたりはしないがね。あきらめはしないが、とりあえず、いまのところは強制捜査に踏み切るのは見送ったほうがいいとそういうことだ」

「…………」

「この事件の裏では何かが進行していた。たんなる政治家の贈収賄事件だけではないか何かだ。そして特被部の北見志穂捜査官がその何かに関係していたことは間違いないんだ」

「…………」

「なんでもあんたは昨日、徳永と話をしていたというじゃないか。このこともかんぐろうと思えばいくらでもかんぐれる。そうじゃないか」

「偶然ですよ。そこまでかんぐられたんじゃやってられない」

「あいにく、そこまでかんぐるのがわれわれの仕事なんでね」

「何にしても」

と袴田はいった。

「残念なことでしたね」

「そう、非常に残念だよ」

佐原検事はそうくりかえし、タバコを投げ捨てると、ふいに袴田に背を向けた。

そして、ひっそりと立ち去っていった。

袴田ひとりがとり残された。

袴田と、そしてそのやりきれない思いだけが――


風呂に入るまえに、すこし部屋を片づけ、洗濯物を洗濯機に放り込んだ。

多重人格障害のことを知って、目のまえが真っ暗になるような動揺にみまわれた。

こんなときには家事をすればいい。そうすれば多少は気持ちが落ちつく。

いわば、ひとり暮らしの知恵のようなものだ。

それが終わってから、バスタブに湯を入れたので、風呂に入るのが遅くなった。

すこし熱めの湯をはって、そのなかにゆったりと体を沈めた。

こんな仕事をしているといつ電話があるかわからない。

そう考えて、風呂場にもコードレスホンを持っていくことにしているのだが、いまはその電話を見るのがおぞましかった。

——わたしは疲れているんだからね。今夜はもう鳴らないでね。

電話にそういいきかせ、浴室の鏡に映る自分の顔を見つめた。

二十三歳の女の顔だ。

もしかしたら多重人格障害をわずらっているかもしれない女の顔だ。

なにか心細げな顔をしていた。迷子の女の子の顔だ。

「…………」

志穂は風呂に入ったまま、いつまでも自分の顔を見つめていた。

聴姦　一週間前

1

六月五日、火曜日。

午前二時——

ゆるやかに体をのばしバスタブの湯に浸っている。

全身の筋肉からしこりが溶けて流れでるような心地よさだ。自分がどんなに心身ともに疲れきっているか、それをあらためて思い知らされる気がした。

視線を浴室にさまよわせる。

湯気がモヤのようにかすんで浴室に拡がっている。そのぼんやりと湯気がたちこめるなか、浴室の明かりが湯に映えて、さざ波のようにきらきらと光っていた。

ユニット式のバスだ。

バスタブがあり、シャワーがある。

シャワーの下には鏡がはめ込まれていて、その鏡にバスタブのなかの自分の姿が映っている。

顔、喉、首から肩にかけての、優しくなだらかな曲線が、湯気にぼんやりと白く滲んでいた。

鏡に映ったその顔を見るとはなしに見ている……

明かりが瞬いた。

蛍光灯が切れかかっているのか。

天井の明かりを見て、その視線を鏡に移したときにはもう――

双子の妹が来ていた。

わたしよ、と双子の妹はそういい、鏡のなかの顔がクスクスと笑った。

浴室にコードレスホンを持ち込んでいてバスタブに入ったまま電話をかけられるようになっている。

その受話器を反射的にとったのはどういうわけか。

だれかに救いを求めようとしたのか。

それともせめて現実の受話器を握りしめることで自分の正気を保とうとしたのか。

わからない。

プッシュホンのナンバーを押したろうか。誰かに電話をかけたのか。かけた気もするが、電話をかけたのはすでにわたしではなく、双子の妹に代わっている。そして電話のむこうでは、わたしが——双子の姉が——こう叫んでいるのだ。


だめよ。来ないで!

どうしたの、姉さん、なにをそんなに慌てているの？　わたしよ、姉さん。あなたの双子の妹よ。嬉しくないの？　鏡のなかの妹がクスクスと笑う。
わたしには
姉さんには？
双子の妹なんかいないわ
あら、ずいぶんじゃない、姉さん、そんなのないよ。わたしはここにいる。いつも姉さんと一緒にいるわ。わたしはあなた、あなたはわたし、いつも一緒じゃない。そんなことは姉さんだって知ってるはずよ。

知らない、そんなことは知らない

知ってるはずよ。ただそのことを自分で認めるのがいやなだけ。だって姉さんはわたしを殺したんだもんね。わたしたちはおなじ母さんのお腹のなかにいた。それなのに姉さんはわたしを殺した。双胎妊娠はハイリスク妊娠だもんね。母さんの体をまもるためにやむをえず双子のひとりを殺したんだもんね。だけど、そんなのは嘘っぱちよ。ほんとはそうじゃない。姉さんはわたしに嫉妬してたんだ。わたしのほうがきれいだから。わたしのほうが可愛いから。だからわたしを殺したんだわ。

双子の胎児をひとりだけ殺すなんて、そんなことできっこない

できないかもしれない。でも、わたしは現にこうして殺されて、とうとう一度もこの世に生まれることがなかった。わたしだって生きたかったのに。恋もしたかったし、おいしいものも食べたかったのに。わたしは生まれなくて姉さんは生まれた。ねえ、

これって不公平だと思わない？　ぜったいに不公平だよね、と鏡のなかの妹はそういうのだが、それはもしかしたら妹ではなく、わたしがいっているのかもしれない。

姉さん、姉さん、姉さん。

わたしを
そんなふうに呼ばないで
わたしには
妹なんかいない
いないのよ

湯があふれる。
意識がとぎれる。
その寸前に、
また声が、
姉さん、姉さん。

だから、いったでしょ。
わたしには妹なんかいない
いないのよ

…………

……


目を開ける。

ぼんやりと浴室を見つめる。

視線が迷子のようにさまよう。

シャワーのノズルが床に落ちている。湯が出っぱなしになっていた。噴き出す湯が壁に撥《は》ねていた。その音が浴室にくぐもって響いていた。

志穂はバスタブに入っている。受話器を持っていた。その手を床にたらしていた。

すでに湯はぬるくなっていた。

――わたしはどうしたんだろう？

自問する。

このところ、しばしば起こることだが、また意識がとぎれたらしい。意識がとぎれ、バスタブのなかで気を失っていた。

そして双子の妹の声を聞いた。いや。声を聞いたばかりではない。それだけではない。

そういえば宮澤佐和子がこんなことをいっていた。

多重人格障害者は共通して〝声〟を聞くのだという。そのために欧米でもこれまで統合失調症患者と混同されることが多かった。しかし、多重人格障害者の場合は頭のなかで声が聞こえる。統合失調症のように外から聞こえるということはないらしい。統合失調症の場合はたんなる幻聴として片づけていい。が、多重人格障害者に聞こえる声は、その人間のなかにひそんでいる別の人格が話しかけてくる声なのだという。

べつの人格が……

双子の妹が。

――そんなのは嘘だ。わたしは夢をみていたんだ。そうだ。わたしは夢をみていた。ただ、それだけのことなんだ。

そう自分にいいきかせたが、それが自己欺瞞《ぎまん》でしかないことは、誰よりもよく志穂自身がわかっている。

それというのも――

鏡に、

「…………」

志穂の目は鏡にそそがれている。その目がまじまじと見ひらかれている。

浴室に入ったときには鏡にそんな文字は記されていなかった。しかし、いまは湯気で曇った鏡の表面に、うすく文字が浮きでているのだった。

足立区鹿浜　江南コーポB棟53

どうやらマンションらしいが、それが何を意味しているのかはわからない。わからないが、浴室には志穂ひとりしかいない。ほかには誰もいない。

そして、志穂が浴室に入ったときには、鏡にそんな文字は記されていなかった。

つまり志穂が自分でそれを鏡に書いたとしか思えないのだ。

志穂が、あるいは双子の妹が——

頭がしびれたようになって何も考えることができない。その麻痺したような意識のなかに、多重人格障害、という言葉だけが血のように赤く滲んで浮きでていた。

——多重人格障害。

ふいに手が跳ねあがる。シャワーのノズルを拾いあげる。鏡にシャワーの湯を噴きかける。湯に文字がにじんで、溶け、そして消える。あとには何も残らない。

ぼんやりとつぶやいた。

「足立区鹿浜、江南コーポB棟53……」

2

そのマンションは荒川沿いにある。
四棟ならんで建っていた。
環七通り、鹿浜橋の近くだった。
団地の多い地域だ。
そこかしこに点々とコンクリートの箱がならんでいる。
残酷なほどまばゆい日の光のなかに墓石のように影をきざんでいた。
志穂はそこを行く。
荒川がぎらついている。
アスファルトが陽炎《かげろう》を噴いていた。
喉がひりひりと痛い。
喉頭炎の薬を飲んでいる。
しかし、きかない。

頭が鉄の環を塡められたように重い。

我慢できずに目を閉じる。

瞼の裏にマンションの残像が浮かぶ。

どうしてか残像は十字架をきざんでいる。

双子の妹を殺し、自分だけが生まれた——十字架はその罪を責めてひっそりと揺れていた……

B棟53号室。

志穂はそのドアのまえに立った。

これだけでもう消耗しきっている。膝が折れそうで、いまにも失神しそうだった。

表札は出ていない。

赤っぽい土製の鉢がドアの脇に置かれてあった。

ここで何が志穂を待っているのか？　双子の妹は志穂に何を告げようとしていたのか？

ドアのチャイムを鳴らす。

そして待つ。

しかし部屋はしんと静まりかえっている。応答の声はない。

またドア・チャイムを鳴らす。

二度、三度と鳴らすうちに、急速に狂おしい思いがつのってくる。頭のなかで何かがプツンと音をたててちぎれた。目がくらむ。自制がきかなくなり、ひたすらチャイムを鳴らしつづける。

頭のなかのどこかで双子の妹がそんな志穂を笑っていた。

隣りのドアが荒々しく開いた。

女が顔を覗かせる。

若くはない。が、中年と呼ぶにはまだ間があるようだ。

女の顔は険しい。

うるさくチャイムを鳴らしつづけたのだ。怒るのが当然だった。

「お隣りは引っ越しましたよ。もう誰もいませんよ――」

そう乱暴な口調でいい、志穂の顔を見て、あら、とつぶやき、けげんそうな表情になった。

「うるさくて申し訳ありません。お隣りにはどういう方がいらっしゃったのでしょう？　どちらに越されたんですか」

志穂がそう尋ねると、なおさらけげんそうな顔になり、

「どうしてそんなこと聞くのよ」

そう突っけんどんな口調でいう。

「どうしてって？」

志穂はとほうにくれる。

——この人は何をこんなに気を悪くしているのだろう？

「からかわないでよね。何のつもり？　隣りに住んでいたのはあなたじゃないの。あなたがどこに引っ越したか、それはあなたがいちばんよく知ってるはずじゃないの」

女は乱暴にドアを閉める。

その、がしゃん、という音が志穂の頭のなかに響く。いつまでも響いて残る。

——何だ、そうなんだ。

志穂はクスクスと笑う。

女がからかわれたと思うのも当然だ。この部屋にいたのはわたしなのだ。正確には、わたしのなかにひそんでいる双子の妹。妹は（わたしは）鏡に自分の住んでいたマンションの名を書き残した。わたしが双子の妹になっていたときにこの部屋に住んでいた……

そういえば、いまの女、なんとはなしに親近感のようなものを感じた。わたしは初対面だが、おそらく妹は何度か顔をあわせたことがあるのだろう。つまり初対面だが、初対面ではない。

自分の部屋なら遠慮はいらない。

ノブをひねってドアを開けようとする。

鍵がかかっていた。

反射的に体が動いた。

身をかがめて鉢をひっくり返す。

そこに鍵があった。

わたしが、というか、妹の人格が、この部屋を使っていたのだ。鍵がどこにあるのか知っていて当たりまえだ。

ドアを開けて、部屋に入る。

台所に六畳の１ＤＫだ。

なるほど、たしかに引っ越したあとのようだ。

台所にも、六畳の部屋にも、茶碗一個残されていない。

ただもう、がらんとしていた。

窓にカーテンが残っていた。

志穂の好きな柄のカーテンだった。

双子の姉妹だけのことはある。

姉と妹、やはりセンスが似ている。

——あなた、こんなところに住んでいたの？　バカね。もう少しちゃんとしたところに住めばいいのに。
窓が開いている。
風が吹き込んで、カーテンがふわふわと揺れていた。
それが志穂の目には双子の姉妹が抱きあって踊っているように見えた。
ドレスの裾さばきもあざやかに、ふたりの姉妹がワルツを踊っている。
「ラララ、ラ、ララ――」
メロディを口ずさんで、またクスクスと笑う。
ふと畳のうえに白い袋が落ちているのに気がついた。
医院から患者に渡される薬の袋だ。どうやら袋は空っぽのようだ。
土足のまま六畳にあがる。
どうせわたしの住んでいた部屋なのだ。かまったことじゃない。
「………」
袋を拾って、そこに印刷されている医院の名を読んだ。
十条愛児院・産婦人科クリニック
住所は北区の神谷になっている。足立区のこのマンションとは荒川をはさんですぐ近くぐらいだろう。

「やあねえ。あなた、まさか赤ちゃんができたんじゃないでしょうね——」

志穂は笑いだした。

いつまでも、いつまでもクスクスと笑いつづけていた。

3

埼玉県から東京都に入ったあたりで荒川は隅田川に分流する。

その隅田川に面して「十条愛児院・産婦人科クリニック」はある。

環七通りが国道122号線と交差するあたりだ。

江南コーポからはタクシーでほんの十分たらずの距離だった。

思ったより立派な産婦人科医院だ。

四階建て、外から見るかぎり、病室はホテルなみの造りらしい。

金持ち相手にベッドの差額料で儲けている医院なのだろう。

志穂は、

——妹は産婦人科なんかに何の用があったんだろう？

そのことがいぶかしい。

妹が妊娠しているはずがない。そのことは志穂がいちばんよく承知している。志穂と妹はおなじ体を分けあっているのだから。

医院に入った。

「…………」

玄関にたたずんで、ぼんやりと医院のなかを見まわした。

玄関は広いとはいえないが、床に大理石が敷きつめられ、ホテルのロビーなみの豪華さだ。

右手に受付、左手にトイレ――

玄関を入るとすぐに、通路は二方向に分かれる。

ひとつは玄関からまっすぐつらなり、正面奥に突きあたっている。もうひとつの通路は受付の窓口を角にして右に折れている。

玄関から入って右に折れる通路には、受付とならんで薬局がある。

どうやら右奥が診察室になっているらしい。

正面通路は左手に立派なソファを配し、そのソファに面して右手に、新生児室の大きな窓が設けられている。

出産を終えた女性、あるいはその家族は、そのソファにすわって、新生児室の赤ん坊を見ることができるというわけだろう。

正面奥は突きあたり、そこで通路はまた右に折れている。その右に折れた通路にも、やはり新生児室に面して、ソファが置かれてあるらしい。ソファは二つあるということか。玄関からそのソファの端だけ見ることができた。

玄関に出入りしている妊婦も、通路を行き来している看護師たちも、みな上品でもの静かで、なにか産婦人科医院というより、高級エステのような印象を受ける。

玄関を入ってすぐ左手にあるトイレも、入口に豪華な花が飾られ、やはりホテルのトイレのような印象だ。

壁際に寄せて、移動式の大きな姿見が置かれてある。

妊婦が要望すれば、いつでも姿見の鏡を個室に運び込むというわけなのだろう。いたれりつくせりだ。

志穂は玄関にたたずんで、

——ここでわたしは何をすればいいのだろう？

ぼんやりとそう自問している。

双子の妹が志穂をここに連れてきた。そのことは間違いない。

浴室の鏡に自分のマンション名を記して、その部屋に「十条愛児院・産婦人科クリニック」の薬袋を残した。

すべてが計算されたうえでのことだろう。

双子の妹はなんらかの目的があって志穂をここまで導いてきたのだ。

しかし、その目的とは何なのか？　双子の妹は志穂に何をやらせるつもりなのか。

――わたしはここで何をやればいいの。どうしてわたしをここに連れてきたの。あなたはわたしに何をやらせたいの？

志穂は頭のなかで、自分のなかに潜んでいるもうひとりの人格、双子の妹にしきりにそう問いかけていた。

そんな志穂の様子をいぶかしんでか、

「あのう、なにかお困りのことでもおありなんでしょうか」

受付の女の子が窓口からそう声をかけてきた。

「いえ、そんなことはありません。大丈夫です。ありがとう――」

志穂は礼をいう。

「…………」

それでも女の子はしばらく、うさん臭そうに志穂のことを見ていたが、やがて窓口から引っ込んだ。

女の子は引っ込んだが、志穂はそれでも受付の窓口をジッと見つめている。

窓のうえに「妊娠中および産後・精神カウンセリング実施医院」の表示がある。

どうやら、この医院においても、宮澤佐和子が開発し、徳永教授がセンターの責任者となっている「精神分析治療プログラム」が採用されているらしい。
ということは、この医院からも「胎児の名簿」のデータが名簿業者に流れたという
ことになるわけか。
「…………」
一瞬、何かがわかったような気がしたが、すぐに、何もわかったわけではない、と
そう思いなおした。
現在、全国の主たる産婦人科医院は、そのほとんどが「妊娠中および産後精神分析
治療プログラム」を積極的に採り入れているという。
出産数が激減し、経営難におちいっている産婦人科医院も少なくないと聞いた。
妊婦、および出産直後の女性がおちいる精神的不安、いわゆる「マタニティ・ブル
ー」に対処するのは、産婦人科医院として生き残っていくうえにも必要なことなのだ
ろう。
これだけの規模の医院なのだ。
「十条愛児院・産婦人科クリニック」が、徳永教授たちの「精神分析治療プログラ
ム」を採用しているのは、むしろ当然すぎるくらいに当然のことだった。
そう、そのことで何がわかったというわけでもない。
あいかわらず、双子の妹がなにを求めて志穂をこの医院に導いたのか、そのことは

十条愛児院 略図

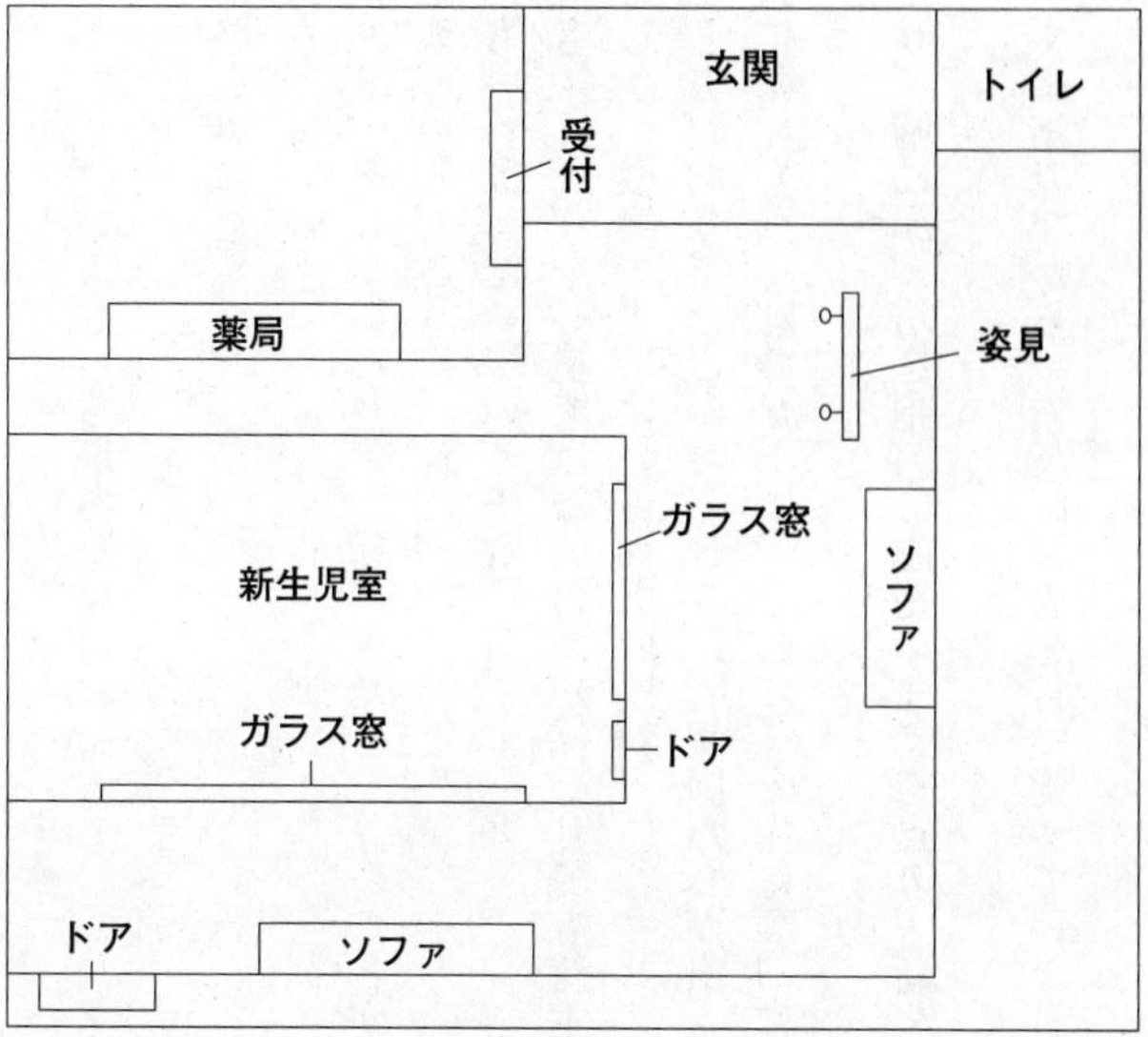

わからないままなのだ。

いつまで玄関にたたずんでいてもらちがあかない。

「…………」

とりあえず正面通路を奥に進んだ。

右手は新生児室になっている。

大きなガラス窓があり、そこからベッドの新生児たちを見ることができる。

新生児たちは三十人もいるだろうか。

眠り込んでいる子もいれば、泣いている子もいる。

いまの志穂はとても笑うような心境ではないのだが、それでも新生児の赤ん坊たちを見ると、その愛らしさに微笑まずにはいられない。

ガラス窓に接してドアがあり、そこからしきりに看護師たちが出入りしていた。

右手に折れた通路には、もう一脚のソファ、それにその先に裏口に抜けるドアがあるのが見える。

若い看護師がひとり、胸に赤ん坊を抱いて志穂のまえを通り、新生児室のなかに入っていった。

志穂はあいかわらず微笑みながら、看護師の姿を目で追っていた。

そのときのことだ。

ストンと体が地の底に沈み込んでいくような感覚があった。意識が暗転し、全身から力が抜けていきそうになるのを覚えた。

――ああ、まただ！

志穂は頭のなかで悲鳴をあげた。

また双子の妹が現れようとしている。志穂の人格を奪って、自分が表面におどり出ようとしているのだ。

よろよろとソファにすわり込んだ。

こんなところで妹に人格を奪われるわけにはいかない。双子の妹は自分が生まれなかった恨みと悪意に凝りかたまっている。産婦人科医院なんかで出現しようものなら、それこそ何をしでかすことかわかったものではない。

――駄目、いまは駄目！

志穂は懸命に意志の力をふるい起こし、なんとか自分の意識を保とうとする。

歯をくいしばって、いまにもとぎれそうになる意識を必死につなぎとめた。

全身に冷たい汗が噴きだしてきた。

声が聞こえてきた。

「どうかなさったんですか」

看護師が心配そうに志穂の顔を覗き込んでいた。

どうやら視野狭窄をおこしているらしい。最悪の体調だ。目がかすんで、すぐ近くに立っている看護師の顔さえ、ろくに見さだめることができなかった。

「なんだか急に気分が悪くなって、顔を洗えばよくなると思います——」

志穂はかすれた声でいった。

「すいません。トイレまで連れていっていただけませんか」

「いいですよ」

看護師は気軽にうなずいて、志穂の体をささえ、抱きおこしてくれた。そのまま志穂に肩をかして、トイレまで連れていってくれる。

「ありがとうございます」

礼をいい、トイレの洗面台で冷たい水を出して、何度も顔を洗った。回復はしない。しかし、いくらかは気分が楽になったようだ。

トイレの入口で看護師が待っていた。

また志穂の体をささえると、

「すこしソファで休んでいかれたほうがいいですよ」

親切にそういい、すぐ横にあるソファまで連れていってくれた。

ソファに腰をおろし、

「ありがとうございます」

志穂はまた礼をくりかえした。

「いつまでも気分がよくならないようでしたら、どうぞ遠慮なさらないで、誰にでも声をかけてください」

看護師は立ち去っていった。

「……………」

志穂はもうろうとしている。

顔を洗って、いくらか気分がよくなったように感じたが、それはほんの一時《いっとき》のことだったらしい。

気分がよくなったどころではない。とんでもない話だ。

まるで切れかかった電球のように意識が点滅するのを覚えた。フッと意識が闇のなかに溶け込んでしまいそうになり、そのたびごとに気力をふるい起こし、懸命に目をひらくのをくりかえした。

それでもなんとか意識をたもとうとし、そのいわばくさびとして、新生児室の窓と、その横にあるドアに、ジッと視線を凝らしつづけた。

新生児室からは誰も出てこない。嘘のように誰も出てこようとしなかった。

どうやら新生児室には新生児だけが残され、看護師は誰もいないらしい。

それでも新生児室を見つめつづけた。

半分は意地のようなものだ。

やむをえない。自分が多重人格障害をわずらっているのは認めよう。が、だからといって、双子の妹にいつどこでも好き勝手に人格を奪われるのを認めるわけにはいかない。

このとき志穂は双子の妹と必死に戦いつづけていたのだ。

――わたしはわたしなのよ。あなたじゃないわ。

自分のなかにひそんで、出現する機会を執拗にうかがっているであろう双子の妹に、胸のなかでそう大声で宣言していた。

どれぐらいの時間そうしていたのかわからない。

十分か、十五分か。

すでに時間の感覚は失われていた。

フッと体が軽くなるのを覚えた。あいかわらず意識はもうろうとしていたが、もう失神する心配はないようだ。けだるい疲労感が残されていた。

――妹はあきらめたんだわ。わたしは妹に勝ったんだわ。

そう胸のなかでつぶやいたが、喜びの念は湧いてこない。

これを勝利と呼ぶには、あまりに惨めに消耗しきって、ぼろぼろの脱け殻のようになりすぎていた。

ふらつく足を踏みしめるようにし、かろうじて立ちあがった。

玄関に向かったが、ほとんど自分がどこをどう歩いているのか、それさえ意識していなかった。

看護師のひとりがあの姿見をどこかに運んでいくのとすれちがった。

一瞬、その鏡に映しだされた姿が、自分ではなく、ほかの女であるように見えた。妹の姿だろうか。

もちろん、そんなことがあるはずがない。愚かしい錯覚だった。

姿見はそのまま運び去られていき、そのガラガラという車輪の響きだけが、頭のなかに残された。

玄関を出ようとしたとき、ふいに背後が騒がしくなった。

何人かの人間がバタバタと通路を走っているようなのだ。それに看護師たちがたがいに大きな声を張りあげている。

この上品でもの静かな産婦人科医院には似つかわしくないことだ。

――何かあったんだろうか?

振り返ったそのとき、ひとりの看護師が息せき切って玄関に駆けつけてきて、

「あのう、すいません――」

そう大声で志穂を呼びとめた。

新生児室に赤ん坊を運んでいったあの看護師だった。

なにか非常に動転しているようだ。その顔がいまにも泣きだしそうになっていた。

何の説明もなしに、

「ずっと新生児室のまえにすわっていらっしゃいましたよね。そうですよね」

いきなりそう聞いてきた。

「ずっとというか……途中、トイレには行きましたけど――」

志穂は面食らった。

「それはいいんです。わたし、新生児室を出るとき、あなたがトイレから出てくるのを見かけていますから。そのあと、ずっと新生児室のまえにすわっていらしたんですか」

「ええ、そうですけど」

「ドアのまえですか。新生児室のドアのまえにいらしたんですか」

「ええ」

「だれか新生児室から人が出てくるのをごらんになりませんでしたか。だれかが赤ちゃんを連れて出てくるのを見ませんでした？　わたしが新生児室に運んでいったあの赤ちゃんですけど」

「さあ、気がつきませんでしたけど」

「そんなはずないわ──」

ふいに若い看護師は泣き声をあげた。

「どうしてそんな嘘をつくんですか。だれかが赤ちゃんを抱いて新生児室から出てくるのを見ているはずよ。だれも見ていないなんてそんなはずはないわ。嘘なんかつかないでください」

ふいに看護師は両手で顔を覆った。そのまま体を震わせて泣きじゃくり始めた。

「…………」

志穂はただ呆然としてそんな看護師を見つめていた。

中年の看護師が玄関に飛びだしてきた。師長のようだ。よほど慌てているらしい。スリッパも履かずに素足のままだった。

「泣くのはやめなさい。そんな暇があったら赤ちゃんを探しなさい──」

そう若い看護師を一喝し、志穂に顔を向けると、

「お引きとめして申し訳ありません。ちょっと手違いがありまして」

「赤ちゃんがいなくなったんですか」

「ええ、そんなバカな話があるはずはないんですけど。新生児室のベッドからいなくなってしまったんです。担当の看護師が新生児室を外したのはほんの十分ぐらいのことなんですけど──」

泣いている若い看護師にちらりと視線を向けて、

「この子の話によると、あなたはずっと新生児室のまえにすわっていらしたらしい、ということなんですが、誰かが赤ん坊を連れだすのをごらんになりませんでしたか」

「気がつきませんでした。わたし、ちょっと気分が悪かったもんですから……」

志穂がそう口ごもるのを、撥ねのけるようにして、

「申し訳ありません。ちょっと事情をうかがいたいんですが、事務室までご同行ねがえないでしょうか」

師長はそう大声でいった。


帰宅したときにはもう夜になっていた。

あれから、医院の事務室でいろいろと事情を聞かれたのだが、なんの用事があって「十条愛児院」を訪れたのか、それを説明できないばかりに、無用な疑いを招いてしまったようだ。

まさか、存在しない、双子の妹に導かれて「十条愛児院」を訪れた、などというわけにはいかない。

そんなことをいおうものなら、ますます疑われるばかりだったろう。

結局、警察の関係者だということを告げ、ようやく解放されたのだが、とんでもな

い災難に巻き込まれたものだ、という苦い思いだけが残された。

おそらく看護師たちのあいだに、なんらかの連絡ミスのようなことがあって、それで赤ん坊は新生児室からどこかべつの病室にでも運ばれたのにちがいない。

そんなことに巻き添えになった志穂はそれこそいい面《つら》の皮だった。

帰って、着替えをしながら、留守番電話の再生ボタンを押した。

テープに吹き込まれていた電話は一件、すぐにそれが再生され始めた。

電話がかかってきたのは午後六時二十分、ちょうど志穂が医院から解放され、駅に向かっていたころのことだ。

「………」

志穂は着替えをする手を途中でとめた。全身から血の気が引いていくのを覚えた。

愕然としてテープの声に聞きいった。

テープに吹き込まれていたのは志穂の声だったのだ。

「──うまくいったわね。姉さん、こんなにうまくいくとは思わなかった。これからもなかよく一緒にやっていきましょう。だって、わたしたち、双子の姉妹なんだものね。これからもずっと一緒だわ……」

それだけだった。

呆然とした。

双子の妹に人格を奪われるのを防ぎきったとそう信じ込んでいた。

しかし、この留守番電話のテープを聞くかぎり、どうやら双子の妹は志穂の人格を乗っ取るのに成功していたらしい。何ということだろう。人格を乗っ取るのに成功したばかりか、わざわざ志穂に電話をし、留守番電話に自分のメッセージを残していったのだ。

うまくいったわね。姉さん、こんなにうまくいくとは思わなかった……

何がうまくいったというのだろう？　志穂と双子の妹、ふたりで何をなかよく一緒にやったというのか？　ふいに全身が震えはじめた。歯の根がカタカタと鳴った。

あのとき、、、——

志穂はずっと新生児室のまえのソファにすわっていた。

ドアを見ていた。

だれも出入りするのを見なかった。

しかし、現れるのを抑えきった、とそう信じていた双子の妹は、結局は、志穂の人格を奪いとっていたらしい。

多重人格障害をわずらっている人間は、自分がべつの人格に奪われたとき、そのことに気がついていないという。

志穂は、自分が新生児室のまえにずっとすわり、そのあいだ、だれも出入りするのを見なかった、とそう信じていた。

しかし、あのとき、ほんの数分でも、志穂の人格が妹の人格に入れ替わっていたのだとしたら、少なくともひとりの人間だけは新生児室から赤ん坊を連れ出すことができる理屈になるわけだ。

ひとりの人間、
双子の妹だけが、
そう、志穂自身だけが――

だれも新生児室から赤ん坊を連れだした人間はいなかった、と志穂はそう証言した。あの状況では、ほかの人間には絶対に赤ん坊を新生児室から連れだすことはできない。

そのことは断言できる。

あのとき赤ん坊を連れ去ることができる人間がいるとしたら、それは、だれも新生児室に出入りするのを見なかった、と証言した当の本人、志穂自身をおいてほかにはいないのではないか。

――わたしは……

と頭のなかでつぶやきかけて、あわててそれを訂正した。

――双子の妹はそのあと赤ん坊をどこに隠したんだろう？

志穂は必死に考えた。

考えているうちに、しだいに意識が錯乱してくるのを覚えた。きりきりと頭が締めつけられるように痛んだ。頭の奥のほうで何かがしきりに飛びかかっているように感じた。

自分は発狂するだろう、とそのことを覚悟せざるをえなかった。

この世に、こんなに不条理で、残酷で、ある意味では滑稽《こっけい》な話もないだろう。ここでは探偵と犯人とが同じひとりの人間なのだ。

そのまま考えつづけていれば、ほんとうに発狂することになったにちがいない。

そのとき電話が鳴って――

志穂をこの孤独で不毛な推理から解き放ってくれたのだ。

志穂はほとんどもうろうとなりながら電話に出た。

電話に出るなり、

「久しぶり、元気そうでなによりだ――」

相手がいきなりそういった。

「ああ、どうも――」

と志穂はぼんやりうなずいたが、この人物はそれが誰であれ、久しぶりに会うのを懐かしがるような殊勝な男ではない。

警視庁捜査一課六係の井原主任なのだ。

井原とはこれまで二度ばかり捜査を共にしている。警察官としては非常に有能な人間だが、骨の髄からの猟犬で、個人的に親しくしたいと思うような人間ではない。

井原が電話をかけてきたのは、「十条愛児院・産婦人科クリニック」から消えてしまった新生児に関してのことだった。

志穂が立ち去ったそのすぐあと、赤ん坊を誘拐したという電話が医院にかかってきたのだという。

若い女の声で、赤ん坊の父親との交渉を申し込んできた。

このときになってようやく、これが身代金目的の誘拐事件であることがはっきりしたわけだ。

もちろん赤ん坊が消えた時点で、誘拐の可能性もありとして、所轄署は早々に赤ん坊を誘拐された家の電話を逆探知する手配を終えていた。

が、まさか犯人が自宅ではなく、医院のほうに電話をしてくるとは、所轄の誰ひとりとして予想もしていなかったことだ。

逆探知のしようがなかった。

所轄から警視庁に通報があり、捜査一課六係がこの事件を担当することになった。

「これがふざけた話なんだ。岸上、というのが赤ん坊の両親の名なんだが、これからの連絡は岸上家に電話をする。ただし、電話のベルの回数で、電話番号を知らせるから、そこに電話をして欲しい、というんだ。だから電話を空けておいてくれ、とそういったというんだ――」

井原の声には怒りがこもっていた。

「それ以外にも妙なことをいってきた。身代金を運ぶのにあんたを指定してきたんだ。特被部の北見志穂、とはっきりそういったというんだよ。なんで誘拐犯があんたの名前を知っているんだ？　あんたは病院にいあわせたそうじゃないか。どういうことなんだか説明してもらいたいもんだな。悪いが警視庁まで来てもらうよ」

「わかりました。これからすぐに警視庁に向かいます――」

そう返事をするにはしたが、もちろん、これがどういうことなのか、志穂自身にも説明のつかないことだ。

電話を切るときに、

「喉がかすれてるぜ。風邪でもひいているんじゃないか」

そう井原はいった。

いくらなんでも自分は無愛想すぎたのではないか、と気がひけたのかもしれない。

「いえ、喉頭炎なんです。心配ありません」

志穂はそういって、電話を切った。

電話を切ったとたん、ふいに頭のなかにひらめいたことがあった。

受話器を握ったまま、しばらく宙の一点をジッと凝視していた。

「………」

うなずいた。

二度、三度とうなずいた。

その目に力がこもった。

このところの志穂には絶えてなかったことだ。

特被部に電話をかけると、袴田を呼びだした。

「双子の妹から留守番電話にメッセージが入っていたわ」

袴田が電話に出るなり、勢い込んでそういった。

「そのことで、ちょっと袴田さんに調べてほしいことがあるんだけど――」

誘拐　午後一時

1

新芝川桟橋をおりて、すぐに環七通りに出た。

環七通りを歩いた。

鹿浜橋を渡り、さらに国道１２２号線に向かって歩く。

午前十一時——

ぎらぎらと容赦ない日の光はすでに真昼のものといっていい。肌を焼かれて、じわっと汗が噴きだしてくる。

このところの不安と不眠で体力は底をつきかけている。かろうじて気力だけで細い一本の糸をつないでいるのだ。

「…………」

あえいでいた。

犬のようにあえいでいた。

それでも歩きつづけた。

環七通りを行き来する車は傍若無人に排気ガスをばら撒いていた。汗に濡れた肌にその油がべったりとこびりつくのを覚えた。

一度だけ、鹿浜橋を渡るとき、めまいを覚え、足をとめた。

橋のうえから荒川を覗き込んだ。

さざ波がきらきらと陽光を撥《は》ねていた。

その光が目の底に射し込んでくる。

めまいがひどい。

どこか目に見えないところで、渦のようなものが回転しているという、あの感覚にみまわれた。その回転する渦の中心に、自分の体がフッと引き込まれていきそうになるのを覚えた。

また双子の妹が志穂の体を乗っとって現れようとしているのか。

――そんなことはさせない。

志穂は耐えた。

いまはほかのどんなときにも増して、自分を冷静に律するべきときなのだ。そうでなければ泉ちゃんを無事に保護することなど思いもよらない。こんなときに双子の妹の亡霊などにわずらわされてはいられない。そんなものはいない、いない、とそう自分自身に信じ込ませるのだ。

歯を食いしばった。

一度は意識がとぎれそうになったのだ。しかし、意志の力でそれに耐えた。やがて、めまいは消えた。

志穂はまた歩きはじめる。

国道１２２号線に突きあたった。

江南コーポに向かった。

B棟53号室。

鍵がかかっていた。

ドアの横にあったあの鉢もいまはない。

「…………」

志穂はジッと考え込むような目つきになった。

岸上家での待機に入る前日、江南コーポを管理している会社に、この部屋のことを問いあわせた。

返事は意外なものだった。

53号室にはこの一年あまり入居者がないという。
二、三人、部屋を借りたいという人が現れはしたが、いずれも契約を結ぶまでにはいたらなかった。
管理会社の担当は、部屋を見たいと希望する人間には、鍵を渡し、勝手に見てもらうことにしていたらしい。

つまり、部屋を見たいとそういえば、だれでも無条件に鍵を受け取ることができたわけだ。合鍵を作るのはたやすい。

おそらく、志穂が使用した鍵は、そんなふうにして作られた合鍵だったのだろう。

鍵を渡された人間の身元を突きとめることはできない。

管理会社にしても、契約にまでいたらず、ただ部屋を見ただけの人間の名を、わざわざ記録に残しておくことはしないからだ。

要するに――

志穂はだれも暮らしていない部屋を覗いたことになる。

窓にはカーテンが吊るされていた。畳のうえには薬袋が残されていた。

しかし、実際には、この一年、53号室にはだれも住んでいなかったのだ。

こう考えることはできる。

志穂は多重人格障害をわずらっている。その心のなかには、かつて一度も存在したことのない双子の妹、というもうひとつの人格が潜んでいるらしい。

ときにより、その双子の妹が、志穂の人格を乗っとって、いやおうなしに体を占拠してしまう。そして、志穂は自分が双子の妹に占拠されているあいだのことは何も覚えていない。

双子の妹はいわば存在していながら、存在していない人間といえるだろう。亡霊だ。

そんな亡霊のような存在であれば、合鍵を作って、だれも住んでいない部屋にひっそりと住むのこそ似つかわしいのかもしれない。

どうせ双子の妹がこの世に出現する時間はそんなに長いことではないのだ。まともに部屋を借りる必要などなかった……

そう、こう考えることはできる。

しかし志穂は考えない。

志穂がこの部屋を訪れたとき、隣りの女は何といったのだったか。

――お隣りは引っ越しましたよ。もう誰もいませんよ。

たしかに隣りは引っ越しただろう。が、それはもう一年以上もまえのことなのだ。

一年以上も入居者のない部屋をさして、隣りは引っ越した、とそう表現するのは不自然ではないか。常識的に考えれば、その部屋にはだれも住んでいない、とそういうのではなかろうか。

管理会社に53号室のことを問いあわせ、一年あまりも入居者がいない、と聞かされたとき、志穂はまずそのことに不審の念を覚えた。

が、誘拐犯からの連絡にそなえ、岸上家で待機しているあいだは、そんなことはほとんど忘れていた。

なにしろ誘拐犯は「十条愛児院」に電話をかけてきたその時点ですでに、身代金を運ぶのは特被部の北見志穂、とはっきりそう指名しているのだ。

志穂が岸上家に待機しないわけにはいかなかった。

誘拐された新生児の命は何にも増して優先されるべきだろう。

この誘拐事件が解決しないうちは、百瀬澄子の自殺に関する調査も、志穂自身の多重人格障害という問題もすべて、一時、棚上げということにせざるをえなかった。

ましてや江南コーポB棟53のことなど思いだすゆとりさえなかったのだ。

犯人から岸上家にかかってきた電話は計三回——

最初は一億円という身代金の額を伝えてきた。

二度めは日時を指定し、その時間に、身代金を運ぶ北見志穂を岸上家で待機させろ、と命じてきた。

そして三度めが今朝の電話だ。

いずれも電話のベルの回数で、電話番号を告げて、その家の留守番電話に自分のメッセージを残しておくという方法だった。

一度め、二度め、犯人が留守番電話に吹き込んだ声は、すでに警視庁科捜研音声研究室にまわされ、分析されている。

――年齢二十三歳から二十八歳まで、身長百六十センチ強、入れ歯、および歯の矯正などはしていない。

これが音声研究室が捜査本部に提出した犯人像だ。

しかし、なにぶんにも留守番電話の録音状態は良好とはいえず、音声研究室でもこれ以上の分析はむずかしいらしい。

つまり犯人の肉声を聞いているのは志穂ひとりだけなのだ。

クィーンメリッサ号に電話がかかってきたとき、志穂は犯人の肉声を聞いている。

あとになって気がついた。

犯人の女には北海道なまりがあったのだ。

北海道にはほとんど方言がない。

ただ、独特のイントネーションがある。

語尾をあげる場合が多いが、それればかりでもない。

北海道に生まれた人間も、北海道なまりを具体的に説明するのはむずかしい。それほど微妙なものなのだ。

犯人の女は留守番電話にメッセージを吹き込むときにはな、ま、り、が出ないように留意したのだろう。

それが志穂と言葉をかわし、ついなまりが出てしまった。

もっとも志穂が小樽で生まれ育った人間でなければ、なまりに気がつくことはなかったろう。

女に北海道なまりがあったことに気がついて、志穂が真っ先に思いだしたのは、地検特捜部にあったという匿名の女からの電話のことだった。

匿名の女は、百瀬澄子は自殺したのではない、殺されたのだ、と電話に出た検事にそう告げたという。

その女にもやはり北海道なまりがあったというのだ。

つづいて志穂が思いだしたのは、というか自分の勘違いに気がついたのは――

江南コーポB棟53号室の隣りの女のことだった。

志穂はあのとき（いまもそうだが）意識がもうろうとした状態にあった。

あ、の、と、き、――

隣りの女に対してなんとはなしに親近感のようなものを覚えた。初めて会ったはずなのに、なにか初対面の気がしなかった。

正常な精神状態でなかった志穂は、それを、双子の妹と入れ替わっているときにこの人と会っているからだろう、とそう思い込んでしまった。

ひとつには、百瀬澄子のマンションの管理人が、志穂は以前にもマンションを訪れているはずだ、とそう言いはったのが記憶に残っていたこともあるだろう。

志穂は会っていないが、双子の妹はこの人と会っているのだ、とそう思った。

そうではなかった。

まともな精神状態であればそんな馬鹿げた勘違いはしなかったろう。

志穂が隣りの女に対してなんとはなしに親近感を覚えたのは、彼女の口調に北海道なまりがあったからなのだ。

誘拐犯の女の声に北海道なまりがあったのに気がついたのと同時に、志穂は自分のその勘違いにも気がついたのだった。

志穂の頭のなかでこのふたりの女がひとりに結びつくのは当然のことだった。

しかし、たんに北海道なまりが一致するというだけで、江南コーポの女を被疑者として井原たちに告発するわけにはいかない。

いや、いつもの志穂であれば、あえてそうしたかもしれないが、いまの彼女は「赤羽新生児誘拐事件捜査本部」のなかで完全に孤立していて、とてもそんなことをいいだせる雰囲気ではないのだ。

捜査員たちは、身代金の運び手として志穂が犯人から指名されたことに、なにか割り切れない思いをいだいているようだ。

赤ん坊が誘拐されたとき、志穂が「十条愛児院」にいあわせて、しかも誘拐の共犯者として疑わざるをえない状況であったことに疑念を持っているらしい。

志穂は、どうして自分が「十条愛児院」にいあわせたのか、それを捜査員たちに十分に納得させるだけの説明ができなかった。

下手に多重人格障害のことなど持ちだそうものなら、なおさらうさん臭く思われるだけだ。

いや、うさん臭く思われるだけならまだしも――

それでは、もうひとつの人格である双子の妹が赤ん坊を誘拐したのではないか、とそう疑われれば、もうそれに対しての抗弁のしようがないのだ。

結局は、しどろもどろの説明に終始してしまった。

捜査員たちの心証としては志穂は完全にクロであり、こんなときでなければ取り調べを受けることになったろう。

が、犯人から身代金の運搬人として指名されているいまは、志穂を捜査本部から外すわけにもいかず、とりあえず泳がせているということのようだ。

誘拐犯がまんまと一億円を奪って逃走したと知ったとき、志穂は自分ひとりで犯人を追う決心をした。

北海道なまりの女のことを捜査員たちに説明するのはむずかしく、よしんば説明したところで志穂の言葉を素直に信じてくれるとは思えない。

時間がない。いまは一刻もはやく赤ん坊の保護につとめなければならないときだ。自分のことを疑っている捜査員たちを相手にし、あれこれ不毛な押し問答をしている暇はないのだった。

「…………」

志穂は隣りの部屋のドアに耳をつけて、内部の気配をうかがった。

ただ、しんと静まりかえっている。

ドアのノブを軽くひねってみた。

鍵はかかっていない。

大きく息を吸って、その息をゆっくりと吐いた。

そして一気にドアを開けると、部屋のなかに飛び込んだ。

女はいた。

振り返った。

女の顔が歪んだ。
泣いているとも笑っているともつかない顔だ。
女は立ちあがった。なにか叫んだ。
「………」
一瞬、志穂は怯んだ。
女が襲いかかってくるかと思ったのだ。
そうではなかった。
女は身をひるがえした。
次の瞬間、女の姿は消えていた。
笑い声を残した。
そう、女は笑ったのだ。その笑い声はいつまでも志穂の耳にこびりついて残った。
「………」
志穂は呆然と立ちすくんだ。
窓が開いていた。
風が吹き込んでいた。
おびただしい一万円札が畳のうえをひらひらと木の葉のように舞っていた。
部屋の隅に、一千万円の札束が十個、レンガのように積みあげられていた。その札束のひとつの封が破れ、それで一万円札が舞っているのだ。

一億円はここにこうしてある。

しかし赤ん坊はいない。

どこにもいない。

2

同時刻――

東京地検特捜部の佐原検事はK病院を訪れていた。先週、緊急入院した徳永教授に面会を求めたのだ。

が、意外なことに徳永教授はすでに二日まえに退院しているという。

あわてて自宅に電話を入れるが、徳永教授は自宅には帰っていないらしい。

どうやら家族も知らないうちに、急遽、退院ということになったようだ。

もちろん徳永教授は、自分も医師であり、判断力もある成人なのだから、本人の意思で退院を決めることには何の問題もない。

ただ、家族もその間《かん》の事情を何も知らされていないというのは、やはりおかしいのではないか。

妙なのはそれだけではない。

担当の医師も、担当の看護師も、いつ徳永教授が退院ということになったのか、まったくその経過を知らされていないらしいのだ。

気がついたときには、すでに徳永教授は退院していて、そのために必要な書類もちゃんと提出されているという。

「どういうことなんですか」

「さあ」

担当の医師は首をひねるばかりだ。

患者が退院するのには、担当医の許可が必要なはずだが、何といっても徳永教授はK大医学部の重鎮なのだ。本人がその気になれば、どんなことをしてでも病院を出ていくことはできるだろう。

それにしても、

「徳永教授はほんとうに緊急入院しなければならないほどの症状だったのですか。どんな症状だったのでしょう?」

佐原検事にはその疑問がある。

特捜部の追及をまぬがれるために偽装入院したのではないか、という疑いを拭い去ることができずにいた。

担当の医師は徳永教授の病状を話すのは拒否した。

それはそうだろう。

医師には守秘義務があるし、徳永教授に対する遠慮もあるだろう。

「…………」

佐原検事は憮然《ぶぜん》とした。

強制捜査に踏み切るのこそ、見あわせることになったが、決して磯飼議員の捜査を断念したわけではない。

「胎児の名簿」は日々、更新されるといっても過言ではない。浜松町の「妊娠・産後ストレス・センター」からは、毎週のように、更新された「胎児の名簿」が名簿業者に流出しているらしい。その売買をめぐってたいへんな金額が動いているという。

磯飼議員は、たんに賄賂を受け取って、名簿業者のために便宜をはかった、というだけではないらしい。この「胎児の名簿」という利権に食い込むために、あれこれ暗躍したという疑いも出てきた。

「胎児の名簿」がどんなに倫理に反するものであろうと、名簿の存在そのものを規制する法律はない。が、「胎児の名簿」を追いつづければ、いずれ磯飼議員を収賄容疑で起訴するときの有力な傍証になるだろう。

そのためには、どうしても「妊娠・産後ストレス・センター」の責任者である徳永教授の話を聞くことが必要なのだが、いつもきわどいところで逃げられてしまう。

佐原検事はむなしく病院をあとにした。

――徳永教授はどこにいるのか？

それを考えているうちに、ふと北区の産婦人科医院で起こった新生児の誘拐事件との関連が気になった。

先日、赤ん坊が誘拐された「十条愛児院」でも、「妊娠中および産後精神分析治療プログラム」を採用しているらしい。

「妊娠・産後ストレス・センター」を通じて、やはり「十条愛児院」の胎児のデータが大量に名簿業界に流れている。

徳永教授が病院から姿を消したことと、「十条愛児院」から赤ん坊が誘拐されたこととを関連づけるのは、あまりに強引すぎるだろうか。

――いくらなんでも考えすぎではないか。

そうは思うのだが、誘拐犯が特被部の北見志穂を身代金の運搬人に指名した、という話を聞いて、妙にそのことが気持ちのうえで引っかかっていた。

北見志穂には何かがある。

それが何であるのかはわからない。

しかし何かがある。

百瀬澄子の自殺から、「胎児の名簿」、今回の誘拐事件にいたるまで、北見志穂という女が微妙に関係していて、しかもそれが事件全体をつらぬく重要な鍵であるようにも感じられるのだ。

囮捜査官などという存在は、なにやらうさん臭いばかりだが、その同僚の袴田という刑事は信用してもいい。

佐原検事はそう思っている。

あの男は信用できる。

したたかで食えない男だが、そうでなければ刑事などという仕事はやっていけない。

それは特捜検事も同じだった。

二人にはどこかしら似かよった体臭のようなものがある。

佐原検事は駅に向かいながら、

――あの男にだけは徳永が退院したことを知らせておこうか。

公衆電話を目で探していた。

3

女が死んだことを、所轄署に連絡し、井原に連絡した。

午後十二時――

いつもだったら特別機動捜査隊が真っ先に到着し、現場の保存につとめるはずだが、今回はそうではない。

所轄署からは数名の捜査員、鑑識課員、それに検視官一名が、「赤羽新生児誘拐事件捜査本部」からは井原たち数人の捜査員がひっそりと集まってきた。

覆面パトカーも、鑑識のワゴン車も、江南コーポから離れたところで人員を降ろし、そのまま走り去っていった。

女の遺体が地面に転がっていたのはほんの十分ぐらいのあいだだろう。所轄の覆面パトカーがすぐに回収してしまった。検視もなければ現場検証もない。地面に血痕が残されたが、それさえ砂をかけられた。

幸い、というべきか、女が墜落したのは、マンション裏手の人の出入りしないゴミ置き場だった。女は、一度、木の枝に引っかかって落ちたために、墜落音もほとんどしなかったようだ。

これを僥倖《ぎょうこう》にして、捜査本部はとりあえず女の墜落死を秘すことにしたのだ。

女の墜落死を秘して、捜査員たちも人目につかないように努めた。

人目につかないようにしたのは、誘拐犯を刺激するのを恐れたからだった。

一億円は回収された。これまで電話をかけていたと思われる誘拐犯の女は死んだ。

しかも人質の赤ん坊は戻っていない。

これは誘拐事件でおよそ想像しうるかぎりの最悪の状況といえた。

一課の刑事が青ざめて、

「これはどういうことなんでしょう？　女は追いつめられてやけになったんでしょうか。だとすると赤ん坊がいまも無事でいるかどうか」

「赤ん坊は無事だ。無事でいるとそう信じるしかない――」

井原は歯を食いしばるようにそういい、

「共犯がいるはずだ。これだけの事件を一人でさばくことができるはずがない」

「共犯、そいつが主犯でしょうか」

「それは何ともいえないが――いずれにしろ、一億円がそのまま手つかずで残っていることが妙だ。理屈にあわない」

「よほど動転したんでしょうかね」

「それで金に手もつけずに逃げてしまったというのか。そんなバカな。これだけの犯人だぜ。そんなドジを踏むものか」

そのとき所轄の刑事が影のようにひっそりと部屋に入ってきた。

管理会社に女のことを聞いてきたのだ。事情を話すわけにいかないので、かなり聞き込みには苦労したらしい。

部屋に入ってくるなり、畳のうえにうずくまる。

捜査員たちは全員が背をかがめ、中腰になっている。部屋を移動するのもほとんど四つん這いだ。誘拐犯に外から姿を見られるのを警戒してのことだった。

万にひとつ、誘拐犯がこの部屋の様子を見に戻ってくる可能性もないではない。人質の赤ん坊を取り返すまでは、どんなにありえないように思える可能性でも、それを無視することはできない。そのことを考えれば、大っぴらに現場検証するわけにはいかないのだ。

所轄の刑事は手帳を開くと、

「遺体は松本直子《まつもとなおこ》、二十七歳、独身で、介護ヘルパーのような仕事をしていたらしいです。寝たきり老人や、重病人の世話をする仕事ということです。どこかに専属で雇われていたわけではなくて、フリーで仕事をしていたらしい。実家は札幌、すでに両親は亡くなっている。二十歳のときに向こうの専門学校を卒業し、上京した。いまのところ、わかるのはそれぐらいですか」

ひそひそと報告した。

「介護ヘルパーか。立派な仕事じゃないか。どうしてそれが赤ん坊の誘拐なんかに手を出したのか――」

井原は眉をひそめた。

鑑識課員がそんな井原のもとに這い寄ってきた。

「とりあえず現場の写真だけは撮りました。いまは現場の保存もどうすることもできません。血痕や遺留物の採取もすべて誘拐事件のかたがついてからということにしたいと思います」

よし、と井原はうなずいて、

「女には気の毒だが、ほかにどうすることもできない。すぐに裁判所に鑑定処分許可書の交付を依頼しろ。解剖だけは急ごう」

「わたしが見たところじゃ——」

検死係の刑事が咳払いをして、

「あの女、妊娠してるよ。解剖すればはっきりわかることだが、妊娠三カ月というところじゃないかな」

「妊娠三カ月……」

「ああ、わたしの見た印象だけどね」

「妊娠三カ月の女が窓から身を投げて死んだわけか。ひどい話だぜ」

井原の形相が変わっていた。ギリリと歯ぎしりをした。

志穂は現場検証のじゃまにならないように部屋の隅に引っ込んでいた。

そうでなくても、いまはできるだけ井原の目につかないようにしていたい。

志穂がどうやって犯人の部屋を突きとめることができたのか、それを井原に説明するのがたいへんだった。北海道なまりのことは話したが、それだけでは十分な説明にはなっていない。

いずれ、多重人格障害のことも話さなければならないだろうが、いまは誘拐事件の捜査に追われてそれどころではない。

一億円は取り返したが、犯人のひとりと目される女は死んで、赤ん坊はいまだにその安否さえ確かめられずにいる。

井原は責任感の強い男だ。

もし、これで赤ん坊を死なせてしまうなどという結果になったら、その責めを負って辞職するにちがいない。

が、そんなことより、

——この女の人は妊娠していた。

いまの志穂にはそのことのほうが数倍も重要なことだった。

部屋を見るかぎりでは、ここに住んでいた女性が妊娠していたようには、とても見えない。

妊娠の本もない。ファンシーケースにはマタニティ・ドレスもかかっていない。妊婦が買い求めるようなものはそれこそ何ひとつないのだ。まるで妊娠などしていなかったかのようだ。

——百瀬澄子の場合と逆だ。

ふいにそのことに思いいたった。

百瀬澄子は妊娠などしていなかった。

それなのに社長の瀬木には自分は妊娠していると告げている。

瀬木からその話を聞いたときには、社長の求愛を拒むための嘘、いわば窮余の策かとそう思った。

しかし、よく考えてみれば、すべての状況が百瀬澄子が妊娠していたことを告げているのだ。

自分のプロポーションに自信を持ち、タイトな服装を好んでいた彼女が、どうしてか急にルーズな服を着るようになった。それまで夜遊びが好きだったのに、飲み会の誘いも、カラオケの誘いも断るようになった。

部屋も異常なほど整頓されていた。

これはつまり、すべて妊娠した女性の徴候ではないか。

それにもかかわらず——

百瀬澄子は妊娠などしていなかったのだ。

そして、この部屋の松本直子はその逆に、妊娠しているにもかかわらず、どこにもそんな徴候を見せてはいない。そのかわりにこの部屋にあるのは――

医学書だ。

それも癌関係の本が多い。

介護ヘルパーが医学書を何冊か持っているのは当然かもしれないが、それにしてもあまりに癌関係の本にかたより過ぎているのではないか。

これはどういうことなのか？　これには何か意味があるのだろうか。

そのときフッと、何の脈絡もなく、先週の母親の言葉を思いだした。

――そのころのわたしは月経不順でね。よく遅れることがあって、そのたびに妊娠じゃないかと喜んで、産婦人科に駆け込んだ……

そうだ、卵胞ホルモン剤だ！

たしか百瀬澄子のベッドのスポンジに染み込んだ尿からは卵胞ホルモンが検出されたのではなかったか。

科捜研の係官は、被害者の印象、年齢などから、それを経口避妊薬《ピル》だとそう判断したらしい。しかし、ピルには卵胞ホルモンと混合して、黄体ホルモンが使用されているはずだが、黄体ホルモンは尿から検出されていないという……

頭のなかで、それまで無数の断片にすぎなかったものが、カチッと音をたててひとつにまとまったように感じた。

志穂はそのひとつにまとまったものを呆然として見つめていた。

松本直子のことを聞いてきた刑事に向かって、あのう、と声をかけた。

「被害者の両親はすでに亡くなっているそうですけど、なんで亡くなったのか、そのことはわかりますか」

「いや——」

刑事は面食らったように首を振った。

「そこまではわからないが、それが何か事件に関係があるのか」

「関係があるかどうか……」

志穂がそのことを説明しようとしたそのとき、ドア口から、おい、と声をかけられた。

袴田だ。

ドアの隙間から顔を覗かせ、すぐにスッと立ち去っていった。

志穂は袴田のあとを追った。

袴田は非常階段の踊り場で志穂のことを待っていた。

ここなら外から姿を見られる心配はない。

「ようやく会えたな。会うのにずいぶん手間をかけさせられたぜ——」

袴田はニヤリと笑って、

「頼まれたことな。一応、調べはついた。あんたの考えたとおりだ。姉さんとはいってない。双子ともいってない。姉妹ともいってない。おれにはよくわからないんだがな。なんでもフォルマントとかが違うんだそうだ」

「やっぱりそうだったのね――」

志穂は興奮した。

「頼んでばかりで悪いんだけどね。ほかにも色々と調べて欲しいことが出てきたの」

「人使いの荒い女だ――」

袴田は顔をしかめて、

「そういえば徳永先生が急に退院したということだぜ。佐原検事が特被部にわざわざ電話をかけてきて、そのことを教えてくれたということだ」

「徳永先生が？」

「ああ、退院したらしい」

袴田はうなずいて、ちょっと迷ってから、

「いま、そこで小耳にはさんだんだけどな。死んだ女が北海道出身だというのはほんとうか」

「ええ――」

「そうか。まさかとは思うが、こいつは猪瀬の件にも関係あるのかな」

「なに、それ、猪瀬さんて、あの猪瀬さんのこと?」

「ああ、警察もマスコミも伏せているし、あんたは誘拐のほうにかかりっきりだったんで、なにも急ぐことはないと思って、これまで黙っていたんだがな。じつは——」

袴田がいいかけてその口を閉ざした。

所轄署の刑事がひっそりと踊り場にすべり込んできた。

「いま入った報告なんですけどね。また岸上家に犯人から連絡があったらしい。例によって、ベルの回数で電話番号を伝えてきた。どこかの家の留守番電話にメッセージが放り込まれていたということです。今度は男の声でメッセージが入っていたらしい……」

刑事は緊迫した声でいった。

「犯人が仕切りなおしを要求してきたというんです。犯人は一億円を取りそこなってだいぶ慌てているらしい。赤ん坊は無事でいる。今度こそ、赤ん坊を返すから、もう一度、一億円をあんたに運んできて欲しい、とそう要求してきたというんですけどね」

誘拐　午後三時三十分

1

葛西臨海公園だ。

総面積二万七〇〇〇平方キロ強、なぎさを配して、淡水池、汽水池、森林を造成し、バードウォッチング・センターを設けている。

最寄りの駅は、JR京葉線「葛西臨海公園駅」――

駅は高架式になっていて、その下にファーストフードの店とゲームセンターがある。

三時十分。

志穂はそのファーストフードの店にいた。

誘拐犯があらためて、この場所と、時間を指定してきたのだ。

今度は男の声で、

――一億円を運ぶのは特被部の北見志穂にやらせること。

やはりそう指名してきた。

ただちに「直近追尾班」十名、特別機動隊の覆面パトカー数台、さらに別動隊二十数名が現場に配備された。

このうち「直近追尾班」については、特殊犯係とスリ係の女性警官が組んで、二組のアベックになって、ファーストフード店内に張り込んでいる。

ふたりの女性警官たちがその髪のなかにイヤホーン・コードを隠していることはいうまでもない。

そのほかに腕に覚えのある機動捜査隊員、交通巡視員、それぞれ一名が、客をよそおって店内にいる。

そのファーストフード店は、やや床が持ちあがっていて、一階が二階の高さになっている。しかも前面がすべて窓になっているから、外からなかの様子をうかがうのには都合がいい。

幸い、葛西臨海公園にはバードウォッチング・センターがあり、双眼鏡を胸にぶらさげて園内をうろついても、だれもそれを不審には思わない。

胸に双眼鏡をぶらさげて何人かの男たちが園内を散歩している。

男たちは、ときおり双眼鏡を日に当てているのだが、そのレンズは空を飛んでいる鳥たちにではなく、ファーストフード店に向けられているようだった。

誘拐犯から岸上家に連絡があったのは午後一時――

それからわずか二時間で捜査本部はこれだけの態勢をととのえたことになる。

それというのも、すべてが今朝あったことのくりかえしだからだ。

一日のうちに二度、誘拐犯人に身代金を渡すことになるという異常な事態だ。こんなことは警視庁はじまって以来のことだ。

今朝がリハーサルで、今回がいわば本番ということになるかもしれない。リハーサルでは警察はとんでもない失敗を犯した。もっとも犯人のほうでも、共犯者の女が死に、しかも一億円を取りそこねたのだから、やはり失敗を犯したということになるだろう。

警察としては二度の失敗は絶対に許されない。

いや、本来、一度の失敗も許されないのが誘拐事件の捜査であるはずなのだが、幸いにも、というべきか、思いがけずリターン・マッチの機会を与えられることになった。

今度こそ、誘拐された赤ん坊を取り返し、犯人を逮捕しなければならない。

ファーストフード店はかなり混んでいる。高校生が多い。そこかしこから屈託のない笑い声が聞こえてくる。

からし色を基調にした、明るい店内だ。

志穂は一億円の入ったバッグを足元に置いて、ひとり、客席にすわっている。

ハンバーガーとコーヒーを注文したが、もちろん、そんなものが満足に喉を通るはずがない。

誘拐犯からの連絡をじりじりしながら待っているのだ。

三時十五分、連絡があった。

レジの女の子が、

「北見志穂さん、いらっしゃいますか。北見志穂さん――」

そう声を張りあげた。

「はい」

志穂は立った。

そのときにも一億円の入ったバッグを持つのを忘れない。

「お電話が入っています」

「はい」

レジのカウンターに行き、電話を取った。

「北見志穂か――」

男の声が聞こえてきた。特徴を消すつもりだろうか、なにか妙にぼんやりと間延びした声だった。

「そうです」

「女子トイレに入れ」

「え？」

「女子トイレに入るんだ。入口から二番めの個室に入れ」

「女子トイレに入るんですね。入り口から二番めの個室」

男の言葉をことさら復唱したのは、もちろんワイヤレス・マイクを通して、犯人の指示を捜査員たちに伝えるためだった。

「それからどうするんですか」

「…………」

男は何もいおうとしなかった。すぐに電話を切った。

志穂はバッグを持って、そのまま女子トイレに向かった。

――だれか女性警官のひとりがついてくるのだろうか。

そう思ったが、さすがに捜査員たちは慎重にかまえていて、そんな見えすいた真似はしなかった。この店内のどこかに共犯者がいないともかぎらない。

ファーストフード店の裏口を出た。そこに通路があり、トイレがある。どうやら隣りのゲームセンターと共同のトイレになっているらしい。

女子トイレに入り、二番めの個室に入った。

そこの棚にプラスチック合成樹脂のカバンが置かれてあった。

カバンの蓋を開ける。

なかに衣類が入っていた。

衣類のうえに、コピー用紙が一枚、
金を鞄に詰めかえる。

服を着替える。

鞄以外は、手ぶらになれ。

葛西臨海公園三時三十分発、クィーンメリッサ号に乗れ。

ワープロでそう印字されていた。

クィーンメリッサ号の予約チケットがクリップでとめられている。

胸にとめたワイヤレス・マイクに犯人の指示を口早に伝えた。

どうして、一億円をカバンに詰めかえ、服を着替えなければならないのか?

その疑問はすぐに解けた。

カバンの大きさは横八十センチ、縦が十五センチあまり、厚さは十センチほどだろう。

つまり一千万の札束を縦二列、横五列に入れると、それでもう数ミリの隙間もなくなってしまうのだ。一千万の札束は厚さが九センチほど、カバンの上蓋を閉めると、ぴったりと納まってしまう。

着替えの服もそうだ。

肌にぴったりと密着したボディコン・スーツなのだ。しかも下着が透けるような白、ノースリーブで、胸もとが大胆にえぐれている。もちろん、ポケットなんかがついているはずがない。

このカバンを持ち、このボディコンを着て、しかも手ぶらになる、というのは、つまり身代金以外は何も持ってはならない、ということだ。

携帯電話も持てない。胸もとが深くえぐれていて、そこにワイヤレス・マイクを隠すこともできない。白い繊維は光を透かすから、下着に何か隠すことさえできないのだ。

つまり志穂が捜査員たちと連絡する方法はすべて絶たれてしまうことになる。

しかし——

だ。

志穂に選択の余地はない。

クィーンメリッサ号が三時三十分に出航するとしたら、もうほとんど時間がないのだ。

いわれるままにボディコンに着替えるほかはない。

この犯人はなにもかも計算しつくしている。非常に頭がいい。

——財布ぐらいは手に持っていってもいいだろうか。

迷ったが、犯人は手ぶらになれ、と指示しているのだ。自分ひとりの判断で勝手なことはしないほうがいい。財布もトイレに置いていくことにした。

クィーンメリッサ号の電話はテレホンカード専用機だ。どんなに一億円でぎちぎちになっていても、テレホンカードの一枚ぐらいは、なんとかカバンに忍ばせることができる。

しかし、犯人が同船している場合のことも考えなければならない。志穂が電話ブースに入るのを見れば、それだけで取り引きを中断するかもしれない。

いや、よしんば犯人の目を盗んで、なんとかブースに入ることができたとしても——

そのまえにカバンの蓋を開け、あたふたとテレホンカードを抜き取ったりしていれば、それだけですべてはぶち壊しになってしまうだろう。

かといって、体のどこにもテレホンカードを隠せるようなところはない。

「………」

呆然とせざるをえない。

志穂はテレホンカード一枚、持っていくことができないのだ。

携帯電話で犯人の指示を捜査員たちに伝えた。

そして財布、携帯電話、ワイヤレス・マイクを残して、トイレを出た。


井原は覆面パトカーのなかにいる。

クィーンメリッサ号の発着場に向かう志穂の姿を双眼鏡で追った。

朝は、秋ヶ瀬桟橋から葛西臨海公園までのクルージングに乗った。今度は、それを逆に、葛西臨海公園から秋ヶ瀬桟橋までのクルージングに乗るわけだ。

どこまでもくりかえしだ。今回も犯人は新芝川桟橋に一億円をおろさせるつもりか。

いや、そんなことはしない。いくらなんでもこの犯人はそこまで愚かではない。

犯人にしたところで、今回は警察が万全の態勢をととのえていることは承知しているはずだ。

すでに新芝川桟橋にも人員を配置してあるし、念のために、クィーンメリッサ号にも手配をしておいたのだ。

井原は志穂の姿を双眼鏡で追いつづけながら、

――どうやって犯人は金を受け取るつもりなのだろう？

そのことを考え、ふと妙なことを思いついた。

双眼鏡をおろし、

「おい、あのカバンな。あれなら水に浮くんじゃないか」

捜査員にそう聞いた。

「ええ、プラスチック合成樹脂ですからね。水に浮くと思いますよ――」

捜査員はけげんそうな顔をしたが、すぐに、あっ、と声をあげた。

「犯人はあのカバンを川に投げ込ませるつもりなのか」

「荒川はどこが管理してるんだ？」

「さあ、東京都と埼玉県じゃないですか」

「荒川には水門が多い。これから、どこか水門を開ける予定がないか、すぐにそのことを問いあわせるんだ――」

井原は興奮していた。

「水門を開ければ水が流れる。カバンも流れていく。犯人はそれをどこか水門の先で拾いあげればいいんだ。各特別機動隊、自動車警ら隊に、荒川の水門の監視に当たらせろ。埼玉県警にも応援を求めろ」

次々に指示を与えながら、これだ、これに間違いない、と井原はそのことを確信していた。

確信しているはずなのに——

胸に一抹の不安が残っているのはどうしたことなのか？

2

クィーンメリッサ号は三時三十分の定時に葛西臨海公園を離れた。

朝、秋ヶ瀬栈橋を出航したときには、クィーンメリッサ号は満席だった。しかし、今回は三分の一ぐらい、座席が埋まっているだけだ。

男たちがちらちらと好色な視線を志穂に向けてくる。

それも無理はない。

ボディコンは肌にぴったり密着し、体の線をいやがうえにも強調させている。それまで穿いていたのがジーンズだったから、ストッキングさえ着けていないのだ。ほとんど水着で歩いているようなものだった。

しかし、いまの志穂はそんなことは気にしていられない。

それどころではないのだ。

新芝川桟橋に着くのは四時五十五分、終点の秋ヶ瀬桟橋に着くのは六時五分——

また新芝川桟橋で一億円をおろさせるのか。秋ヶ瀬桟橋まで行くのか。それともクルージングの途中でなにか仕掛けてくるのか。

志穂はじっとりと汗ばんでいた。

汗をかくと、ボディコン・スーツに肌が透けて見えるが、それもまた、いまの志穂にはどうでもいいことだった。

川の水が日の光にきらめいている。その光のなかを水鳥が飛びかっていた。

「………」

あいかわらず喉が痛い。

しかし、もう薬は飲まない。

絶対に飲まないことに決めた。

出航して二十分ほどたった。

売店の若い女の子が近づいてきた。

「お客様、北見志穂さんでいらっしゃいますか——」

にこやかな表情でそういった。

「お電話が入っています」

そして、そのにこやかな表情を崩さずに、特殊犯係の村木です、とこれは囁くように低い声でいった。

「…………」

志穂もまた表情を変えなかった。

うなずいて、カバンを持ち、電話ブースに向かった。

ブースに入って、受話器を取り、はい、北見です、とそういった。

「あと七、八分で船は京成押上線鉄橋にさしかかる。カバンを持って船からその鉄橋にあがるんだ――」

いきなり男の声がそういった。ファーストフード店で聞いた、あのどこか間延びしたような声だ。

志穂はあっけにとられ、

「そんな……そんなことできるわけないじゃないの。わたしは軽業師《かるわざし》じゃない。甲板から鉄橋の橋桁《はしげた》まではずいぶん間隔があいているはずよ。とても船から鉄橋にあがることなんてできっこない。それに鉄橋には電車が走っているわ。鉄橋なんかにのこのこ這いあがったら、すぐに撥ねとばされちゃう」

「間隔はあいていない。今日は」

「…………」

「今日の東京の潮位は二〇〇センチだ。最高の潮位だ。満潮は十六時。甲板に立てば鉄橋の橋桁の下に手が届く――」

「でも……でも――」

「電車はとめろ」

「…………」

「満潮時、万が一のことを考えて、押上線鉄橋の下には四本の鉄線が張りわたしてある。潮が高すぎて、鉄橋の下をくぐるのが危険なときには、船はその鉄線に触れ、それを切断するようになっている。鉄線が切断されると自動的に押上線の電車はとまることになっている。甲板から手を伸ばせば鉄線に届く。一本だけでいい。鉄線を切断すれば電車はとまる。船には工具の用意があるはずだ。ペンチを借りて鉄線を切断しろ――」

「…………」

「鉄橋にあがったらすぐに葛飾区側に向かうんだ。墨田区側じゃない。表示が出ているからすぐにわかるはずだ。そして6号線、水戸街道に向かえ。そこに白鬚《しらひげ》神社という神社がある。鉄橋から歩いて五分とはかからない。白鬚神社にホンダのカブがある。カブC50だ。キーが差しっぱなしになっているからそいつに乗るんだ。それから先はまた追って指示する」

内容だけを聞けば、きびきびした口調に聞こえる。しかし、実際には、ひどく間延びした口調なのだ。オウムが人間の口真似をしているのに似ている。内容を理解せずに、ただたんに口を動かしているにすぎない。そんな印象なのだ。

「わたし、これまでバイクになんか乗ったことない」

これは嘘だ。相手が予想もしていないことをいって、その反応を聞いてみたかった。

「…………」

反応はなかった。思いもかけない言葉にとまどっているようでさえない。ただ反応がなかった。それだけだ。

志穂があわてて、

「赤ちゃんは？　赤ちゃんは無事なの？」

そう聞いたときには、カチッ、という音がして、電話は切れていた。

電話を切り、一瞬、男の声を頭のなかで反芻《はんすう》してみた。

聞いたことのある声だ。

しかし――

いまはそんなことを考えているだけの余裕はない。

船はすぐにも京成押上線の鉄橋にさしかかるはずだ。

ブースを飛びだした。

そこに特殊犯係の村木が立っていた。

顔は志穂に向けていない。

さりげないふうを装いながら、目だけを問いかけるように動かし、志穂を見た。

「押上線の鉄橋にあがる。白鬚神社にカブがとめてある。それに乗る。電車をとめるのには鉄橋の鉄線を切断する――」

ほとんど口を動かさずに、それだけをすばやく囁いて、

「すみません。ペンチがあったら貸していただけませんか」

とこれは大きな声でいう。

「ペンチですね。わかりました。いまお持ちします――」

村木はにこやかにうなずいて、操舵室のほうに向かった。

なんとか平静を装おうとしている。が、その後ろ姿には緊張が滲んで、明らかに歩く姿がぎこちなかった。

すぐに村木は戻ってきた。

ペンチを渡しながら、それに隠すようにして、すばやく携帯電話を志穂の手に押しつけてきた。

「…………」

志穂は身をひるがえした。

携帯電話は胸もとに差し込んだ。

片手にペンチ、片手にカバンを持って、急いだ。
甲板に通じる扉は閉ざされていた。
それを下から押しあげた。
だれかが、
「甲板に出ないでください。今日は潮が高くて危険です――」
背後からそう声をかけてきた。
無視した。
甲板にあがった。
風が強い。
思いがけない近さに京成押上線の鉄橋が迫っていた。
たしかに潮位が高い。
水面から鉄橋までの高さはおよそ三メートルというところか。
いまにもクィーンメリッサ号の客室の屋根が鉄橋に激突しそうに見えた。
鉄橋のすぐ前に黄色いゲートがある。
クィーンメリッサ号はそれをぎりぎりにくぐった。
船が揺れた。
きしんで音をたてた。

水飛沫《みずしぶき》が顔にかかった。
鉄橋はもうすぐ目のまえだ。
橋桁がぐんぐん視界に迫ってきた。
「…………」
両手でカバンを頭上に振りかざした。
一億円、重さはおよそ十キロ、それにカバン自体の重さが加わる。
非力な志穂には決して楽なことではない。しかし、やらなければならない。
叫んだ。
投げあげた。
カバンは放物線をえがいて飛んだ。
鉄橋のうえに消えた。
頭を沈めた。
橋桁が髪をかすめた。
危うく頭を砕かれるところだった。
船が鉄橋の下に入った。
ゴーッ、という何か重いものが驀進《ばくしん》しているような音が頭上に鳴り響いた。
激しく揺れた。

鉄線が張りわたされていた。
身をかがめながらペンチで鉄線を切った。
船が鉄橋を通過した。
ペンチを投げ捨てた。
クルリ、と振り向きざま、必死に橋桁にしがみついた。
足が宙に浮いた。
体が甲板から離れた。
腕が痛い。
必死にもがいて、なんとか懸垂の要領で、体を鉄橋のうえに持ちあげた。
手足がすり傷だらけになっている。
二十メートルほど離れて電車がとまっていた。
電車から乗員が飛びおりて、志穂に向かって走ってきた。
乗員に事情を説明している暇はない。
カバンを拾いあげ、急いで反対側に走った。
葛飾区側に、だ。
白いボディコンは汚れに汚れ、脇の下が裂けていた。
髪の毛も乱れている。

まるで強姦にあったようなひどい格好だがそんなことにかまってはいられない。

線路から道路に飛びおりた。

水戸街道に急いだ。

男は五分といったが、そんなにはかからなかった。

白鬚神社はすぐに見つかった。

そこに一台のカブがとまっていた。

たしかにキーは差し込んだままになっている。

カバンを荷台にくくりつけた。電源が入っていることを確かめ、携帯電話をカバンの下に押し込んだ。

そのとき神社の横にとまっていた黒いセダンがゆっくりと発進した。

ヘッドライトを点滅させたのは、ついて来い、という意味なのだろう。

車の窓にはスモークが入っていた。

どんな人間が運転しているのかは外からうかがうことができない。

セダンは埼玉県方向に向かっている。

志穂はカブにまたがり、セルをひねって、エンジンをかけた。

そして車のあとを追った。

3

三十分ほどでそこに着いた。

こんなところがあるとは知らなかった。

荒川沿いに走り、笹目橋を抜けて、すぐのところだ。

彩湖《さいこ》——

という調節池があった。

荒川の治水のために造成された調節池であるらしい。

池、というより、ほとんど広大な湖といっていい。

そこかしこに「荒川調節池総合開発事業」と記された看板が掲示されていた。

表示によれば、

——調節池の広さ五・八平方キロメートル、貯水容量三九〇〇万立方メートル。

というからたいへんな規模の調節池だ。

もっとも、まだ完全には完成していないらしい。いたるところ造成中の赤土がむき出しになって掘りかえされていた。

四時三十分をまわったばかりの時刻だというのに、調節池の周辺に人の姿はなかった。
すでに西の空がだいだい色に西日を滲ませていた。
その赤く染まった空を、水面に映し、調節池はひっそりと横たわっていた。
調節池にそって道路がつづいている。
セダンはその道路をどこまでも奥に向かって進んでいく。
それをカブで追いながら、
――なんとか本部に連絡しなけりゃ。
志穂はそれだけを考えている。
しかし――
この犯人はどこまでも綿密に徹底してすべてを考え抜いている。
志穂をカブに乗せたのは、車のなかから志穂を見張ることができるからだ。
携帯電話はある。
しかし、電話をかけようとすれば、車のバックミラーにそれが映る。
どうにも連絡しようがないのだ。
白鬚神社のことはあの村木という捜査員に告げてある。
が、あんな短時間に、捜査本部が白鬚神社に人員を手配できたとは思えない。
誘拐犯はまた志穂をクィーンメリッサ号に乗せようとするかもしれないとは予想で

きた。

しかし、まさか京成押上線の電車をとめ、鉄橋によじ登らせるとまで予想した人間はひとりもいない。ましてや白鬚神社などは考慮の外にある。誰もこんなことを予想した人間はいない。

――どうして誘拐犯はわざわざ身代金の受渡しを今日まで待ったのか？

そう疑問を呈した捜査員がいる。

答えはかんたんなことだった。

誘拐犯は荒川の水位が最高に達するのを待っていたのだ。

ということは、身代金を受け取るのに失敗した場合にそなえて、あらかじめ次の計画も考えておいたということか。

恐ろしい相手だった。

その恐ろしい相手に、いま、志穂はたったひとりで立ち向かおうとしている。

車がとまった。

志穂もバイクをとめた。

三十メートルほどの間隔がある。

右手に「放流樋管《ひかん》」と表示された施設がある。

土手から、橋のように通路が渡され、管制塔のような施設につづいている。

高さは十メートルほどか、二本の太い柱にささえられ、前面に窓を設けた施設が地上から持ちあげられているのだ。

施設には誰もいないらしい。

窓が暗かった。

その柱のすぐ下は、貯水槽というのだろうか、深いプールのようになっている。

二面の壁がなだらかな傾斜をなしていて、その底にわずかに水が溜まっていた。

車の窓が開いた。

志穂からは腕だけが見える。

長袖のシャツを着ていた。

その二本の腕が、蓋を開けるようなしぐさをして見せた。

カバンを開けろというのだろう。

カブの荷台からカバンをおろして、相手から見えるようにし、蓋を開けた。

携帯電話は荷台に残されたままだ。

まだ、これは使えない。

相手が立ち去ったらすぐにでも本部に電話をし、緊急配備を敷いてもらう。

そのまえに赤ん坊の無事を確かめなければならないのはもちろんだ。

腕がうねった。

どうやらカバンを運んでこいといっているらしい。

蓋を開けたまま、カバンを胸のまえで捧げ持つようにし、車に向かった。

手がひるがえった。

掌を返し、地面を指さした。

カバンを地面に置けといっているらしい。

いつまでも犯人のいいなりになってはいられない。

「赤ちゃんはどこにいるの？」

志穂は声を張りあげた。

「赤ちゃんの無事を確認するまではお金は渡せないわ」

セダンがふいにバックした。

左に切り返し、車首を「放流樋管」のほうに転じた。

そしてヘッドライトをつけた。

「…………」

志穂はライトの先に目を向けた。

ヘッドライトの明かりがぼんやり貯水槽の壁を照らしだした。

そこに人間の背丈ほどの矩形《くけい》の穴が開けられている。ガレージの扉のように、うえに巻きあげられ、鉄の柵があがっていた。

ヘッドライトの明かりはその穴のなかまで射し込んでいた。

「…………」

志穂は顔色が変わるのを覚えた。

穴のなかにピンクの色彩が見えた。

揺り籠、だ。

しかも、その揺り籠のなかで動いているものがいる。

「泉ちゃん！」

志穂は叫んだ。

そのとき——

貯水槽がくぐもった音を発したのだ。地鳴りのように不気味な音だった。

それまで貯水槽の底にひっそりと溜まっていた水がふいに波だった。白い泡を噛んで、ゴウゴウと音をたてながら、激しく渦をえがいた。見る間に水位があがっていく。

そう、これは放流樋管なのだ。

大量の水が貯水槽に放出された。

水位は急速にあがっていき、ついには「放流樋管」の穴の縁まで達した。いずれ水は穴のなかに流れ込んでいくだろう。

その穴のなかには赤ん坊がいる。

「泉ちゃん――」

志穂は叫んだ。

カバンを振りまわし、一億円を地面にばら撒いたのは、すこしでも犯人が逃げるのを遅らせようという気持ちが無意識のうちに働いたからだろう。

志穂は貯水槽に突進した。

斜面を一気に駆けおりて、水のなかに飛び込んだ。

水はすでに首の高さまで達していた。

その水を掻きながら、必死に穴に向かう。

水位が穴の縁をこえていた。

水はゴボゴボと泡だちながら、穴のなかに流れ込んでいく。とてつもない勢いだ。

揺り籠がゆらゆらと揺れはじめた。

穴のなかに飛び込んだ。

というより穴のなかに押し流されたといったほうがいいかもしれない。

揺り籠のなかから赤ん坊を抱きあげた。

赤ん坊は元気だった。志穂の顔を見て、キャッ、キャッ、と笑い声をあげた。

「泉ちゃん、泉ちゃん――」

涙が噴きこぼれてきた。赤ん坊を胸に抱きしめて、頬ずりをした。

そのとき恐ろしい轟音を発して鉄柵が下りてきたのだ。

ぴたり、と穴をふさいだ。

一瞬のことだった。

もうこの穴からは逃げられない。

水はゴウゴウと音をたてながら穴のなかに流れ込んでくる。この勢いだとすぐにも穴の天井に達するにちがいない。

揺り籠がゴボゴボと泡をたてながら沈んでいった。

「死なせない、死なせない、死なせるもんですか!」

志穂は狂ったように叫んでいた。

自分自身に向かって、卑劣な犯人に向かって、まだ生まれて間もない赤ん坊を殺そうとする非情な〝運命〟に向かって。

そのときになって自分がまだカバンを持ったままでいることに気がついた。

このカバンは水に浮く。

蓋をいっぱいに開けて、赤ん坊をカバンに乗せた。

赤ん坊がまたキャッキャッと笑った。

志穂はカバンにつかまりながら、必死に立ち泳ぎをつづけた。

いまにも溺れそうだった。いや、実際にはもう溺れていた。何度も頭が水のなかに沈んだ。そのたびごとに、赤ん坊だけは救わなければならない、という執念にすがって、必死に浮かんだ。

しかし——

水はすぐにも天井に達するだろう。そうなれば赤ん坊は死ぬ。わたしはもうどうなってもいい。でも赤ん坊が死んでしまう。ああ、死んでしまう……

狂おしい絶望感が胸をふさいだ。

志穂は必死に水にあらがいながら泣きじゃくっていた。

信じられないことが起こった。

鉄柵が跳ねあがったのだ。

何人もの男たちが水のなかに飛び込んできた。

捜査員たちだ。

なかでも先頭をきって泳いでくるのは井原だ。

もの凄い形相をして、

「渡せ！」

志穂の腕から赤ん坊をもぎ取ると、身をひるがえし、穴の外に泳いでいった。

ほかの捜査員たちが志穂の体を支えた。ひとりが背後から首に腕をまわし、ぐいぐいと引っ張っていってくれた。

志穂は全身から力を抜き、あおむけになって、自分を捜査員たちにゆだねた。

穴の外に出た。

西日が目に染みた。

赤い、生きている、血の色だ。

貯水槽からひきあげられて、

「赤ちゃんは？」

真っ先にそう聞いた。

「大丈夫だ。すぐに病院には運ぶが、すり傷ぐらいのことらしい」

井原はあごをしゃくった。

救急車がサイレンを鳴らしながら発車するところだった。

「どうしてここがわかったの？」

「もちろん追跡してきたんだ」

「追跡？」

「携帯電話はな、電源を入れているかぎり、いつも特定のＩＤを発しているんだよ。その信号を追ってきたんだ」

「ああ……」

と志穂はうなずき、犯人はどうしたの、とそう尋ねた。

「残念ながら逃げられた。緊配（緊急配備）の手配をしたから、うまくいけば網に引っかかってくれるかもしれない——」

井原は顔をしかめたが、すぐに笑いを浮かべると、

「でもな、犯人はまた金を取りそこなったんだぜ。よっぽど慌てたんだろうな。一億円は地面に投げだされたままだった。どじな野郎だぜ」

「そうなんだ——」

志穂はぼんやりとうなずいた。その視線は宙をさまよっていた。

「犯人はまたお金を取らなかったんだ」

姦の終焉

1

シャワーのハンドルをひねる。

熱い湯が噴きだしてきた。

髪を両手でたくしあげ、シャワーの湯に顔をさらす。

聞こえているのは、
モーツァルトのピアノ協奏曲二十三番——

シャワーの音に、流麗なピアノの響きが重なって聞こえ、ふと、それが母親の胎内を流れる血の響きを連想させる。

懐かしく、そして狂おしいその響きを。

「…………」

一瞬、自分のなかを凝視する。

双子の妹が現れるのではないか、とそう思った。

が、現れない。まだだ。

鏡を見る。

そこに映っているのはわたしだ。双子の妹ではない。そのことにわたしはいくらか落胆する。妹を嫌悪しているのに愛している。それがわたしだ。あれ以来、双子の妹は現れようとしない。あのめくるめく夜に現れて以来——

あのとき鏡のなかに映っていたのはわたしだったろうか。双子の妹か。それとも志穂だったのか。

わたしが、

双子の妹が、

電話をかけた。

あの夜に——

志穂もお風呂に入っているのではないかと思いはしたが（わたしはいった。今夜はなにも考えずに、ゆっくりお風呂にでも入って休んだほうがいい）、たしかにそうだと確信していたわけではない。
志穂の部屋の浴室にはコードレスホンが置いてあった。
顔を洗いたいと称して浴室に入ったときにそのことは確かめておいた。
だから、志穂がお風呂に入っていても、電話は取ってくれるはずだ、とそう思った。
でも、
わたしが、
双子の妹が、
電話をかけたとき、
志穂がお風呂に入っているのを確信していたわけではない。そうだったらいいな、とは思っていた。だってわたしも、双子の妹も（双子の妹も？）お風呂に入っていたのだから。どうせなら三人とも裸のほうがいい。そのほうが何倍もいい。でも確信はなかった。
だから、
電話の声が浴室の反響にくぐもって聞こえたときには嬉しかった。ああ、やっぱりお風呂に入っていたんだ、とそう思った。
…………
……

姉さんは志穂のことが好きなんだね
双子の妹がクスクスと笑う。
好きなんだ
…………

そうよ。
わたしは志穂が好き。
でも、あなたのことも好き。
あの夜は最高だったわ。
あの夜、わたしたち三人は無邪気な子供のようだったわ。裸の天使のようだった。
わたしたちはあんなにおたがいを愛しあった。素敵だった。楽しかった。

志穂はそうでもなかったんじゃない？
だって電話で
わたしには双子の妹なんかいない
そう叫んでたじゃない？

あの夜はほんとうに楽しかった。でも、わたしは楽しむために志穂に電話をかけたのではない。あの夜、志穂は意識がもうろうとしているようだった。(わたしの薬がきいていたのだ。喉頭炎の薬。そう、あれは喉頭炎の薬なのだ。ピリドンカルボン酸系。合成抗菌剤。だれが分析したってそれ以上のことがわかるはずがない)それでわたしが、双子の妹が、電話をかけたのをすべて自分の妄想だとそう思い込んだらしい。自分のもうひとりの人格が現れて話しかけているのだとそう思っていた。実際には、あのときには、志穂、わたし、わたしの双子の妹、の三人がぐるぐると——電話線の両端で——夢をめぐりながら話をしていたのだ。

きっと志穂は自分が電話で話をしたことも妄想だったと思っているだろう。電話で話をしたのではなく、妄想のなかで、自分の双子の妹と話をしたのだとそう思い込んでいるのにちがいない。

要するに——

もうあと一突きだったのだ。

もうあと一突きで志穂は自分が多重人格障害におちいっているとそう完全に信じ込んでしまうはずだった。

そうでなければならないのだ。志穂にはそう信じてもらわなければならない。赤ん坊を誘拐したのは自分だと（少なくとも自分のもうひとつの人格だと）そう信じてもらわなければならなかった。

あの夜、電話をかけたのはそのためだった。わたしは浴室に入って透明リップ・グロスを鏡のうえに走らせた。

足立区鹿浜　江南コーポB棟53

リップ・グロスは口紅ではない。唇につや、を出すためのものだから、もともと色などついていない。薄く書けば見えるはずはないが、よしんばうっすらと跡が残ったとしても、あの精神状態の志穂がそれに気がつくはずがない。成分はオイルなのだから、湯気で鏡の表面が曇りでもすれば、ぼんやりと文字が浮き出てくる。

つまり志穂が風呂に入ったときには鏡のうえに文字はない。だけど、シャワーのお湯でも出して、浴室に湯気がこもれば、鏡のうえに文字が浮き出てくるわけだ。

浴室には志穂ひとりしかいない。当然のことながら、自分が書いたものだと思う。書いた覚えがなければ双子の妹が書いたものだとそう思うだろう。ますます自分が多重人格障害におちいっているとそう信じることになる。

わたしは志穂を江南コーポに導いて、そこから「十条愛児院」まで誘いだしてやるつもりだった……

シャワーをとめる。
タオルで全身をぬぐい、白いコットンのガウンを着て、浴室を出る。
パノラマ窓全景に浜松町の夜景が広がっている。
東京湾を行き来する船の灯が美しい。
冷蔵庫からバドワイザーを取り、椅子に沈み込んで、それをぐいと飲んだ。
そして、ふと首を傾《かし》げる。
外の声を聞いている表情ではない。
自分のなかの声に聞きいっている表情だった。
——あなたなの？
そして、つぶやいた。
——あなた、やって来たの？
どこかで双子の妹がゆらりと揺れた。
クスクスと笑う。
……

鍵のことは傑作だったわね。
……

そうね、とうなずいた。たしかに傑作だったわ。椅子の背もたれに体をあずけ、自分もクスクスと笑う。鍵のことはうまくいくかどうか自信がなかった。だけど、あとで松本直子から聞いたかぎりでは、なんとかうまくいったみたいね。志穂はなんの迷いもなしに、ドアのまえの鉢を引っくり返して、鍵を見つけたらしいわ。きっと自分でそこに隠したんだとそう思ったでしょうよ。そうでなければそんなにかんたんに鍵が見つかるはずがないものね。自分か、そうでなければ自分のもうひとつの人格が、いいえ、双子の妹がそこに隠したんだとそう思い込んだ。ほんとうはわたしの暗示に引っかかっただけなんだけどね。

わたしは志穂にこういったのよ。（それを解く鍵はすぐ目のまえにあることが多いものよ。目のまえにあるものを、ちょっと引っくり返してみれば、あんがい、かんたんに解決してしまう）その言葉が志穂の頭のなかに残っていた。だから無意識のうちに、鍵を探すときに、目のまえにあった鉢を引っくり返してみたのよ。

………

赤ん坊を誘拐したのは松本直子がやったことなのね?

そう、松本直子は志穂が「十条愛児院」に向かったのを確かめて、すぐにそのあとを追った。もともと赤ん坊の誘拐にしても、自分がやったのではないか、と志穂にそう思わせるのが望ましい。できれば志穂が「十条愛児院」にいるあいだに赤ん坊を誘拐したかったのよ。松本直子はうまくやったけど、それもこれも志穂が喉頭炎の薬を飲んで、意識がもうろうとしていたからだわ。運もよかった。志穂がおあつらえむきに新生児室のまえのソファにすわってくれたしね。それも新生児室のドアに面したほうのソファにすわってくれた。なんとか口実をもうけて、そのソファにすわらせる計画だったから、志穂が自分からそこにすわってくれたのは、ほんとうに好都合だったのね。

……………

志穂はそこで青い顔をして、ほとんど失神寸前になっていたらしい。見るにみかねて(というのは口実で、それも最初から計画のうちに入っていたことなんだけどね)、松本直子は志穂をトイレに連れていった。そして、志穂がトイレに入っているあいだに、玄関にいつも置いてある移動式の鏡をもうひとつのソファのまえに運んだ。あの新生児室には壁の二面にガラス窓があるの。一方の壁には、ガラス窓の横に新生児室のドアがあり、もう一方の壁にはドアはない。もう一方の壁は、通路をはさんで、外に抜けるドアに面している。松本直子はもう一方の壁のほうに鏡を運んだのよ。そして、ガラス窓の横にそれを置いた。こちらの壁には新生児室のドアはない。だけど、ガラス窓の横に運んだ鏡が、通路をはさんで向かいあっているドアを映している（P309参照）。志穂は意識がもうろうとしているんだもの。鏡に映ったドアを新生児室に入るドアだと錯覚してもふしぎはないわ。そうでしょう？

…………

志穂はトイレに入るまでは、新生児室のドアに面したソファのほうにすわっていた。だけど、松本直子がトイレから連れ戻して、すわらせたのは、鏡に通路のドアが映っている側のソファのほうだった。志穂はそのことに気がつきもしなかった。自分はまえと同じソファに戻ってきたのだとそう信じて疑おうともしなかった。自分は新生児室のドアを見ているものとばかり思い込んでいたんだわ。実際に、志穂が見ていたのは鏡に映ったドアだったのにね。そんなこととは思いもよらなかったらしい。これはあとで松本直子が、志穂が師長と話をしているのを聞いて、確認していることだから間違いないわ。志穂は新生児室にはだれも出入りしなかったとそういってたそうよ。

実際には、松本直子が新生児室から赤ん坊を連れだしているんだけど、鏡に映ったドアを見ている志穂がそのことに気がつくはずがなかった。志穂は鏡に映っているドアを新生児室のドアだとばかり思い込んでいた。

ああ、姉さん、姉さん

…………

姉さんはなんて頭がいいの

どうしてそんなに頭がいいのかしら

志穂ばかりじゃない

百瀬澄子も、松本直子もその調子でうまくあやつったわけね

そう、わたしはあのふたりを人形のようにあやつってやった。

…………

……………

2

「妊娠・産後ストレス・センター」を運営しているおかげで、わたしのもとには膨大な医療データが送られてくる。わたしはどんな医療機関からでもデータを取り寄せることができるのよ。「セギ・リサーチ・カンパニー」が集団健康診断をした、と知って、そのデータを取り寄せた。「セギ・リサーチ・カンパニー」が「胎児の名簿」に関係していることを知っていたからね。なにかの役に立つかもしれないと思った。そして百瀬澄子が月経不順に悩んでいることを知った。わたしは百瀬澄子に連絡をとったわ。気になることがあるから診断したいとそういってね。もともと何も考えない、頭の軽い子だったのね。すぐにやって来たわ。たしかに百瀬澄子は月経が遅れていた。だから最初のうちは卵胞ホルモンを飲ませた。あれは女性ホルモンで月経異常に効果があるから。だけど百瀬澄子にはあまり効き目がなかった。それどころか月経異常が進んで、ほとんど無月経にまで、症状が進行していた。これなら大丈夫だとそう思った。わたしは百瀬澄子に妊娠しているとそういってやったわ。

彼女はそれを信じたのね。

信じたわ。わたしの専門は産婦人科だけじゃない。精神医学治療、カウンセリングも専門なのよ。医者はね、人の病気を治すこともできるけど、人を病気にすることだってできるのよ。わたしは百瀬澄子を妊婦にしたてて利用することを考えたの。あなたももう妊婦のひとりなのだから、「胎児の名簿」などというものがどんなに罪深いものであるか、それを考えなければいけない。わたしはそう百瀬澄子を懇々とさとしたわ。そんな罪深いことに関係している会社なんかやめてしまいなさい。なんならわたしのセンターで働けばいい。さっきもいったけどあの子は頭の軽い子なのよ。とう、わたしのいいなりになって、「胎児の名簿」に関する情報をどんどんわたしに洩らすようになった。

…………

「姉さん、あなたはほんとうに『胎児の名簿』を罪深いものだなんて考えていたの？　そんなはずはないわね。あなたがそんなふうに考えるわけがない」

「徳永教授が『妊娠・産後ストレス・センター』の責任者におさまっているのは名前だけのことよ。このプログラムを基本の基本から考えて、それをシステム化したのはわたし。だけど、わたしの名前じゃ『妊娠・産後ストレス・センター』の設立資金を集めることができなかった。それでやむをえず徳永教授をセンターの責任者に迎えた。徳永教授が名簿業者と結託して『胎児の名簿』なんてものを横流ししていると知ったときには驚いたわ。これは罪深いことだと思った。『胎児の名簿』は徳永教授のような無能な人間にゆだねておいていいものじゃない。そう思ったわ。わたしの『妊娠中および産後精神分析治療プログラム』をより完璧なものにするためには胎児の管理から始めるのがもっとも有効なの。『胎児の名簿』を管理していい人間がいるとしたら、それは無能な徳永教授なんかじゃない。わたしなのよ」

「あなたは『胎児の名簿』というシステムを徳永教授から奪おうとしたのね。それで百瀬澄子を利用して『胎児の名簿』に関する情報をあれこれ聞きだした。百瀬澄子は自分が妊娠していると思い込んでいた。自分が母親になる日を楽しみにしていた。父親が誰かも気にしていなかったみたいだわ。純粋に赤ん坊が生まれるのを楽しみにしていた。それなのに、姉さん、どうしてあなたは百瀬澄子を殺したの？　百瀬澄子が地検特捜部から目をつけられたから？」

「百瀬澄子は自殺したのよ」

「そう、自殺した。でも、あなたに殺されたの。百瀬澄子の部屋には睡眠薬が袋にも入ってないでむき出しのまま転がっていた。睡眠薬が危険な薬だってことぐらい、だれでも知っているわ。どんな無神経な人でもあんなことはしない。わたしはこう考えたの。だれかがあれをほかの薬だといつわって、百瀬澄子に渡したんじゃないかって。頭痛薬か、それとも便秘の薬だとでもいったのか。とにかく妊婦にも何の危険もない薬だとそう安心させて手渡した。もちろん、これは想像よ。でも、そうとでも考えなければ理屈にあわないのよ。現に、百瀬澄子は同僚に睡眠薬は怖いってそういってたらしい。百瀬澄子が睡眠薬を持っていたはずがないのよ。でも持っていた。あなたはこれは睡眠薬ではないとそういって百瀬澄子に睡眠薬を渡した。実際には睡眠薬そのものなのだから袋なんかに入れられるわけないわよね。べつの薬の袋に睡眠薬が入っていたら、警察だってそれを変に思うに決まってるもの。あなたのことだから、睡眠薬が妊婦の体にどんなに危険であるか、さんざん百瀬澄子に吹き込んでおいたにちがいない。だけど、これは睡眠薬なんかじゃない、とそういった。ここから先はほんとうに想像よ。でも、大筋のところは間違っていないと思う。百瀬澄子は安心して薬を飲んだ。きっと毎晩、常用したのね。それを見はからって、あなたはほかの薬と睡眠薬を間違えた、とそう電話した。奇形児の心配もある。それぐらいのことはいったかもしれない。百瀬澄子は悲観した。赤ん坊が生まれるのを唯一の生きがいにしていた。それをあなたは残酷にぶち壊した。百瀬澄子が自殺を選んだのは当然だわ」

「…………」

「松本直子の場合はその逆ね。彼女は妊娠していた。ところが、あなたはそれを病気だと思い込ませてしまった。妊婦にはいろんな体の変化が起こる。むくみ、めまい、動悸、息切れ、静脈瘤《じょうみゃくりゅう》、胸のむかつき、頻尿……これらはほとんど妊娠中期以降に起こる症状だわ。ところが松本直子の場合、自分が妊娠しているのに気がついてもいない時点で、こうした症状が出てきたんじゃないかしら。たまたま松本直子の両親はふたりとも癌で亡くなっている。松本直子は自分も癌になるんじゃないかとそのことを恐れていた。これも想像なんだけど、それも病的に恐れていたんじゃないかしら。現に、直子は三カ月前まで頻繁に癌の検査をしていたらしい。胸がむかついて、疲れやすい。これはたしかに癌の症状に共通しているしね。妊娠すると子宮が大きくなって膀胱が圧迫される。頻尿になる。子宮癌ならやはり頻尿になるわ――」

「子供だましね。松本直子は介護ヘルパーよ。そんな子供だましに引っかかるかしら？」

「なまじ医療の知識があるだけに引っかかりやすいということもあるわ。あなた、松本直子に抗癌剤を飲ませたわね。松本直子は癌のことをよく勉強していた。女性が抗癌剤を飲むと無月経になることが多いのをよく知っていた。あなたはそうなるのを狙った。そして実際に、そうなった。松本直子は妊娠して月経がないのを抗癌剤のせいだと思い込んだ――」

「松本直子は死んだわ。遺体は解剖される。抗癌剤が検出されることになるわよ。そうなればわたしの推理が正しいことが証明されるはずだわ」

「………」

「……………」

「ふつう女性は自分が妊娠したことに二カ月ぐらいは気がつかない。まして松本直子は両親を癌で亡くして、癌ノイローゼのようになっていた。女性の場合、病気が月経を不順にすることはよくある。当然、介護ヘルパーの松本直子にはそれぐらいの知識はある。それにつけ込んで、あなたは妊娠している松本直子を癌だといつわって、つづいて月経がないのを抗癌剤のせいにした。ひどい話だわ。姉さん、松本直子とはどんなふうにして知りあったの？　どこかの病院で知りあったのかしら」

「そう、病院で知りあったの。介護ヘルパーとしては有能だったけど、暗い子だった。とても暗い子。両親を癌で亡くし、ほかにもいろいろと苦労してきて、世の中を斜めに見るようになっていた。世の中を恨んでいたのよ。癌だと聞いただけでもう自分はすぐにも死んでしまうとそう決め込んでしまった。もう怖いものは何もない、何でもする、とそういったわ。どうせ自分は死んでしまうものだと思い込んでいる。誘拐犯になるのだって、すこしも怖がっていなかった。もともと犯罪者の素質を持っていたのかもしれない」

「あなたがそう仕向けたんじゃないの。あなたには岸上さんの赤ん坊を誘拐しなければならない理由があった。どんな理由かはわからないけど。だけど自分で手を下すのはいやだった。それで松本直子を誘拐の実行犯に選んだ。そのためにあなたは松本直子の妊娠をむりやり癌にしたててしまった――」

「わたしがそう仕向けたといわれるのは心外だわね。あの子はどうせああなる運命だったのよ。あの子が妊娠したの、お相手は誰だかわかる？」

「…………」

「警視庁の猪瀬よ」

「…………」

「猪瀬はね、以前、司法精神鑑定のことでわたしのクリニックに来たことがあるの。それであの子と知りあって関係ができた。くだらない男とくだらない女がくっついたのよ。どうせ、くだらない子供しかできなかったわ。生まれなくてよかったのよ」

「…………」

「猪瀬のほうはすっかりのぼせあがっていたみたいだけどね。松本直子は猪瀬のことなんか何とも思っていなかった。妊娠を認めるよりは、癌だといわれたほうが、まだしもあの子には受け入れやすいことだった。それにあの子は決していいなりになってばかりはいなかった。百瀬澄子は自殺したんじゃない、って特捜部に電話をかけたり、絶対に駄目だっていってるのに身代金を勝手に奪ったり、わたしをさんざん悩ませた。警察に追いつめられて死んだんだとしたら自業自得ね」

「そう、あなたが赤ん坊を誘拐したのは身代金が欲しかったからじゃない。そこのところがどうしてもわからなかった。新芝川桟橋で一億円をゴミ袋に入れろ、といわれたときに、おかしい、とそう思った。あまりに、なげやりで単純すぎて、それまでの犯人とは別人のように感じた。それはそうよ。あなたには最初から身代金を奪うつもりなんかなかったんですものね。あなたは身代金が欲しかったんじゃない。身代金を奪うのに失敗して赤ん坊を殺してしまう、という状況が欲しかったんだわ。あなたのほんとうの狙いは赤ん坊を殺すことにあった。それなのにあなたの意図に反して、松本直子は新芝川桟橋から一億円を持っていってしまった——」

「…………」

「でも、どうしてなの? わたしにはわからない。どうしてあんなことをしてまで赤ん坊を殺す必要があったの?」

「以前に成人T細胞白血病のことを話したことがあるわね。ATLよ。覚えてる? HTLV－1というウイルスがこの病気の原因になっている。これはね。母乳を介して直接感染するの。つまりHTLV－1抗体を持っている母親は断乳をしなければならないのよ。子供にお乳を飲ませちゃいけない。これまではね、妊婦がHTLV－1

抗体を持っているかどうか、すべて任意に調査していたの。それを『妊娠・産後ストレス・センター』のプログラムでは全員が自動的に検査を受けるシステムになっているの。これだけでも画期的なシステムだわ」

「………」

「ところがここにとんでもないミスが起こってしまった。システムのミスか、それとも単純な入力ミスか、過去に、胃潰瘍をわずらって、ある薬を服用していた妊婦を、自動的にＨＴＬＶ－１抗体を持っていない、と診断してしまった。それというのもその薬は、胃潰瘍の薬であると同時に、乳汁の分泌をうながす薬でもあるからなの。システムとしては、乳汁の分泌をうながす薬を飲んでいる母親が、まさか断乳をしなければならないＨＴＬＶ－１抗体の保有者とは夢にも思わなかった。システムは自動的にその薬を服用していた女性をＨＴＬＶ－１抗体は持っていないと排除してしまった。擬人化して話しているけど、要するにシステム設計者の――つまり、わたしの――ケアレス・ミスね。わたしがこのシステムのミスに気がついたときには、全国で少なくとも七十五人の母親が、ＨＴＬＶ－１抗体を保有していながら、赤ん坊に授乳していた」

「七十五人……」

「でもね、幸いにも発病したのはあの赤ん坊ひとりだった。それを知っているのはわたしだけだけどね。残りの患者《クランケ》の処置はあとで考えるということにして、とりあえず、あの赤ん坊だけは何とかしなければならなかったのよ」

「だから赤ん坊を殺すことにしたというの。そんなことで！」

「わたしのためじゃないのよ。『妊娠中および産後精神分析治療プログラム』のためなの。さっきもいったけど、このプログラムは、これから、胎教や、新生児の心身発育プロセスも視野におさめた、トータルなプログラムに発展していく可能性を持っているわ。その意味では無限の可能性を秘めたプログラムなのよ。それをこんなささいなミスで傷つけるわけにはいかない。こんなことで、このプログラムそのものが頓挫《とんざ》することにでもなったら、それこそ人類にとって取り返しのつかない損失だわ——」

「だからって赤ん坊を殺すなんて、そんな恐ろしい……」

「殺すのはわたしじゃない。間違えないで。身代金を奪うのに失敗した誘拐犯が殺すのよ。松本直子が殺すことになっていた。わたしはあの母子の担当医でさえない。わたしはそんなことには無関係な人間なのよ」

「あなたが『胎児の名簿』のシステムを自分のものにしようとしたのはそのためもあるのね。『胎児の名簿』を自分で管理できるようになれば、どんなふうにでもデータを改竄《かいざん》できる。あなたの『妊娠中および産後精神分析治療プログラム』は完璧なプログラムになるわけだわ」

「お金も欲しかったしね。『胎児の名簿』にはたいへんなお金が動いている。それを徳永教授は自分ひとりで管理しようとしていた。あなた気がついてた？　徳永教授には、なんだかここにいて、ここにいない、というそんな印象があったでしょう？　じつはあれ、老人性の認知症が始まっていたの。認知症が始まって金銭欲だけが残ったのね。志穂の多重人格障害ね、あれはわたしがデータを徳永教授に流していたのよ。嘘と本当をまじえてあれこれと流してやった。志穂がカウンセリング中に自分の双子の妹のことを話したというのはもちろん嘘。そんな事実はなかったわ。適当にデータを捏造《ねつぞう》して、渡し、あとはうまくいいくるめてやれば、徳永教授はそれを自分のカウンセリングの結果だと思い込んでしまう。アルツハイマーではなくて、たんなる老人性認知症だとは思うけど、とにかくあの人は子供に戻りつつあったのよ。そんな教授をだますのはそれこそ赤子の手をひねるようなものだったわ」

「あなたは志穂を多重人格障害にしたてあげて、それでどうするつもりだったの？」

「わたしは『胎児の名簿』を自分のものにしたかった。いろんな意味でね。それで百瀬澄子を利用したんだけど、あの子、どうも地検特捜部に目をつけられたみたいだった。それで死んでもらった。そのときにはもうわたしには松本直子がいたしね。あの子は百瀬澄子と違ってずぶとい子だった。いずれ利用できるとは考えていたけど、使い道がわからなかった。徳永教授を誘惑でもさせるかとそう思っていた。そこに志穂がカウンセリングにやってきた。志穂は松本直子よりもっと使えると思った。そこで松本直子を通じて、猪瀬に働きかけた。猪瀬はあれでも警視庁の人間だからね。不倫をたてに脅されると松本直子のいいなりになるしかない。猪瀬は志穂に百瀬澄子の調査を命じた。そこで松本直子のことを怖くなってしまったのね。猪瀬は錯乱して、松本直子を自分の家に呼びだし、無理心中をはかった。松本直子はそんな甘い女じゃない。逆襲した。猪瀬は逆に自分のほうが殺された。とんだ幕間狂言だったわ——」

「…………」

「百瀬澄子はもういない。でも、志穂が百瀬澄子のことを調査すれば、そのうち必ず『胎児の名簿』に行きあたるはずだ。志穂を百瀬澄子のようにあやつれば、警察や検察をわたしの好きなように翻弄できるとそう思った。好きなように情報を吸い取って、都合のいいほうに捜査を導いてやれる。そのためには志穂を多重人格障害にしたてるのが最も好都合だと思った。志穂にはほかの女たちのように妊娠という手段は使えない。そう思った」

「それだけが理由じゃない。あなたがどうして百瀬澄子や松本直子を使い捨てにしたのか、それは三カ月になったからなんだわ。妊娠すれば三カ月でお腹が目だち始める。妊娠しているとだましたにせよ、妊娠していないとだましたにせよ、三カ月が限度ね。あなたは志穂をもっと徹底して利用するつもりだったんだわ。そのためには、ほかの二人の女のように、妊娠を口実にするわけにはいかなかった」

「最初の計画ではね。『胎児の名簿』を完全にわたしのものにしてから、精神障害をわずらった志穂が司法鑑定をした徳永教授を殺して自分も死ぬ、ということになっていたの。うまいぐあいに、志穂は自分が多重人格障害におちいったと信じて、どんどん錯乱していったしね。錯乱した女と、認知症の老人だったら、どんなふうにでもコントロールできるはずだった。ところが、『胎児の名簿』をすべてわたしのものにするまえに、徳永が完全に認知症におちいって、緊急入院してしまった。それを志穂のマンションで聞いたときにはショックだったわ。しばらくは『胎児の名簿』のデータを改竄することはあきらめなければならない。ほかのことはいい。ほかのことはいいけど、成人T細胞白血病を発病したあの赤ん坊だけは何とかしなければならない。『胎児の名簿』が流れているかぎり、いつか誰かが『妊娠中および産後精神分析治療プログラム』とその赤ん坊の発病との関係に気がつく。そうなるまえにあの赤ん坊だけは何とかしなければならない」

「それで今度は志穂を誘拐事件の犯人に仕立てることを考えた。そういうわけ？」

「もともと二段がまえだったのよ。志穂は徳永教授を殺してもよかったし、誘拐事件の捜査員であると同時にその犯人でもある、ということにしてもよかった。つまり多重人格障害が進行したということにするわけね。だけど、徳永の緊急入院を聞いて、とっさに赤ん坊の誘拐を考えた。ただ赤ん坊を殺したんじゃ、警察にその動機を疑われる。誘拐に失敗して殺したと見せかければ動機を疑われることはない。ただグズグズしてはいられない。あの場でとっさに誘拐の計画をたてなければならなかった。志穂のマンションの浴室に入って考えた。とにかく志穂を『十条愛児院』まで導いてやる必要があると思った。自分で自分を犯人だと思わせるためには、そのときに志穂には現場にいてもらわなければならないものね。さっきもいったけど、松本直子はどうもわたしの思うようにコントロールできなかった。百瀬澄子のことを特捜部に電話したのだって、それでわたしを揺さぶっているつもりだったらしい。あの女だけではもうひとつ安心できなかったのよ」

「多重人格障害にかかっているのはあなただわ。双子の妹はあなたのなかにいるのよ。胎児のときに殺された双子の妹が。そうでしょ、姉さん」

「もう姉さんと呼ぶのはいいかげんにやめたらどうかしら、志穂さん――」

3

佐和子はスッと立ちあがり、部屋の電気をともした。

そして振り返り、そこに立っている志穂に笑いかけた。

「おめでとう。あなた生きていたのね、志穂さん」

「お気の毒さま、佐和子さん、赤ん坊も無事に生きているわ――」

志穂も笑って、

「徳永教授を病院から連れだして、あれこれ電話をかけさせたのはやりすぎだったわ。たしかにあなたのことだから、認知症老人を自分のいいなりに動かすぐらい、かんたんなことだったかもしれないけど、それにしてもやりすぎだった――」

「…………」

「あなたは絶対に自分がまえに出ようとはしない。いつも自分の身代わりを用意しておく。松本直子が信用できないというんで、急遽、徳永教授を代役にしたてたつもりだったんだろうけど、あんな間延びした喋り方じゃ、だれだってあの電話の人物を真犯人だなんて思わないわよ。残念ながらミスキャストもいいところね。いまごろ、警察の人間があなたのマンションに行って、徳永教授を保護しているはずだわ」

「いつ、自分が多重人格障害じゃないということに気がついたの？」

佐和子の声は落ちついていた。

「双子の妹のかけてきた電話よ。誘拐事件があったその日に留守番電話に吹き込まれていた。あの電話の声で気がついたの。もし、わたしが多重人格障害をわずらっていて、双子の妹に人格を乗っ取られ、あの電話をかけたのだとしたら、あんな声であるはずがないのよ。わたしはあの日、喉がかすれて、ひどい声だった。双子の妹に人格を乗っ取られたからといって喉までなおるわけないでしょう？　それで、あの声がテープを編集したものだということに気がついたの」

「そうか、それはそうね――」

佐和子は苦笑した。

「カウンセリングのときの話を編集したものだということは見当がついたけど、それが徳永さんのときのものか、佐和子さんのときのものなのか、どうしても判断がつかなかった。それで袴田さんに頼んで、科捜研の音声研究室に分析してもらった。声の主成分のことをフォルマントと呼んでいるんだけど、それを分析してもらったのよ。そしたら、あのテープのなかでは、姉さんとはいっていない。ねいさんといっている。いゝ、ゝ、ブルネイ産をカットしたものだわ。双子ともいっていない。そのあとに、と、の発音がかすかに残っていた。蓋ごと、だわ。それで、佐和子さん、あれはあなたがやってることだとわかったのよ。あなたとブルネイ産のジャムの話をしたことがあったのを思いだした」

「………」

「百瀬澄子の部屋にわたしの指紋がついたカップがあったのだって、あなたが持ち込んだものに決まってるわ」

「どうしてわたしが百瀬澄子の部屋に行ったことがあるとわかるの？　そんなふうに決めつけることはできないはずだわ」

「それがわかるのよ。これがおかしな話なんだけどね。百瀬澄子の部屋に行ったとき、そこの管理人が、わたしが以前にも来たことがあるとそういいはるのよ。それもわたしが自分は多重人格障害ではないか、と疑いはじめた理由のひとつなんだけどね――」

志穂は苦笑して、

「これも袴田さんに調べてもらったことなんだけど、その管理人はかなりひどい弱視なのよ。ほとんど目が見えない。濃いサングラスをかけてた。わたしが以前にも来たことがあるとそう思ったのは、わたしのつけていた香水のせいなの。佐和子さん、あなたと交換した香水よ。その香水の香りを嗅いで、以前にも来たことがあるとそう錯覚しただけなの。これは、つまり、あなたが以前に百瀬澄子の部屋に入っているということにならないかしら」

「…………」

「それでわたしはあなたからもらった喉頭炎の薬のことも調べてもらったの」

「あれは間違いなく喉頭炎の薬よ。ピリドンカルボン酸系、ありふれた合成抗菌剤よ」

「ええ、たしかにそうだったわ。でも、人によっては、あの薬を服用すると、日光過敏症を引き起こすこともあるんですってね」

「…………」

「あなたはわたしのことをチック症だとそういった。つまり、あなたはわたしが過敏体質だということをあらかじめ知っていた。日光に敏感な体質だということも見抜いていたんじゃないかしら。あの薬を服用するときには、長時間、直射日光に当たるのは避けなければならないんですってね。あなたはそのことをわたしにいおうとしなかった。めまい、喉の渇き、頭痛、食欲不振、悪心《おしん》、不眠……これはみんな薬のせいなのに、わたしはそれを多重人格障害のせいだと思い込んでしまった」

「…………」

「なにより、わたしたちがあなたのことを疑い始めたのは、世界最小の密室殺人のことだったわ。あなたは双子のひとりだけを胎児のときに殺すのは不可能だってそういったわ。そうじゃない。これはわたしが頼んだことではなくて、袴田さんが自分ひとりで調べたことなんだけど、双子の胎児のうちひとりだけを殺す方法はあるのよ。佐和子さん、あなたがそうじゃない？　あなたはアメリカで生まれているわね。あなたのお母さんは病弱でとても双胎妊娠のリスクに耐えられそうになかった。それで母体をまもるために双子のひとりを殺すことになった。方法はあるのよ。減数手術という技術がある。なにしろ三十年以上もまえの、超音波診断の技術もろくにないころのことだから、どうやって胎児の様子を調べたのか、それはわからないけど、もしかしたら聴診器だけでやったのかもしれない。胎児の様子を調べ、膣壁を通して、塩化カリウム液を注入してやればいいのよ。それで双子の胎児のうちひとりだけを殺すことができる。あなたはそんなことは不可能だとそういった。産婦人科医のあなたが減数技術のことを知らないはずがないし、なによりあなた自身がそのことを体験している

——」

「…………」

「多重人格障害にかかっているのは、佐和子さん、あなたのほうなのよ。あなたは双子の妹が死んで、あなただけが生き残ったことに罪悪感をいだいている。そのことが多重人格障害の原因になっているんだわ。あなたこそ双子の妹との多重人格なのよ。あなたは自分の症状をそっくりわたしに移し変えたのよ。そうでしょう、佐和子さん

——」

「…………」

しばらく間があった。

ふいに佐和子は立ちあがった。

しなやかな足どりで、部屋を横切ると、冷蔵庫のドアを開け、バドワイザーを取り

だした。

プル・トップを引いて、顔を仰向かせ、ゆっくりと飲んだ。その白く、なめらかな喉が優雅に波うった。

飲み終えて、あらためて志穂のほうに顔を向けると、それで何だというの？　とそういった。

「…………」

志穂は自分がたじろぐのを覚えた。そこに美しい、しかしとてつもないモンスターが息づいているのを感じた。

「あなたは色んなことを話した。でも何ひとつ証明できない。香水？　わたしと同じ香水をつけている人は何万人といるわ。テープを編集した？　どうしてテープを編集した人間がわたしだと決めつけられるの？　第一、それが何かの罪になるわけ？　喉頭炎の薬の副作用？　申し訳ありません。わたしは医師として不注意だったわ。訴えたければ訴えなさい。百瀬澄子に妊娠していると思い込ませた？　松本直子に癌だと思い込ませた？　知らないわねえ。そんな覚えはないわ。本人たちが死んでいるのにどうやってそれを証明するの？」

「たしかに誘拐の実行犯の松本直子は死んだわ。でも徳永教授は生きているのよ。あなたにあやつられて誘拐の片棒をかつがされた――」

「検事が認知症老人の証言を法廷に持ち出すと本気で思っているの？　徳永先生はあんなに精神医学界に貢献なさった人だけど、ご自分が認知症におちいって、妄想にとり憑かれてしまった。要するにそういうことね」

「警察は姉さんに同行を求めるわ」

「そういうことは正確にいうべきね。警察はわたしに任意同行を求める。もちろん、わたしは拒否するわよ。警察なんて嫌いだもん。それでも警察は逮捕に踏み切れない。逮捕するだけの根拠がどこにもない。裁判所は逮捕状請求に応じないわよ」

だって姉さんは車を運転してわたしを貯水池まで導いた。わたしと赤ん坊を溺れ死にさせようとした――

あんたバカね。きっと車は盗難車よ。車が発見されたとしても指紋も検出されないわ……

…………姉さんにはアリバイがない

アリバイはない。だけど日本の警察はアリバイがないというだけで逮捕状を請求することはできない……

ああ、姉さん、姉さん

何？

姉さんはなんて頭がいいの

…………

わたしが生まれて双子の妹は消えたわ。母親は自分の体をまもるために双子の妹を胎内から消すのはやむをえなかったとそういった。でもそうじゃない。そんなことじゃないのよ。わたしは妹の力を吸収して、ふつうの人間の倍の能力を持つようになった。わたしはただの人間じゃないわ。超人なのよ。

姉さん

姉さん

何？

もう一度わたしを吸収して。わたしは姉さんのものよ。わたしの手を――

あなたの手を――

取って

かわいい子、なんてかわいい子

…………

手を取ろうとした。

風が吹きつけてきた。

街の灯。

ふいに佐和子は自分がベランダに導きだされていることに気がついた。

が、それでも志穂の手を取ろうとした。意識と体の動きがバラバラになっていた。指が触れそうになった。志穂がすばやく身をひるがえした。目のまえにはもう何もなかった。夜だけがあった。よろよろと体がつんのめるのを覚えた。ベランダの胸壁を越えた。そのまま夜のなかに落ちていった。

悲鳴をあげた。

いま悲鳴をあげているのはわたし、わたしだろうか。それとも双子の妹だろうか。ふとそんなことを考えた。頭がコンクリートに激突し、血と脳漿《のうしょう》が歩道にばら撒かれる寸前まで、そのことを考えていた。

「さようなら、わたしの姉さん」

※本編を読了後にお読み下さい。

解説

斜線堂有紀

山田正紀作品の幅は広い。本作のようなミステリもあれば、代表作『神狩り』のようなSFもある。二〇二一年には奇想史劇作品集と銘打った『開城賭博』を上梓し、今なお一線で傑作を書き続ける筆力の高さを見せつけた。書く作品のどれもが面白いのだから、同業の小説家として溜息が出るばかりだ。

余談だが、先の『開城賭博』に収録された「恋と、うどんの、本能寺」を読んだ時に、私はあまりの面白さに歯噛みした。明智光秀が信長への謀叛《むほん》を起こす直前に讃岐うどんを食したのか、三河うどんを食したのかという論争にまつわる物語なのだが、偽史を紡《つむ》ごうとあってここに目を付ける着眼点。感服しきりである。

山田正紀はSFを書くにあたって「想像できないことを想像する」という言葉を信条としている。その言葉通り、先の『神狩り』然り『開城賭博』然り、山田正紀SFには想像の更に外に向かう自由さがある。

一方で、山田正紀ミステリはそれとは反対に「そこにあるものをまま書いて」いるのではないかと思う。

本作は囮捜査官・北見志穂シリーズの三作目であり、先の「触覚」「視覚」に続き「聴覚」をテーマに扱っている。母親の胎内を流れる血の音から、奸智《かんち》に長けた誘拐犯の指示音声へと繋がるこの物語は、本来音というものは能動的に取捨選択することが難しいものであることを思い出させてくれる。警戒の外から入ってくる音や声は、何も構えていなかったこちらを無遠慮に刺してくる。

さて、今回志穂が挑むのはランダムな家の留守番電話に声を吹き込む、という奇妙なやり方で要求を伝えてくる嬰児誘拐事件だ。囮捜査官として表に立たない役回りであるはずの志穂は、何故か犯人直々の指定で身代金の受け渡しを担う。犯人が何故志穂の存在を知っているのか、という疑念に晒《さら》されながらも、志穂はさらわれた赤子を救うべく身代金の受け渡しに奔走する。

囮捜査官として活躍していたはずの彼女がこれほどまでに厳しい立場に置かれている理由は、途中に差し挟まれる回想で明らかになっていく。前回の事件でやむを得ず犯人を射殺してしまった志穂は、囮捜査官という立場に対する苦悩も相まって精神状態に異常をきたしているのではないか？　と疑われていたのだ。

周囲から向けられる疑惑の目により、やがて志穂は自分でも精神の異常を疑うようになっていく。次々と起こる事件の犯人は自分なのではないか？　北見志穂の中には事件を引き起こすもう一人の人格がいるのではないか？　そのもう一人の人格とは、かつて胎内にいた双子の妹なのではないか——？　という心理サスペンスへと話が及んでいくのだ。母親の胎内という密室の中から消えてしまった双子の妹。彼女が自分の中で生き残り、事件を起こしているかもしれないというのは、志穂にとっては悪夢であり、読者もこの上ない不安に晒される。

徐々に忍び寄ってくる「もう一人の自分」の影と、そこから導き出される意外な真相は、今巻を一作目、二作目とはまた違ったテイストに仕上げている。一刻の猶予《ゆうよ》も無い誘拐事件と、志穂の周囲をゆっくりと包囲する謎の影の緩急は、こちらの心を摑んで離さない。

さて、囮捜査官シリーズは被害者気質の女性である北見志穂が、その狙われやすさを利用し、魅力的な撒き餌《まきえ》となることで犯罪を解決する物語である。

その為、志穂は一作目は痴漢被害、二作目はフェミニサイドという女性が標的となる犯罪と対峙し、実際に身に纏《まと》う服装を変えることで、あるいは犯人に肉薄することで、被害者そのものへと近づいていった。

その点、今回の志穂は一見「囮」らしくは見えない。彼女の役割はあくまで身代金を受け渡すというものだからだ。だが、この物語を最後まで読み終えると、今回の志穂もまた、女性が標的となる悪辣な攻撃と対峙させられていたことが分かるようになっている。それは、連綿と続いてきた魔女狩りである。

過去に遡ると神経症——その頃はヒステリーという名が付けられていた——は、男女共通の症状ではなく、女性特有の症状とされてきた。理解不能な症状は女性しか罹《かか》らないものであり、子宮が身体中を動き回ることが原因だとされてきた。子宮を正しい位置に戻す為、男性医師達は膣の入口を火で炙《あぶ》るという治療法で女性特有の病に対抗した。この先に続くのは、ヒステリーの原因を子宮ではなく悪魔に求めた悪魔祓《ばら》いの歴史である。悪魔祓いをするのは神に相応しく、悪魔の入り込むことの出来ない節度のある男性司祭達であり、決まって祓われるのは女性であった。

このような状況下において、女性達は「ヒステリーである」と断じられることへの対抗策を持たなかった。精神保健の黎明期において、精神病院は口うるさく勝ち気な妻や、資産を持ちすぎた女を閉じ込める為に利用されていた。そこから脱出する為に、彼女達は自分を診断する医師達を懐柔し、説得し、「自分が正常であることを証明する」という極めて困難なことを成し遂げなければいけなかった。形を変えた魔女裁判は、それからも依然として終わりを見せない。

今作での志穂もまた、絶えずこの魔女裁判に掛けられている。象徴的なのは、残忍な殺人犯人を射殺してしまった志穂に対し、司法鑑定を受けさせる警察当局である。

警察は犯人の射殺を志穂の精神が不安定であったが故のことだと片付けようとし、志穂の主張する正当防衛を却下しようとする。警察内部には志穂を積極的に庇《かば》おうとする人間はおらず、志穂は掛けられた疑惑を晴らす術《すべ》が無い。

この魔女裁判染みた断定が、結果的に今回の事件に志穂を巻き込んでいくことになるのだから皮肉な話である。「心身耗弱によって犯人を射殺してしまった不安定な女」という役割から脱することが出来た志穂は、新たに「反社会的な人格を宿した多重人格症の女」という新たな役割を担わされることとなるのだ。

最終的に志穂は、聴覚による手がかりと小さな違和感を拾い集めることで真相に辿《たど》り着き、この魔女裁判で見事に自分への疑いを晴らしてみせる。だが、これはそう易々と出来ることではなく、同じような魔女裁判の中で反論の余地すらなく殺されていった女達は多くいる。志穂は多重人格症を患ってもおかしくない女——そう外から決めつけても構わない女として、やや変則的な「囮」となっているのだ。

今回の物語の肝《きも》は、こうした決めつけと洗脳である。妊娠をしていない女に妊娠をしていると思わせ、妊娠をしている女にそれは病だと言い含める。犯せば女は言いなりになるという歪《ゆが》んだ思想を素直に信じ込んでいる男。こうした全ての「そうである」という断定が、今回の事件に繋がっている。

そうして犯人の糸を辿っていった末に出てくる動機もまた、究極の私的裁判と言えるだろう。人類にとって価値のあるプログラムを守る為に、生まれてきた赤子を改めて間引かなければならない。犯人はこの判断に絶対の自信を持っており、その為に他の人間を操ることを厭《いと》わない。犯人が医師という立場を利用してそれを成し遂げるのは、そのまま過去の女性達が（今回は男性も操られてはいるが）被害にあってきたことの再現である。

さて、全ての真相が明らかになった後、犯人に引導を渡すのは犯人の中にずっと存在していた「双子の妹」である。

志穂を多重人格症だと思い込ませようとした犯人は、実は自身が多重人格症であるという事実を突きつけられて落下死する。それは、今まで彼女が立場と言葉を利用して断じてきたことへの意趣返しでもある。犯人は申し開きをすることも出来ず「双子の妹」によって殺される。

事件はこうして幕引きされるが、こうした魔女裁判はSNSの隆盛によってなおも続いている。このシリーズが時代が変わってもなお新しく、現実世界を映し出しているように思えるのは、本当のところは悲劇なのかもしれない。だが、今この令和の世に北見志穂の戦いが復刊され、多くの人に読まれるようになることは救いである。女性である私達がこういうことはままあるだろうと諦めてしまっているものに、志穂は立ち向かってくれる。それだけで、私達は今日を生きることが出来るのではないだろうか。
以下に引用するのはこの物語を——そして、恐らくは女性達が見ている世界を象徴している一節である。

死んでいった女たち。——それはあるいは志穂自身であったかもしれないのだ。（p126）

囮捜査官シリーズの連続復刊の後は、書き下ろしの本シリーズ完全新作が予定されている。志穂はどんな事件に遭遇し、幸運にも自分ではなかった被害者とどう向き合っていくのだろうか。一人の読者として、そして一人の女性として、志穂のこれからを楽しみにしている。

二〇二二年一月

1996年6月トクマ・ノベルズ「女囮捜査官3　聴姦」、1998年10月幻冬舎文庫「女囮捜査官3　聴覚」、2009年5月朝日文庫「おとり捜査官3　聴覚」として刊行されました。本書は朝日文庫版を底本とし改題、加筆修正をいたしました。

なお、本作品はフィクションであり実在の個人・団体などとは一切関係がありません。

徳間文庫

山田正紀・超絶ミステリコレクション#4

囮《おとり》捜《そう》査《さ》官《かん》 北《きた》見《み》志《し》穂《ほ》 3

荒川嬰児誘拐

2022年2月15日 初刷

著者 山《やま》田《だ》正《まさ》紀《き》
発行者 小宮英行
発行所 株式会社徳間書店
東京都品川区上大崎三－一－一
目黒セントラルスクエア 〒141－8202
電話 編集〇三(五四〇三)四三四九
販売〇四九(二九三)五五二一
振替 〇〇一四〇－〇－四四三九二
印刷 製本 大日本印刷株式会社

ISBN978-4-19-894721-7 (乱丁、落丁本はお取りかえいたします)